Rosente, Captured Spirit 로지트,
사로잡힌 영혼

로기트,
사로잡힌 영

지은이 · 이정규
펴낸이 · 임종대
펴낸곳 · 미래문화사

찍은 날 · 2002년 8월 1일
펴낸 날 · 2002년 8월 5일

등록 번호 · 제3-44호
등록 일자 · 1976년 10월 19일
주소 · 서울시 용산구 효창동 5-421
전화 · 715-4507/713-6647
팩시밀리 · 713-4805
E-mail · miraebooks@com.ne.kr
        mirae715@hanmail.net

ⓒ2002, 미래문화사
ISBN 89-7299-235-6

정가 · 12,000원

Roseate, Captured Spirit 로지트,
사로잡힌 영혼

이정규

미래문화사

내 영혼으로부터 막힘없이 흐르는 생각과,
인자한 운명이 깊은 곳으로부터
나를 기쁘게 하는 행복한 순간 외에는
아무것도 내 것이라고는 없음을 나는 알고 있다.

− 괴테 −

쉽거나 단순하지만은 않은
이정규의 삶과 예술

도리스 버밍함 ‖ 프라밍함 주립대학 · 서양미술사 교수

나에게 이정규에 대한 가장 선명한 기억은 오래 전 영국 아룬델에 있던 뉴 잉글랜드대학에서 개최한 '인터내셔날 밤' 행사 중에 한국 고전 무용을 선보이던 아름다운 젊은 여인의 모습이었다. 비단 한복을 입고 우아한 동작으로 — 미국 사람의 시선으로 볼 때 — 춤을 추는 모습은 인상적이었다. 아마도 고향을 그리워하는 향수가 깊게 배어 있었을 것이다.

두 번째의 기억은, 평범한 일이었지만 중요한 사건이었다. 미술사 연구 논문을 끝낸 그녀가 나의 연구실로 논문을 검토받으러 찾아왔다. 그 논문은 통찰력이 있었지만 대부분의 다른

학생들처럼 체계가 없었다. 나는 통일성이 없는 개념들을 확실한 체계를 세울 수 있도록 방법들을 설명해 주었다. 모국어가 영어인 학생들도 하기 힘든 문제들이었다. 그러나 정규는 즉시 그 의미를 이해했고, 고쳐진 논문은 명료했고 제대로 정돈되어 있었다.

내가 이러한 기억들을 인용하는 이유는 그러한 정규의 높은 지각능력은, 그녀의 예술에 미적 감각, 정신적 깊이, 지적인 예리함과 같은 중요한 요소가 되었기 때문이다.

학창 시절부터 오늘까지, 20여 년 동안의 그녀의 삶과, 구상적 이미지에서 서정적 추상, 다시 구상적 이미지로 돌아온 예술 세계를 살펴본다. 그녀는 감성적이고 이지적이다. 그리고 일관성 있게, 포스트 모던니스트에 의해 비난을 받아온 두 가지 요소인 아름다움과 정신을 작품에 주입하고 있다. 정규의 작품을 보면, 비단 한복을 입고 있는 소녀를 떠올리게 된다.

그녀의 최근의 작품들은 삶의 율동을 보는 듯하다. 그녀의 작품은 풍부한 색채 감각과 힘있는 구성적 구조로 항상 변함없이 형식적 가치를 나타내면서 억누를 수 없는 정신적 가치와 유머 감각을 전달한다.

작품 〈고양이와 우산〉에서 '고양이'와 '우산'은 그들의 그림자와 사랑을 나누는 것처럼 보이고, 〈풀밭 위의 여인〉에서의 무늬 있는 옷을 입은 여인은 풀밭 가운데에 다소 정돈되어 있지 않은 꽃밭처럼 보인다. 작품 속에 등장하는 아이들은 활력과 장난기로 넘쳐 있고, 어른들이 접근할 수 없는 아이들의 놀라운 내면의 삶을 제시하고 있다.

모든 스승들은 이정규와 같은 제자를 키우기를 꿈꾼다. 스승들이 작은 씨앗을 뿌리면 거대한 정원에 풍성하게 꽃을 피우는 학생, 학교 졸업 후에도 계속 오랜 세월 동안 스승과 삶을 기꺼이 공유하는 학생 말이다. 그러한 역할은 종종 가르치는 일을 중요하게 생각하지 않는 지금의 풍조 속에서도 여전히 가르치는 자에 대한 최대의 보상이 된다.

나는 정규가 그녀의 예술 정원을 계속 가꾸어 갈 것을 믿는다. 그 정원은 그녀의 관객에게 정신적인 영상과 시각적 즐거움을 제공할 것이다. 그리고 그녀의 자서전은 항상 쉽거나 단순하지만은 않은 하나의 삶을 이야기하고, 예술을 통하여 다른 사람들의 삶에 영향을 준다는 것을 이야기하고 있다.

2002년 5월

삶의 허위를 벗기려는
작가의 몸부림

이일 ‖ 평론가

'화면에 등장하는 대상 ― 주로 인물 ― 은 그 자체로서 화면을 지배하고, 또 자신이 건네야 할 메시지를 완벽하게 소유하고 있는 것이다. 그리고 그 대상이 건네주는 메시지, 그것은 다름 아닌 인간적 상황이다. 일상적인 소재를 다루고 있으면서도 그것은 결코 서술적이거나 순전히 재현적인 화법으로 다루고 있는 것이 아니다. 설화적인 주제가 가능한 한 압축되어 있고, 그리하여 생활의 한 정경 또는 현실의 한 단면이 하나의 독립된 삶의 현장의 축도 또는 독립된 현실의 초상이 되고 있는 것이다. 그리고 이는 다름이 아니라 이정규의 현실을 바라보는 시각의 변화의 소산이 아닌가 생각된다.

현실 그리고 인간을 바라보는 이정규의 시각을 두고 일종의 '객체화' 된 시각이라 부를 수 있을지도 모른다. 인물은 인물대

로 각기 주어진 조건 아래서의 한 전형으로 환원되고 있는 것
이다. 그리고 그 전형화된 인간상, 그 익명의 인간상은 인간 존
재에 대한 근원적인 이의제기의 표상일 수도 있으려니와, 또
한편으로는 오늘날의 인간 풍속화일 수도 있는 것이다.

　인간과 현실에 대한 그와 같은 냉철한 객관화된 시각, 이정
규는 그것을 역시 냉철한 방식으로 화면에 옮겨 놓고 있다. 다
시 말해서 화사한 일체의 회화적 효과를 거부하고 모든 대상을
그 기본적 요소로 압축하고 있는 것이다. 그리고 그것을 통해
이 여류화가는 삶의 허실이라는 베일을 벗겨 버리려 하고 있는
것인지도 모른다.

17년간 침묵으로 살아왔다. 나는 외길을 걸어왔고 삶은 단순하다.

폐쇄적이고 내성적이었던 나는 개방되고 열린 미국 사회에서 생활하고 공부하면서 정신 세계가 성장하고 내면 의식이 변화한다. 예술 세계를 찾아 방황하고 헤매면서 공부를 끝마치고 서울로 귀국한다.

서울에 귀국하면서부터 사회의 냉혹하고 잔인한 따돌림으로 통제받고 거짓누명을 쓰고 언론의 탄압을 받으며 연금 생활을 해 오고 있다. 고통 속에서 나는 내적 성숙을 해 나가고, 예술관을 정립하게 되고, 사랑을 배우고, 사랑을 키워 나간다. 사회 활동을 하지 못하도록 무언의 탄압을 받으면서 연금 생활을 해왔기 때문에 내 삶은 가지를 뻗을 수도 없었고 외롭고 힘든 궁핍한 생활을 해야 했다.

시작한 사람들이 언젠가는 사실들을 인정하고 명예를 회복해 주기를 바라면서 어떠한 횡포에도 침묵하며 살아왔지만 진실과 사실을 감추고 그대로 생매장시키려는 횡포는 더욱 심해지고 있다. 이러한 상황에서 저항하지 않고 그대로 열어 놓고 사회적 흐름을 좋은 방향으로 이끌어 가기 위해 나의 삶과 예술을 기록한 자서전을 쓰게 되었다.

이 시대에 겪은 고통과 괴로움을 희망의 예술로 승화시키고 싶다. 아름다움을 추구할 수 있는 예술, 자유로운 예술 속에 삶의 이미지를 깊이 있고 아름답게 표현하는 예술 정신을 추구한다.

혜영을 낳고 키우면서 사랑이 무엇이고 어떤 것인지 체험하고 어머니와 자식 간의 사랑이 얼마나 소중하고 아름다운 것인지 알게 되었다.

대자연의 신비로움 속에서 내가 누구인지, 무엇을 해야 하는지, 예술가의 역할과 분명한 자아를 찾기 위해 계속 노력한다.

나를 가까이에서 지도해 주고 삶과 예술에 커다란 힘을 주신 교수들에게 감사한다.

2002년 6월
이 정 규

14

미지의 세계

낡은 옷가지와 풋내나는 열정

꽃 · 바이올렛 60.6×72.7㎝ oil on canvas 1994

홀로 피어 있는 꽃은 아름답다.
꽃의 속삭임에 귀 기울인다.

돌아온 서울

1985년 8월 맑은 이른 아침, 김포공항에 도착했다. 낡은 옷가지로 가득 찬 가방을 들여다본 세관원은 내가 가난한 유학생의 모습으로 보였는지 가방 속을 쿡쿡 눌러 보더니 세관을 쉽게 통과시켜 주었다. 나의 마음처럼 맥없고 울적해 보이는 짐꾸러미를 찾아 공항을 빠져나왔다. 짐을 끌고 나오면서 마중을 나온 많은 인파 속에서 혹시나 나를 기다리고 있는 사람이 있을까 해서 고개를 두리번두리번거리며 사방을 둘러보았지만 나를 반기는 사람은 아무도 없었다.

8년간의 긴 세월 동안 혼자서 여러 나라를 여행하면서 많은 사람들과 만나고 헤어지고 다른 문화적 환경에서 외국인들과의 생활을 체험하면서 대학원을 졸업하고 귀국하는 길이다. 수

차례 혼자서 비행기 여행을 하고 다녔기 때문에 공항에서 반기는 사람이 없는 것이 자연스러운 일이었고, 혼자서 여행하는 일에 익숙해져 있었지만 고국에 대한 그리움을 가슴속에 품고 마음을 달래면서 힘들고 찌든 유학 생활을 마치고, 8년 만에 지쳐서 고국으로 돌아오는 길이었기 때문에 공항에서 나를 포근히 감싸안아 주면서 만남을 반가워하고 기뻐하는 사람이 있기를 마음 한구석에서 열망하고 있었다. 그러나 나를 기다리고 반기는 사람은 아무도 없었다. 앞으로 고국에서의 행로가 어떻게 전개되고 진행될지 막연한 두려움과 불안을 느끼면서도 미래를 향한 정열과 희망을 안고 꿈틀거리는 젊음과 건강한 정신을 믿고 서울에 도착했다.

아무것도 모르는 풋내기였던 내가 서울에서 대학 2학년을 수료하고, 미지의 세계를 향한 꿈과 희망을 품은 채 출국해서 다시 서울로 귀국할 때까지의 8년이란 세월 동안에, 삶이란 목표를 세울 수는 있지만 아무것도 결정지을 수 없고, 원하고 꿈꾸며 그려 놓은 폭신폭신하고 부드러운 것도 아니고, 달콤하고 즐거운 것도 아니며, 상상하거나 계획할 수 없는 사건들의 발생이며, 계속 번복되고 진행되는 하루하루의 연속일 뿐이라는 것을 깨닫게 되었다.

오랜 시간 동안에 학교라는 특수한 보호 구역 안에서 학생의 신분으로 생활을 해 왔기 때문에, 생활고에 쪼들리면서 초조한 생활을 해야 하는 힘들고 어려운 개인적인 상황이었지만, 정신력으로 노력하면서 새로운 사회와 환경에 큰 저항 없이도 적응해 나갈 수 있었다. 좋은 교수들을 만나게 되었고, 여러 나라에서 유학 온 같은 처지의 친구들을 제한된 공간과 시간 속에서 만나 사귀면서 경험과 지식을 쌓아 나갔고, 내적인 성장과 성숙을 해 나갔다. 많은 고생은 했지만 예술적 잠재력을 발견하여 키우게 되었고, 예술가로서의 기초를 닦은 인생의 커다란 전환점이 된 중요한 시간들이었다.

나의 내면 세계가 배움과 경험의 축적으로 변화되고 성장해 왔듯이 조국도 그동안 많이 변해 있을 것이라고 생각을 하며, 서울로 귀국을 하도록 결정적으로 결단을 내리게 해 주신 덕성여대 이사장을 머릿속에 떠올리면서 자질구레한 감정을 씻어 버렸다.

펜실베니아대학원 졸업식을 끝내고, 미국의 몇몇 학교에 이력서를 제출하고, 미국에서의 체류 비자를 연장 신청한 후, 서울에 있는 대학에서 교수 임용의 기회가 있는지 알아보기 위해 잠시 서울을 방문했다.

필라델피아를 떠나기 전에 현숙이 내게 제안을 했다.

"아버지께서 교원공제공단에 이사장으로 계시니까 아버지를 꼭 찾아가봐. 네가 필요한 것이 무엇인지 아버지께 도움을 요청하면 아버지께서 할 수 있는 일이면 도와 주시겠다고 했어."

서울에 도착해서 먼저 여의도에 있는 교원공제공단에 찾아가 이사장실을 찾아간다. 넓은 공간에 방문들이 여러 개 있었고 문 앞에는 책상이 놓여 있고 비서들이 앉아 있었다.

"정 이사장님을 찾아왔습니다."

비서는 친절히 이사장실로 안내한다. 정 이사장께서도 반갑게 맞아 주신다.

"현숙이 친구라고. 그래 잘 왔다. 현숙이가 필라델피아에서 네 도움 많이 받으면서 생활하고 있다면서 네 이야기를 많이 하더라. 딸처럼 생각하고 도와 주라고 하더구나."

"현숙 언니가 제게 친언니처럼 잘 해 주고 있어요. 저도 제가 할 수 있는 일을 해 주고 있을 뿐입니다."

"그 학교에 전재국이라는 학생이 있다고 하던데 너도 아니?"

"한구 유하생들이 많지 않아서 한국 유하생들은 서로의 얼굴과 이름 정도는 알고 지냅니다."

현숙 아버지는 자세를 고쳐 앉으시면서 계속 말씀을 이어갔다.

"그래, 내게 무슨 도움을 부탁하고 싶니?"

"대학에 취직해서 학생들을 가르치고 싶은데 오랫동안 외국 생활을 해서 한국 실정을 잘 모릅니다. 대학교에 이력서를 제출하려면 어떻게 접근해야 하는지 가르쳐 주세요."

"내가 어느 학교에 자리가 비어 있는지 이 대학 저 대학에 T.O.를 알아볼 수는 없으니까 네가 어느 대학에서 교수를 모집하고 있는지 직접 알아 오너라. 그러면 그 학교에서 너를 채용하도록 청탁을 해 주마."

"알겠습니다."

친분이 있는 교수들을 찾아다니면서 인사를 드리고 혹시 대학에 이력서를 제출할 자리가 있는지 여쭈어 보았다. 펜실베니아대학의 로우 교수의 소개로 성신여대의 정 교수를 찾아갔다. 정 교수는 차근차근 내게 말씀하신다.

"덕성여대에서 서양화를 가르치던 여교수 한 분이 45세의 나이로 한 달 전에 요절했어요. 미국에서 공부하고 서울에 돌아와 왕성한 창작활동을 하다 갑작스럽게 돌아가셨어요. 덕성여대에 이력서를 제출해 보세요."

"돌아가신 분의 뒤를 이어 곧바로 그 자리에 이력서를 낸다는 사실에 기분이 찜찜해요."

"이 선생이 이력서를 제출하지 않아도 누군가는 그 자리에 지원할 것입니다."

이력서를 제출하기로 했다. 그날 저녁 집에 돌아와 우선 현숙 아버지께 전화를 걸어 사실을 알린다.

"덕성여대에 T.O.가 생겼다고 합니다."

"잘됐구나. 그러면 덕성여대 이사장께 직접 전화를 해 보아라."

다음날 아침 덕성여대 이사장실로 전화를 걸었더니 여비서가 전화를 받았다.

"미술대학에 T.O.가 생겼다는 이야기를 듣고 이력서를 제출하려고 하는데 이사장과 직접 통화를 하고 싶습니다."

여비서는 친절하게 대답한다.

"아직 이사장께서 출근하지 않으셨습니다. 댁의 전화번호가 923-9321입니다. 이사장 댁으로 지금 전화를 걸면 통화하실 수 있을 것입니다."

즉시 이사장 댁으로 전화를 걸었고 이사장과 통화를 하게 되었다.

"여보세요. 안녕하십니까. 저는 이정규라고 합니다. 5월 펜실베니아대학 미술대학원을 졸업하고 서울에 잠시 귀국해서 T.O.를 알아보는 도중에 덕성여대에 T.O.가 생겼다는 소식을 듣고 이력서를 제출하려고 합니다. 8년 만에 서울에 왔기 때문에 아직 서울에서의 실정을 잘 모르고 어디에 어떻게 이력서를 제출해야 하는지 몰라서 직접 이사장께 전화를 드립니다. 제게 학생들을 가르칠 기회를 주신다면 열심히 가르치겠습니다."

그는 나에 대한 학력과 경력을 간단히 물어보았다.

"서울에서 대학은 어디를 다녔나요?"

"홍익대학교를 2년 수료하고 테헤란으로 건너가 테헤란대학에 편입해서 1년 다니고 있었는데 이란에 혁명이 일어났습니다. 그래서 미국으로 가서 뉴 잉글랜드대학을 졸업하고 펜실베니아대학 미술대학원을 5월에 졸업하고 지금 서울을 방문 중에 있습니다."

"다른 가르친 경력은 없나요?"

"커리어 갤러리에서 5개월 동안 갤러리의 실무 경험을 쌓았고, 대학원에서 공부할 때는 대학 장학금과 아시아문화재단의 후원금을 받아 공부했습니다."

이사장께서는 만족스러운 듯 내게 제안을 했다.

"우리 대학에서 가르칠 의사가 있으면 내일 학교에 나와 교수들 앞에서 본인 소개를 하고 작품들을 발표하세요."

현숙 아버지께 전화를 걸어 상황을 설명드렸다.

"덕성여대 학장은 내가 아는 사람이니 내가 전화를 걸어 대학 분위기가 어떤지 알아보겠다."

곧 현숙 아버지께서 전화를 주셨다.

"학장에게 전화를 했더니 그 대학은 재단 이사장이 뜻대로 운영하는 대학이라는구나. 학장은 이사장의 지시에 의해서만 움직이고 실질적인 아무런 힘이 없대. 그래서 학장에게는 내 딸 같은 아이니까 잘 부탁한다고 이야기를 해 놓았다. 학장은 신경 쓰지 않아도 될거다. 이사장과 이야기하다가 필요하면 내 이름을 거론해도 좋다."

"알겠습니다."

모든 일이 급하게 진행되었고 갑작스러웠다.

다음날 아침, 발표할 슬라이드를 준비해서 덕성여대를 찾아갔다. 우이동 쪽으로는 처음 가보는 곳이어서 물어물어 찾아갔다. 여름방학 기간 중이었으나 교수들의 회의가 있어서 예술대학 교수들이 모두 복도에 모여 앉아 자리를 마련하고 있었다. 대학교와 대학원을 다니면서 제작한 작품 슬라이드들을 환등기에 넣고 돌려 가며 작품세계를 설명하고 학력과 경력을 소개하고 나왔다. 그 자리에 앉아 있던 교수들의 얼굴이나 태도와 반응이 어떠했는지 나의 시야에는 들어오지 않았다. 다만 이사장께서 많은 관심을 표명하셔서서 무척 기분이 좋았다. 미국으로 다시 들어가기 직전에 이사장을 찾아뵙는다.

"저를 이 대학에 교수로 채용해 주신다면 곧바로 서울로 귀국하겠습니다."

"좋아요. 귀국해서 학생들을 가르치도록 하세요. 그러나 경력이 충분치 않으니까 처음에는 시간 강사로 출강하면서 경력을 쌓고 귀국 전시회를 열도록 하세요. 미국에 들어가기 전에 서양화과에 계신 교수들에게 인사를 하고 출국을 해야 합니다."

쾌히 승낙을 하시면서 긍정적으로 확신을 주신다. 미술대학에서 서양화를 가르치는 이반 교수는 찾아뵙고 인사를 했으나, 김애영 교수는 외출 중이어서 뵙지 못하고, 김영나 교수는 미국 여행 중이라 인사를 못 드린 채 서둘러 서울을 출발해야 했다.

9월 학기에 강의를 하기 위해 미국에서의 짐을 정리하고 귀국하려면 시간이 촉박했다. 지체하지 않고 미국으로 들어가 미국에서 알게 된 친구들과 아쉬움의 작별인사를 하고, 서로의 미래에 대한 행운을 기원했다. 그곳에서 만났던 한국 유학생들의 도움으로 짐을 정리하고 귀국 준비를 서둘렀다. 짧은 시간 동안 미국에서의 생활과 짐을 정리하느라고 얼굴이 푸석해지고 입술이 거칠어졌지만 피곤조차 느끼지 못했다. 짐은 많지 않았다. 학교에서 그려 놓은 그림들을 캔버스 프레임에서 떼어 한꺼번에 모아 돌돌 말았고, 책들과 그림 도구들과 생활 도구들은 상자들에 나누어 담고 테이프로 밀봉을 해서 방에 쌓아 놓은 다음, 박이사장 댁으로 전화를 드렸다.

"이사장님, 짐 정리를 끝내고 서울에 귀국할 준비를 하고 있습니다. 저를 채용할 의사가 확실한지, 혹시라도 무리한 일은 아닌지 이사장님의 의사를 확인하기 위해서 전화를 걸었습니다. 취직이 확실하지 않으면 미국에 머물면서 직업을 구해야 하고 작업을 해야 하기 때문입니다."

"짐 정리를 했으면 지도교수들을 찾아뵙고 작별 인사를 하고 서울에서 학생들을 지도할 자료를 준비해서 귀국하세요. 우리 대학에서는 미국에서 공부한 사람을 선호하며, 한국 화단의 부조리에 물들지 않은 신선한 작가를 찾고 있습니다."

"서울에 도착하면 찾아뵙겠습니다."

사립재단의 대학에서는 이사장의 결정권이 중요하게 작용하였기에 이사장의 확실한 답변에 서울행을 결정하게 되었다.

나의 인생 행로에서 중요한 시기마다 내가 올바른 선택을 할 수 있도록 도움을 주고, 작고 큰 힘과 사랑을 나누어 준 사람들이 있었기 때문에 나는 절망에 빠져 허우적거리면서 삶을 포기하고 싶었을 때 쉽게 주저앉지 못했다. 풀려지지 않는 예술 세계를 찾기 위해 정신적으로 육체적으로 힘들게 고통을 건디어 내다가 의지가 꺾여지고 좌절하다가도 다시 일어나고, 불확실한 미래에 대한 불안감과 현실적인 어려운 문제들로 생활에 지쳐 초죽음이 되었던 날들 속에서도 생활에 규제를 가하면서 이겨낼 수 있었다.

시간에 밀려나 어느덧 30년의 세월이 흘렀다. 공부를 끝마치면서 '해냈다'는 성취감과 안도감을 느꼈고, 이제부터는 무엇이든 해낼 수 있다는 의욕과 에너지가 있었다. 나의 싱싱한 젊음의 피가 꿈틀거리고, 의욕이 나를 앞서나갔고 그 의욕은 삶에 활력을 불어넣어 주고 있었다.

배로 부칠 짐은 뉴욕의 해운회사로 옮겨 서울로 부치고, 옷가지만 가방에 넣어 서울행 비행기를 탔다.

서울에 도착해서 짐을 풀었다. 덕성여대에 시간 강사로 출강하면서, 5평 남짓한 크기의 공간을 빌려 작업실을 마련하고 서울에서의 생활을 시작한다. 발걸음이 가벼웠고 젊음의 활기와 에너지가 충만해 있었다. 처음 강의를 맡은 나는 학생들을 한명씩 정성껏 지도했고, 학생들도 배우고자 하는 의욕과 열기가 있었다. 학생들은 대학 입시를 위해 미술학원에서 배운 데생을 기초로 물체를 묘사했지만 물감의 농도를 조정하지 못하고 색채에 대한 감각도 없이 그리려는 의욕만을 가지고 있었다. 내가 처음 대학에 입학했을 때의 모습을 보는 듯했다. 학생들마다 개성이 있었다. 학생들의 개성을 찾아주면서 표현의 빈약한 부분들을 일대일로 지도했고 약간의 긴장된 분위기로 수업을 이끌어 나가니까 학생들도 열심히 작업을 하면서 좋은 반응을 나타내 주었다.

화가 이정규가 서울에 귀국해서 창작 활동을 하겠다는 것을 알리기 위해 첫 번째 개인전을 준비하기 시작했다.

인간의 존재와 본질을 다루면서 정지된 화면 위에 형상들을 자유롭게 변형시키면서 화면 구성을 시도했다. 150호의 대형 캔버스 위에 추상적인 이미지로 열정을 쏟아가며 춤을 추는 듯 자유롭고 대범하게 큰 붓으로 빠른 동작의 붓질을 했다. 거친 화면 구성, 형태와 이미지의 자유로운 해석과 결합 그리고 자유롭고 분방한 색채를 통해 나만의 개성적인 표현을 하려고 했지만, 걸러지지 않은 원색의 색채들이 거칠게 보였고 색면 구성으로 이루어지는 추상 형태들이 정돈되지 않았다. 작업에 대한 허상을 발견한다.

"이것은 나의 예술 세계가 아니야. 그렇지만 전시 날자가 가까워져서 선택의 여지가 없고 그대로 작업을 계속할 수밖에 없어. 이번 귀국전에는 아직 정돈되지 않은 예술 세계의 진행 과정을 보일 수밖에."

다음에 할 작품들을 마음속으로 구상하면서, 귀국 전시회를 준비한다. 그리고 곧 대학의 교수로 임용될 것이라는 확신과 기다림으로 마음이 설레였다. 대부분의 시간은 작업실에서 작

업을 하면서 보냈고, 서울의 사회 구조에 한 걸음씩 걸어들어
가기 시작했다. 미국에서 대학교를 졸업하고 서울에 온 것이
외부적인 변화뿐만 아니라 심리적으로도 변화를 주었다. 힘겨
운 미국 유학 생활에서 소복하게 쌓인 먼지를 털고, 배우는 신
분에서 가르치는 신분으로 지위가 전환되어 새로운 삶을 시작
하게 되었다.

　'이제부터는 마음에 여유를 갖고 미지의 미래의 세계를 공활
하게 펼치면서 그동안의 배움과 경험이 결실을 맺어 완성되도
록 예술 세계를 추구해 나가면 되는 거야.'

　순조롭게 대학 강의를 해나가고 있었고, 교수 자격에 필요한
서류들이 구비되어서 교수가 될 것이라고 믿고 있었다. 특히
이사장의 후원을 받고 있어서 나의 행로는 별로 어려움 없이
진행되고 있었다.

아버지가 계신 이란으로 가다

내가 초등학교 1학년 때 통역 장교로 계시던 아버지가 토목 사업을 하겠다고 말레시아로 떠나갔다. 그 후부터 아버지는 가족들에게 모든 소식을 끊었다.

아버지가 우리와의 소식을 끊고 생활비를 보내지 않으면서 우리 가족은 경제적 어려움에 직면하게 되었고, 어머니가 혼자서 삼형제를 키우며 살아가기 위해 온갖 잡스러운 일을 하면서 어렵게 생활을 유지하며 살아가야 했다. 우리 집은 가난한 생활을 했지만 그 당시 나는 가난이 무엇인지 몰랐고, 경제적으로 가난하다는 표현은 했지만 경제적 어려움이 나의 성장에 어떠한 제약을 하고 있다는 것을 느끼지 못하면서 어린 시절을 보냈다. 초등학교 시절에는 아버지, 어머니의 따뜻한 사랑을 받으면서 화목한 가정 생활을 하는 친구들을 가장 부러워했고, 다른 아이들처럼 아버지와 어머니를 자랑하고 이야기하며 부모의 따뜻한 품에 안겨 보고 싶었다. 그러나 차가운 환경은 나의 소박한 바램을 허락하지 않았고, 아름다운 동심을 구기고 감추면서 살아가야 했다.

커 가면서 평범하고 무료한 삶이 이어졌다. 규제된 사회 속에서 아무것도 모르고, 진로에 대한 정보도 없이, 미래에 대한 꿈도 없이, 공부를 어떤 방법으로 해야 하는지도 모르는 채 매일 습관적으로 가방을 들고 학교를 왕래하는 학창시절을 보냈다. 나는 거의 날마다 학교 생활에서 아무런 흥미를 느끼지 못하고 뒷자리에 앉아 오후 시간은 꾸벅꾸벅 졸면서 지냈고 무의미하게 시간을 보냈다. 수업 시간에 배운 것은 머릿속에 축적되지 않은 채, 학년은 올라갔고 학년이 올라갈수록 학교 성적은 뚝뚝 떨어졌다. 그 당시 나에게 기대를 하거나 희망을 주는 사람도 없었고, 삶의 방향을 제시하거나 이끌어 주거나 밀어 주는 사람들도 없었고, 삶을 지양해 나가게 하는 의욕도 욕심도 자극도 없었다.

고등학교를 졸업한 후 다행히 대학에 합격하였다. 미술대학에 입학한 후부터 비로소 나는 화가가 되고 싶은 꿈을 꾸기 시작한다. 그러나 무엇을 어떻게 해야 하는지는 몰랐다. 강의 시간에 들어가 강의를 듣고 주어진 수업 과정만을 따라 할 뿐이었다. 나의 안목과 시야는 좁았고 어린아이에 불과했다. 우물 안의 개구리라는 사실조차 제대로 느끼지 못하면서 시간에 밀려 대학생이 되었고 겉모습으로만 대학생 생활을 하고 있었다.

대학에 입학한 후에도 대학 생활에 깊이 젖어들지 못하고 그려지지 않는 그림 그리기를 반복하며 권태롭고 답답한 일상에 우울해 했고, 삶의 방향을 찾지 못해 방황과 고뇌를 했다. 남자 친구를 사귀고 싶어서 많은 미팅을 즐겨했지만 겉돌기만 하는 만남들이었고 따분하고 맥빠진 일상생활이었다.

지금 돌이켜 생각해 보면 지나간 세월 속의 물질적으로 정신적으로 가난했던 환경이 나의 성장과정에서 보이지 않는 장애물이 되어 소외되고 제약받고 제한된 좁은 골목길만을 오가며 자아를 숨기며 살아왔다는 사실을 깨닫게 된다.

어머니는 아버지가 살아 있으면 언젠가는 만날 수 있을 것이라는 믿음으로 끊임없이 아버지와 연결되는 사람들을 찾아다니며 아버지의 소식을 들으려 애쓰셨다. 마침내 말레이시아에서 토목 사업을 하시던 아버지가 월남으로 건너가 월남에서 생활하고 계시다는 소식을 듣게 되었다. 그 후 월남전쟁의 종식으로 월남에서 체류해 살고 있던 한국인들은 모두 월남에서 출국을 해야 했다. 한국인 출국자 명단에 아버지 이름이 있었고, 아버지를 애타게 찾던 어머니와 아버지는 13년 만에 연락이 되어 서로 소식을 전하게 되었다. 아버지는 월남을 떠나 이란으로 옮겨가셨다.

어느 날 아버지에게서 전화가 왔다.

"나는 테헤란에 와 있다. 가족들과 합류하여 함께 살고 싶으니 서울 생활을 정리하고 테헤란으로 와라."

뜻밖의 아버지의 초청에 어머니는 기뻐하며 서울에서의 생활을 정리하고 출국을 서두른다. 나는 이러한 일들이 너무 생소했고, 모든 것이 너무 갑작스러워서 망설여졌다.

"저는 대학을 졸업하고 나중에 가겠어요."

"네가 미술을 전공한다면서. 테헤란에서는 프랑스로 유학하기가 수월하단다. 파리로 유학을 보내 줄 테니 어머니와 함께 오도록 해라."

프랑스로 유학을 보내 주겠다는 아버지의 제안은 나의 마음을 움직였다. 화가 지망생인 나는 파리에 유학을 갈 수 있는 좋은 기회가 될 것 같아서 가족들과 함께 이란으로 출국을 결정했다. 아버지에 대한 기억이 전혀 없는 나는 아버지는 어떤 분이실까 만나보고 싶었고, 아버지를 만나면 나의 삶에 어떤 변화가 생길까 마음이 설레이기 시작하고 막연한 기대를 하게 되었다.

손때 묻은 잡동사니들을 모두 처분하면서 허전하고 착잡한
감정이 들었지만 아버지를 만나게 된다는 기대감과 외국 생활
에서 새로운 인생의 시야를 넓히고 새로운 세계에서 삶의 변환
의 기회가 될 거라고 생각하며 두려움과 설레임으로 출국일을
기다린다.

1977년 2월, 서울의 김포공항을 출국한다. 환송 나온 사람들
에 둘러쌓여 핑그르르 구르는 눈물방울을 떨어뜨린다. 처음 비
행기를 타고 하늘을 날아본다. 포도주를 마시면서 몽롱하고 환
상적인 기분에 잠긴다. 부드럽고 하얀 구름이 아름다웠다.

테헤란에 도착해서 2년 동안 부모, 형제들과 함께 생활하면
서 생소한 중동지역의 문화를 접하게 된다. 이란은 사계절이
있었지만 계절의 변화가 크지 않으면서 뜨겁고 덥고 건조한 사
막의 나라였기 때문에 여름이 되면 스프링 쿨러를 곳곳에 설치
해 도심의 모든 나무들과 잔디에 인공적으로 물을 뿌려 주어
푸른 녹색의 도시를 건설했다. 연못이 많았고 슈퍼마켓에서 생
수와 음료수를 구입해서 마셔야 했다. 나의 목으로 한 방울의
포도주도 떨어지지 않는 갈증의 도시 테헤란에는 찌그러지고
흙물로 물들여진 자동차가 많았고, 답답하고 덥고 지저분했다.

낯선 생활 환경과 문화에 쉽게 적응하지 못해 빨리 이곳을 떠나버리고 싶었다. 경제적으로는 한국보다 부유하고 풍요로웠지만 일반적인 정신 수준이나 생활 수준은 낮았다.

이란의 여자들은 검은 천(차도르)을 둘러쓰고 거리를 다니고 차도르 속의 여자들은 화려한 화장을 하고 화려한 금목걸이, 금팔찌와 보석으로 치장을 하고 다녔다.

테헤란에는 서양의 화려하고 값비싼 문화와 상품들이 페르시아 문화와 함께 뒤섞여 있었지만 지방 도시들은 이란의 독특한 전통 생활 양식이 그대로 남아 있었다. 비바람으로 파손되어 있는 흙벽으로 지은 집들이 많이 있고, 나무 대문의 손잡이는 남녀의 객을 구분하기 위해 가벼운 소리와 묵직한 소리가 나도록 두 개의 손잡이를 구분해 만들어 놓았다. 건축 양식은 신을 가까이 하기 위해 높이 지었고, 돔 형식의 지붕이 많았다. 유적지의 건물들에는 옛 페르시아의 화려했던 역사를 보여 주는 이슬람교의 근본 사상을 바탕으로 한 무늬와 문양들과 그들의 서예(caligraphic) 모자이크가 고급스럽고 화려하게 장식되어져 있었다.

테헤란대학에서 이란 말(Farcy)을 공부하면서 미술대학에 편입하여 다녔는데 테헤란대학교 학생이라고 하면 이란에서는 어디서나 친절하게 우대를 해 주었다. 국가에서 젊은이들의 교육을 활성화시키기 위한 교육정책의 일환으로 교육기관에 많은 경제적인 지원을 하고 있어서 대학 등록금은 무척 싸고 학생들에게 여러 방면으로 지원을 해 주었고 많은 할인 혜택이 주어졌다. 그러나 전반적으로 학생들의 교육열은 약하고 학업에 불성실했다. 처음에는 민족성이 다르고, 사회구조가 다르고, 자연 환경이 달라 이질감이 있었는데 의식주를 해결하는 삶의 기본 원칙에 동질성이 있었고, 또 전통적인 페르시아 문화가 생활 속에 뿌리 깊이 박혀 있는 그들이지만 그들도 역시 미켈란젤로의 미술 작품을 감상하고, 베토벤의 음악을 듣고, 셰익스피어의 문학을 읽으면서 삶의 정신적 가치를 추구해 나가는 공통점이 있었기 때문에 조금씩 사회에 적응을 할 수 있었다.

1978년 가을 어느 날, 평소와 다름없이 나는 학교에 등교했다. 대학 캠퍼스 안의 학생들 분위기가 냉정했고 예사롭지 않았다. 학생들은 그룹으로 모여 조용하게 이야기를 하고 있었고 강의는 하나씩 휴강을 해 나갔다. 가까이 지내던 친구 화리데가 내게 와서 학교 밖으로 나가라고 권유했다. 그날 이후 학교에 더 이상 나가지 못하게 되었는데 이란에 혁명이 일어났기 때문이다. 이란의 혁명 발생 원인에는 많은 동기가 있었지만 교육을 받은 사람들은 많지 않았고 문맹자가 많은 것도 한 원인이었다. 국민들은 소문에 쉽게 휩쓸리고 외부적 변화에 감정이 쉽게 흔들렸다. 이슬람교가 강하게 생활을 지배하고 있어서 교주들에게 절대적으로 복종했으며, 보통 이들은 친절하고 순진한 느낌이었으나 감정적이었고 같은 종교인이 아니면 배타적이었다. 국민들의 문화 수준과 정신 수준은 급속하게 성장하는 경제 성장과 균형을 이루지 못했고, 중산층의 국민들은 왕권의 부패된 독재 정권에 저항을 하고 있었다.

1979년 마호메트교의 종교 지도자인 호메니와 그의 추종자들이 왕의 내각을 몰아내고 정권을 잡으려고 내란을 일으켜 통제할 수 없는 경제적, 정치적, 사회적 혼란이 생기고 거대한 민족적 반란이 발생했다. 많은 상류층과 지배 계층의 사람들은 이란을 떠나 외국으로 건너가 국왕의 지지 세력이 약화되었고, 미국에 의존하고 있던 국왕은 거대한 민족적인 반란에 무너져 망명의 길을 택해야 했다. 미국 사람들을 인질로 가두고 외국인들을 배타적으로 대하는 이란에서 위기감을 느껴 더 이상 체류할 수가 없었기 때문에 우리 가족은 이란을 떠나야만 했다. 프랑스로 유학을 보내 주겠다던 아버지였으나 그는 월남에서 빈몸으로 피난을 나온 사람이었다. 아버지에 대한 동경과 그리움은 환상에 불과했고 현실은 답답하기만 했다. 동생 명규는 고등학교를 다녀야 하기 때문에 명규에게는 학비를 지불했지만 나에게는 일을 해서 돈을 벌 것을 요구하신다. 공부를 시킬 만한 경제적 능력이 없는 부모에게 아무것도 바랄 수도 기댈 수도 없는 나는 공부를 계속해야 한다는 집념으로 학비를 벌기 위해 취직을 해야 하는 결단이 필요했다.

"지금 공부를 중단하면 나는 아무것도 할 수 없는 무능한 여자가 되고 말아."

다른 선택의 여지가 없었다. 이글거리는 태양과, 뜨거운 사막 위에 지어진 사우디아라비아의 수도 리야드에서 직장을 구해 1년 동안 일을 하고 영국으로 건너갔다.

뉴 잉글랜드대학에서의 나날들

1980년 9월, 영국 아룬델, 서섹스에 캠퍼스가 있는 뉴 잉글랜드대학에 편입을 한다. 영어 공부를 하지 않았기에 언어 소통에 커다란 어려움이 있었다. 영어로 말을 표현할 수도 없었고 알아들을 수도 없었던 나는 영어권 대학에 입학허가를 받게된 것만으로도 다행으로 여기고 학교의 시설이나 수준은 고려하지 않았다. 미국 뉴 햄프셔주에 본교가 있어서 미국으로 건너가기가 유리한 조건의 학교였다. 전원 풍경이 아름답고 한가한 자그마한 시골 마을의 학교였다. 미국에 있는 본교의 교수들이 교환 교수로 와서 가르치고 있었고, 본교 학생들이 교환학생으로 와서 다니고 있었고, 아랍권의 부유층 학생들이 그들 나라의 정치적 사회적인 복잡한 문제들을 피해 유학을 와서 다니고 있었다.

워낙 어학 실력이 딸려서 강의 내용은 용수철처럼 튕겨져 나갔지만 강의 내용을 녹음하여 복습하고 노트 정리를 하면서 공부했고, 미국 학생들과 친분을 맺어 묻고 또 묻고 하면서 영어를 배우고 어설프고 낯선 미국 학생들과의 생활에 조금씩 익숙해져 갔다. 주말이면 파티를 열어 술을 마시고 흥을 돋우며 춤을 추면서 즐거운 시간을 보내는 그들 속에 난 아직 수줍고 부끄럼을 타는 아시아인으로 그들의 관심 밖이었고, 나는 학생들이 노는 모습을 구경하다 기숙사로 돌아오곤 했다.

그곳에서 미술사 교수인 도리스 버밍함 교수를 만나게 된다. 영어가 부족해서 의사 소통에도 자신 없어 하고 막연한 불안감과 긴장감으로 주눅이 들어 있었다. 버밍함 교수는 나의 겁먹은 태도에 격려와 웃음으로 따뜻이 대해 주었고 모든 질문에 친절하게 대답해 주었으며 나의 어색함을 너그럽게 받아 주었다. 열등감에 사로잡혀 있던 나를 자상하게 다독거려 주면서 단순하고 기초적인 문장으로 지속적인 학습지도를 해 주었고, 공부에 전념할 수 있도록 용기를 북돋아 주고 이끌어 주었다. 그러한 그녀의 태도가 내겐 놀라웠다. 난 그녀를 통해 미국인은 자상하고 친절한 사람들이라는 첫인상을 가지게 되었다. 그녀의 체계적이고 충실한 강의 내용과 적극적인 강의 방법은 열정적이고 생기가 넘쳤으며 흥미로웠다. 공부에 굶주려 있던 나에게 공부를 할 수 있는 흥미를 주었고 활기를 불어넣어 주었다. 전공 과목인 미술사 공부에 전념하면서 학습자료들을 충분히 이해하고 관찰하고 탐구해 가면서 조금씩 학습 능력이 발전되어 갔다.

환경의 변화는 삶에 커다란 영향을 미친다. 습관적이고 질식할 것 같은 단순한 생활을 해 오면서 항상 예술에 대한 갈증과 아직 끝내지 못한 학문에 대한 동경을 하다가 작은 학교이지만 뉴 잉글랜드대학에 편입을 했고, 오랫동안 공부에 굶주려 온 나는 공부에 몰입했다. 나에게 필요한 것이 무엇인지 알고 있었기 때문에 필요한 부분을 찾아 채우려고 노력하면서 다른 희로애락은 희생시키고 있었다. 나태했던 시간들을 후회하고 반성하고 아쉬워하고 안타까워하면서 과거를 돌이켜 보았고, 이제까지 어떻게 살아왔으며 앞으로 어떻게 살아갈 것인지 현재의 나의 모습과 미래의 모습을 생각해 본다. 삶에 대한 애정과 피가 끓어올랐다. 영국의 여러 도시들을 방문하며 영국을 배울 기회를 제공하는 학습 체험 여행들이 많이 있었으나 나는 한 번도 갈 수가 없었고 친구들과 교제를 할 수도 없었다. 낙오자가 될 수는 없다는 생각으로 공부만을 했고, 밤을 새워 공부하면서 배움에서 얻어지는 성취감을 느끼기 시작했고, 다음 단계는 무엇을 해야 하는지 눈을 뜨기 시작한다. 한 학기를 무사히 보내고 우수한 학점을 받게 되었다.

이러한 단편적인 외국 생활을 하면서 정신적으로 육체적으로 경제적으로 의존할 상대도 없었고 암흑 같은 위기감을 느낄 때도 있었지만 그것을 헤쳐나가면서 내면 세계의 열등감과 갈등에서 눈을 뜨게 되었고, 밖으로 향하는 시각이 생기고 세계를 보는 시야가 생기게 되었다. 항상 경제적인 어려움이 뒤따랐지만 교육받거나 공부하는 데는 큰 지장을 주지는 않았다. 그러한 경제적인 어려운 조건은 열린 사회 속에서 진실한 삶을 살도록 했고 겸허함을 터득하게 되었다. 고정관념으로 통제와 규제만을 받아오던 나는 숨통이 트이는 듯한 자유로움을 맛보기 시작한다. 열심히 살아오지 않았던 나는 부끄러웠고 무엇을 해야 되는지 모르고 지냈던 시간들이 아까웠다.

모든 사람들에게는 그들이 숨기고 싶은 부족한 점이나 약한 점이 있다. 외부적으로 보여지는 모습 뒤에는 또 다른 모습이 숨겨져 있다는 것을 보게 되었고, 사람들 나름대로 그림자를 가지고 있다는 것을 깨달았다. 그동안 알게 모르게 윗사람들의 명령에 의해서만 걸어가야 했고, 상대방의 감정에 의해 나의 연약한 감정이 좌우되고, 현상을 깊이 인식하지 못하고 외부적

행위로만 판단하며 외부적 상황에 두려워하던 나는, 비로소 주관적인 사고가 생기고 독자적인 가치와 자아를 확립하기 시작했다.

81년 1월 본교가 있는 미국으로 건너갔다. 비행기 유리창 밖에는 어둠 속에 반짝거리는 불빛들로 화려한 장관을 펼쳐 보인다. 보스톤 공항에 도착하여 차가운 겨울바람을 맞는다. 미국의 광활한 땅을 처음으로 밟으면서 새로운 세계, 새롭게 시작되어질 나의 인생 행로를 조심스럽게 생각해 보았고, 미지에 대한 막연한 기대와 가벼운 흥분을 느꼈다.

1년 전에 뉴 잉글랜드대학에 와서 공부하고 있는 명규가 미국 남자 친구와 함께 공항에 마중을 나와 반갑게 맞아 주었다. 보스톤 공항에서 명규는 나를 차에 태운다. 순박하고 내성적으로 보이는 미국 청년 댄은 명규의 요구에 수동적으로 순응해 주었고 편하고 부드럽게 대해 주었다. 어색함 없이 웃고 장난치는 순수한 그들의 우정이 나의 눈에 예쁘고 아름답게 비추어졌다.

어둠이 깔린 후였기에 차창 밖은 깜깜해서 경치를 볼 수 없었다. 시원하게 뚫린 고속도로를 달리다가 오랜 시간의 운전으로 차안의 공기가 탁해지면 유리창을 열어 시원한 공기로 환기를 시켰다. 그들은 똑같이 녹색의 오리털 코트를 입고 있었고 옆 문에는 코카콜라가 담겨져 있는 일회용 종이컵이 끼워져 있었다. 미국 생활의 첫 페이지였다. 학교 기숙사로 가는 도중에 맨체스터 몰 앞에 일단 차를 세운다. 차갑고 맑은 공기 속에 입김을 후후 불면서 주위를 둘러본다. 시야가 넓게 펼쳐지고 심장의 박동 소리가 들린다. 넓은 광장의 주차장에 빽빽이 주차되어 있는 차들, 겨울의 발가벗은 회색의 나뭇가지가 바람 소리에 윙윙거리고 군데군데에는 하얗게 눈 덮인 들판이 눈에 보인다. 건조하고 맑은 차가운 공기가 상쾌하게 느껴졌다. 머리가 맑아지는 느낌이었다.

"여기가 맨체스터 몰이야. 학교는 여기에서 1시간 정도 더 가야 해. 저녁 먹고 가자."

"몰이 무엇인데?"

그들을 따라 들어가면서 물어본다.

"모든 나라마다 대형 슈퍼마켓과 고층 백화점들이 있지만 몰은 다양한 상점들과 다양한 레스토랑들을 평면적으로 넓게 펼쳐 놓은 백화점이데 상점들은 조그마하고 아담하고 서민적이야. 산책하듯이 걸어다니면서 상점들에 진열되어 있는 상품들을 구경하고 구입하기에 편해. 미국의 각 도시들은 몰과 주택가의 군집으로 기초적인 주거 환경을 이루고 있어."

패스트 푸드점, 과자가게, 멕시칸 푸드점, 중국 음식점, 피자가게, 작은 레스토랑들이 눈에 뜨였다.

"배가 고픈데 저녁 먹자."

명규는 미국 생활에 익숙하게 적응하고 있었고 모든 일들을 능숙하게 처리했다. 산골의 작은 마을인 헤니커에 도착한다. 기숙사는 나무로 지은 아담한 3층 집이었는데 1층에는 여럿이 사용할 수 있는 공동 부엌이 있었고, 2층에 명규와 함께 방을 쓰도록 모든 생활용품들이 준비되어 있었다. 모든 것을 준비하고 기다려 준 명규에게 고마웠고 집에서 함께 살 때와는 다른 애정을 느낄 수 있었다.

다음날 아침 잠에서 깨어나 침대 옆의 커튼을 열어 보았더니 온 세상이 하얗게 눈으로 덮여 있었다. 아무도 밟지 않은 하얀 눈이 소복히 쌓여 있었고 나무도 지붕도 모든 곳이 하얗게 눈으로 뒤덮여 있었다.

"야! 눈이다! 하얀 눈으로 마을이 뒤덮여 있어!"

"겨울에 가끔 폭설이 내리면 지상 1미터까지 쌓이기 때문에 교통이 마비되고 학교들이 휴교하는 경우가 생겨."

차가운 바람은 나의 볼을 스쳐 가고 맑고 파란 청명한 하늘에 구름이 떠다니고 있었다. 가슴을 펴고 호흡을 할 때마다 신선하고 쾌청한 공기가 내 몸 속으로 들어가 생명력을 느끼게 해 주었다. 도심 속에서 지루하게 생활해 온 나는 이 신선한 산골의 아름다움에 매혹되었다. 계절의 변화, 환경의 변화는 나의 정서와 감정에 직접적인 영향을 끼치고 있었다. 낯설은 미국에서의 새로운 환경, 젊은 학생들, 다시 시작하게 된 학교 생활, 이러한 변화가 나에게는 절대적으로 필요했다. 광활한 미국 대륙에서 언어도 제대로 구사 못하고 누구의 후원도 없는 상황에서 뒤쳐지거나 넘어지면 나는 영원히 인생의 낙오자가 되고 만다는 두려운 생각으로 항상 긴장을 하면서 생활하게 되었다.

'대학을 졸업하면 화가가 되기 위한 전문 교육기관인 대학원에 진학하고, 대학원을 졸업할 때까지는 학교를 결코 떠나지 않겠어.'

마음속으로 각오를 한다. 목표가 있어야 열심히 노력하게 되고 몰입할 수가 있고 삶을 사랑하게 된다. 그러한 목표와 욕구가 있다하더라도 환경이 주어지지 않으면 욕심으로 그치게 되고 실천하기가 어려운 것이다. 내가 가지고 있는 것은 나의 육체와 정신뿐이었다.

어려운 환경 속에서 커다란 삶을 일구어 낸 사람들의 이야기가 많이 있다. 나는 말없이 기도하면서 조심스럽고 겸허하게 나를 키워 나가기 시작한다. 사람들은 그들의 욕망을 키우고 채워 가면서 그것이 한갓 자신의 희로애락의 일부가 되더라도 또 다른 욕망을 꿈꾸고 계획한다.

　뉴 잉글랜드대학에서 한 학기를 보내면서 이 마을과 학교는 한적하고 정체되어 있다는 것을 알게 되었다. 대학 내에서 나는 탁월하고 우수한 학생으로 부각된다. 작은 산골 마을의 사립대학이라 미술대학의 시설은 미흡했고, 타성에 젖은 학생들의 학업 태도는 부진했고, 전문직업을 생각하며 서양화를 전공하는 학생들은 없었다. 이곳에 그대로 머물러 있으면 자연 도태될 것 같은 두려움이 생겨 규모가 크고 높은 수준의 대학교로 편입을 하고 싶은 충동을 느끼게 되어, 서양화 지도 교수인 월쉬 교수에게 심적인 갈등을 상의했다.
　"수준 높은 대학교에 편입을 해서 능력을 시험해 보고 새로운 영향을 받아 실력을 더 키워 보고 싶습니다."
　"이렇게 여러 번 대학들을 옮겨다니며 토막낸 대학 생활이 부족해서 또 옮기려고 하니? 이 대학에서 안정되게 충실히 학업을 마무리하고 좋은 대학원을 선택하여 가는 것이 더 현명한 선택이다. 다른 대학에 편입할 생각을 하지 말고 대학원 입학을 위한 준비를 해라."
　"알겠습니다."

올바르게 상담해 주고 선의의 도움을 주는 월쉬 교수에게 감사했다. 학교 생활에 충실하면서 대학원에 갈 준비를 하기 시작했다.

월쉬 교수는 또 내게 매우 호의적으로 말했다.

"대학원에 입학하려면 최소한 20여 점의 작업들을 슬라이드로 작성해 제출해야 한다. 준비기간이 앞으로 1년 남아 있는데 그동안 작업을 하는 데 어려움이 없도록 개인 모델이 필요할 때 언제든지 사용할 수 있도록 배려해 주겠다. 실기실에서 모델을 놓고 인물 중심의 작업을 하도록 해."

"감사합니다."

학과 시간을 빼 놓고는 실기실에서 시간을 보내며 작업에 몰입했다. 학교 실기실은 나의 작업실이 되었다. 회화 작업에 대한 막연한 욕망만을 가지고 있던 나는 기초적인 작업을 해 나가면서 회화적인 표현력을 향상시키고 창작 방법과 자세를 찾아나가고 있었다. 인물을 다루면서 변화하는 감정을 표현하고 인간 행위를 통해 나타나는 상징적인 의미를 표현하면서 인간 본질의 모습을 찾으려고 했다. 우리의 일상생활 속에서 발견할 수 있는 인간들의 모습과 제한된 시간과 공간에서의 상황을 표현했다. 그러나 이러한 작업들은 나의 생각과는 달리 아카데믹한 표현을 탈피하지 못했다. 한정된 시간 동안에 일관성 있는

회화 작품들을 완성해서 슬라이드를 찍어 대학원에 제출해야
했기 때문에 아카데믹한 것을 알면서도 새로운 실험적 시도를
할 수 없었다. 나를 자극하거나 유혹하는 일에는 시선을 두지
않았고 예술 활동을 계속하고 싶은 강한 의지와 욕구를 가지
고, 아무런 보장은 없었지만 미래를 향해 가고 있었다. 작업에
많은 시간을 보내다 보니 언어를 공부할 시간이 부족했고, 짧
은 영어로 생활을 하다 보니 많은 불편을 느껴야 했다. 다행히
교수들의 이해와 보살핌으로 학과 진행에 어려움은 없었지만
답답하고 불편했다.

밝고 활달하고 명랑한 명규는 대학에서 A학점을 유지하면서
교수들과 학생들 사이에서 원만한 관계를 유지하고 있었다. 나
보다 4살이 어렸지만 그녀는 미국 생활과 대학 생활에서 선배
역할을 해 주었고, 나의 보호자 역할을 톡톡히 해 주었다.

"몰에 가서 쇼핑하자." 하면 따라나섰고, "저녁 먹자." 하면
함께 먹었고, "구경 가자." 하면 함께 행동했다. 명규가 하자는
대로 따라했고 동행했다. 명규의 도움으로 미국 사회에 자연스
럽게 적응하고 생활을 할 수 있었고, 서로의 외로운 미국 유학
생활의 바람막이가 되어 주었다. 이러한 외로움은 어떠한 형태
로든 어디에서나 우리를 항상 따라다니는 것이라고 생각했다.
학교에 있는 동아리 활동에는 거리감을 느꼈고 흥미를 느끼지

못해 혼자의 시간을 보냈지만 교수들은 나를 인정하고 아껴 주었고 이해해 주었다.

일 년 남짓 동안에 대학원에 제출해야 하는 20여 점의 작품 슬라이드를 작성하여 펜실베니아대학과 그밖의 몇몇 미술대학에 입학 원서와 필요한 서류들과 슬라이드를 보내고 초조하게 가슴을 졸이며 결과를 기다렸다.

월쉬 교수는 펜실베니아대학원 졸업생이었기 때문에 대학원의 학과장인 웰리버 교수를 잘 알고 있었다. 미술대학 분위기와 웰리버 교수에 대한 많은 이야기를 해 주어서 친근한 느낌을 갖게 되었다. 월쉬 교수는 웰리버 교수에게 특별한 개인적인 추천장을 써 주었고 버밍함 교수, 하단 교수도 훌륭한 추천장을 써 주면서 적극적으로 후원해 주었다. 펜실베니아대학에 합격되기를 기도했다. 교수들은 항상 신뢰와 우의를 갖고 호의적으로 대해 주었고, 나의 진로를 긍정적으로 열어 주었다. 서울에서는 까다롭고 부정적이고 무관심한 태도로 나를 대해 주던 사람들 속에서 살아왔다. 실수를 하거나 잘못을 하면 칼날처럼 질책하며 핀잔을 주고 금지시키는 어른들 사이에서 자라면서 내가 하는 일에 확신을 갖지 못하고 두려워하고 소극적으로 생각하고 자신없이 행동하던 나는, 미국 교수들의 긍정적이고 열린 태도를 대하면서 닫혀져 있던 마음을 조금씩 열기 시작하고 인간에 대한 애정과 사랑을 느끼기 시작했다. 넓고 큰 세계를 보기 시작한 것이다.

뉴 잉글랜드대학에서 졸업 전시회를 열고 대학을 졸업했다. 마음을 졸이면서 기다리던 펜실베니아대학원의 합격통지서를 받고 안도의 숨을 내쉬면서 기뻐했고, 교수들도 함께 기뻐해 주었다. 대학원의 합격통지서는 내 인생의 커다란 전환점이 되었다. 이것은 나의 열정과 희망을 향해 발걸음을 내딛을 수 있는 동기가 되었고, 내게 삶을 향해 계속 도전할 용기를 주었다. 계속 변화하는 환경의 충격 속에서 새로움에 적응하느라고 힘들어하면서 대학 생활을 소화해 내고 있었다. 대학 졸업 후 대학원 입학일까지는 6개월 동안의 공백 기간이 있어서 맨체스터에 있는 커리어 갤러리에서 5개월간 일을 하면서 갤러리의 운영 방법을 경험한다.

미국에서 발가벗은 상태로 사회를 배우고, 사람을 배우고, 공부하면서 마음의 문을 열고 자아를 찾아가고 가능성에 대한 눈을 뜨기 시작했다. 내가 처음 미국에 도착해서 공부할 때만 해도 미국 사람들은 한국 사람들을 보면 먼저 한국 사람을 6·25 전쟁과 연결시켜 폐허가 된 도시를 연상하고 독재 정권 하에서 자유를 억압받으며 살아가는 불행한 국민들이라는 왜곡되고 제한된 선입관을 가지고 있었다. 시간이 지나면서 그들은 한 명의 동양인으로서, 또 인간으로서 예술가로서 나의 능력과 가치를 평가해 주었고, 양지의 따사로움을 받으면서 성장해 가고 발전해 가고 있는 나를 존중해 주었다. 미국이라는 선진국에서 좋은 점, 발전된 점, 우리와 다른 점들을 발견하고, 그들과 함께 생활하면서 나의 모습을 비추어보고 촌스러움을 털어나갔다. 안목을 키우고 삶의 질적 가치를 높여 갔다. 통제된 한국이라는 사회와 부유한 열린 미국이라는 사회는 정말 달랐다.

생활이 순조로웠고 사람들이 까다롭지 않았다. 그들에겐 여유가 있었고 자유스러웠고, 솔직했고, 나의 진로를 막지 않았다.

'이것이 자유구나!'

숨통이 트이는 듯했다.

펜실베니아대학원 입학

　8월 말, 필라델피아에 있는 펜실베니아대학교에 도착한다.
낯설은 사람들, 기숙사, 학교 캠퍼스, 대학 건물들, 모두가 생
소하고 새로웠다. 보스톤에 첫발을 내딛었을 때와는 또 다른
흥분을 느끼면서 학교 주변을 둘러보고 학과 등록을 하기 위해
바쁘게 다녔다. 등록금을 지불하고 학과를 등록하고 실기실을
확인하고 식당, 도서관, 휴게실 등 새로운 장소와 사람들과 익
숙해지기 위해 이 건물 저 건물 필요한 장소들을 다리와 발이
아프도록 돌아다녔다. 캠퍼스는 넓고 컸다. 건물과 건물 사이
를 오고가는데 무척 먼 거리로 느껴진다. 아이비로 둘러싸인
오래된 옛 건축물들과 현대식 건축물들이 넓고 푸른 잔디밭과
함께 조화롭게 어우러져 있는 펜실베니아대학은 역사가 오래

되고 전통 있는 대학으로 필라델피아의 중심부에 대학 도시를 형성하고 있었다. 생기에 차 있는 젊은 학생들의 가벼운 발걸음과 자유스럽게 보이는 그들의 행동에 젊음과 활기가 가득 차 보였다. 그러나 나에겐 모두가 낯선 사람들뿐이었다. 점심시간에는 캠퍼스 곳곳마다 쏟아져 나오는 수많은 학생들의 군집을 보면서 '매년 거듭되는 이 학교의 졸업생 수가 이렇게 엄청난데 이들은 다 어디로 소속되어지는 것인가? 또 나는 어디로 가게 될까?' 하는 의문을 던져본다.

가을 햇살 아래 싱그럽게 피부를 스쳐 가며 부는 상쾌한 바람은 "그러한 우울함, 어려움, 고통을 잊어버려." 라고 속삭인다. 어둠이 깔리면 풀밭 위에 반딧불이들이 어둠 속에서 마법의 요정가루처럼 반짝거린다. 반딧불이들의 신비로움에 도취되어 잠시나마 꿈을 꾸면서 상상의 세계를 그려 보기도 한다. 이 대학의 학생들에게는 선택되어졌다는 긍지와 우월감과 자부심들이 있었다. 이 학교 졸업생들의 성공한 삶의 예를 들어가면서 모든 학생들은 그들의 미래를 꿈꾼다. 같은 학과 동료들에게 대학원 교육의 필요성을 물어보았다. 그들은 물론 여러 가지 요소들을 꼽았지만 그중 가장 중요한 것에 대해 이야기해 주었다.

"첫 번째는 교수들과의 인맥을 맺기 위해 좋은 학교를 찾아야 해. 교수들과의 인맥은 사회 생활에 많은 도움을 주기 때문이지. 더구나 미술대학을 졸업하면 노력해도 화가로 성공하는 경우가 드물고 일자리도 극히 제한되어 있어서 대학만 졸업한 후 마땅한 일자리를 찾기 어렵기 때문에 할 일 없이 지내는 것보다는 학교에서 시간을 보내면서 졸업 후의 계획을 세우는 것이 시간을 버는 일이야."

대학원에 합격을 하고 입학을 했지만 앞으로 대학원 3년 과정 동안 학비와 생활비 등의 경제적 문제를 해결해 나가야만 하는 부담을 안고 있었다. 대학 공부를 계속하도록 경제적으로 지원하거나 후원해 줄 사람이나 가족이 없었기 때문에 환상적인 생각에 머물러 있을 수 없었고 남다른 현실적 불안과 걱정이 머릿속을 떠나지 않고 있었다. 대학 공부를 계속하겠다고 직장에 취직하여 돈을 벌어 목돈을 마련하였지만 엄청난 사립대학의 학비와 생활비를 충당하기에는 어림도 없는 일이었다. 살얼음판을 걸어가듯이 학과장인 웰리버 교수와의 솔직한 대화를 통해 경제적인 문제를 해결해 나갈 수 있게 되었다.

"교수님, 화가가 되기 위해 교수님으로부터 사사를 받고 싶어서 월쉬 교수의 추천으로 펜실베니아대학원에 입학을 했습니다. 그러나 등록금을 마련해야 하는데 경제적으로 어렵습니다. 장학금을 탈 수 있도록 도와 주세요."

"기다려 봐라. 노력해 보마."

웰리버 교수의 추천으로 아시아문화재단에서 2년 동안 후원금을 받게 되었고 펜실베니아대학에서 나오는 장학금을 받아 학교를 다닐 수 있게 되었다. 소비를 최대한 절제하면서 생활했고 기회가 되는 대로 세탁소, 레스토랑에서 아르바이트를 하면서 생활비를 충당했다.

경제적인 부담감은 무언의 강박관념이 되어 나를 짓눌렀다. 여자로서의 매력이나 자태를 염두에 두지 않았고 남루한 차림으로 생활을 했다. 어느 날 웰리버 교수는 남루한 차림을 한 나의 모습을 보고 말한다.

"내가 이발소에서 이발을 하고 있는데 유리창 밖으로 지나가고 있는 월남 피난민이 있어서 자세히 보니 자네더군."

뭇사람들의 시선을 의식하기보다는 나의 내실에 충실해야 했고, 나의 작품과 인간성 완성에 대한 성찰을 위해 노력해야 했다. 문득문득 사랑을 나누고 싶었고, 남자 친구를 사귀고 싶은 충동을 느끼기도 했지만 이성과의 사랑에서 상처를 받고 싶지도 않았고, 제한되어 있는 귀중한 학교에서의 시간을 이성간의 감정적인 문제로 소비하거나 주변 환경에 불평 불만을 하는 것은 사치스러운 생각들이었기에 절제했고 초라한 차림의 나에게 눈길을 건네는 남자들도 없었다.

짜여진 강의 시간표에 의해 교수들의 강의 내용과 지시대로 공부를 해 오던 나에게 이 학교의 수업 방식은 처음에는 어리둥절했다. 미국 현대 서양화의 대가인 웰리버 교수가 학과장을 맡고 있었고, 일본 사람인 나카자토 교수가 판화과를 담당하고 잉그만 교수가 조소과 학과장이었다. 오리엔테이션 첫날 학과장께서 서양화과 프로그램을 설명한다.

　"우리 학과는 각 학생들에게 개인 실기실을 주고 필수 과목인 서양화 실기와 판화 실기만을 요구한다. 스스로 작업하고 훈련을 쌓아가는 자유스러운 프로그램으로 진행되는데 서양화 실기 수업은 뉴욕에서 활동하고 있는 서양화가들이 평론가로 초빙되어 학생들과 일대일로 면담하면서 작업을 평가하는 것이 수업 과정의 전부다. 일주일에 한 명이나 두 명의 화가들이 방문하는데 그 화가의 평을 듣기를 원하는 학생들은 방문 작가의 시간표에 미리 사인을 해야 하고 학생들은 사인한 작가와 약 30분 정도의 시간을 할당받게 된다. 작가는 사인한 학생들의 실기실을 찾아와서 그동안 제작해 놓은 작업을 보면서 주관적인 평가를 해 주게 된다. 이 학교에는 너희들이 선택할 수 있는 좋은 시설과 기회들이 많이 있지만 너희들에게 요구하거나 강요하는 사람은 없다. 너희들 스스로 찾아내어 스스로의 실력을 향상시켜야 한다."

실기만을 요구하는 교과 과정이 학생들의 작업량이나 작업의 질을 증대시키지는 않았다. 이제까지 배워 온 교육 과정을 바탕으로 학생들이 스스로 자기만의 회화 세계를 찾아 창작 활동을 하는 것은 말처럼 쉬운 일은 아니었다. 아직 작품 세계가 확립되지 않은 상황에서 빈 공간과 하얀 캔버스에서의 창작 생활이란 힘에 겨웠고, 오히려 학생들은 심한 갈등과 강박관념에 시달려 많은 시간 실기실을 비우는 경우가 많았다. 다양한 화풍의 작가들은 각기 다른 시각에서 다른 평가를 해 주었기 때문에 학생들은 혼돈을 느끼기도 했다. 학생들은 방문 작가들이 다녀간 후에는 몇몇이 모여 그들의 평가를 종합해 보기도 하고 칭찬을 받은 친구에게는 부러움을 표시했고, 무자비한 평가를 받으면 펑펑 울기도 하고 작업이 손에 잡히지 않아 방황하기도 하면서 학교 생활을 해 나갔다. 말로만 듣던 뉴요커들과의 만남은 소중한 경험이 되었다. 그들의 모습을 파악하기 위해 옷차림, 말투, 태도를 관찰했고 대부분의 화가들과 면담을 요청하여 이야기에 귀를 기울이고 경청했다.

학교를 방문하는 뉴욕의 화가들은 학생들에게는 충격적이었고 부러움의 대상이었다. 수잔 샤터, 루디 버카르트, 이반 자켓, 쟈넷 휘쉬, 말사 다이아몬드, 제인 프레리커, 잭 빌, 루이사 체이스, 라파엘 페르 등 82년에서 85년 사이에 뉴욕 화단에서 뚜렷한 개성을 갖고 자기 표현에 충실한 예술가들이 주류를 이루고 있었다.

수잔 샤터, 우주의 기본 원천인 자연을 사랑하고 자연을 소재로 그린다. 자연은 형이상학적 의미가 있고 인간의 능력보다 절대적인 힘이 있어 그랜드 캐년과 같은 거대한 모습의 자연 경관, 이국적인 나라의 산과 경치를 그린다.

루디 버카르트, 영화 제작자인 그는 장난기 어린 시각을 가지고 있고, 긴장감보다는 쉽게 생각하고 편한 자세로 작업을 대하게 한다. 캔버스의 평면적 화면 속에 영화 장면처럼 익살스럽거나 재치있는 요소들로 처리하도록 요구한다. 그는 여자를 좋아했고 낭만적인 기질이 있었다.

이반 자켓, 높은 건물에 올라가 뉴욕의 야경을 그리기도 하고 헬리콥터를 타고 하늘에서 내려다보이는 경치를 그린다. 높은 건물에 올라가 뉴욕의 밤거리를 내려다보면서 빌딩들과 자동차로 가득 찬 도심 속에서 빌딩과 빌딩 사이의 불빛과 자동차들의 불빛이 조화롭게 어우러져 이루어내는 장관을 밀도감 있게 처리하면서 그린다. 진한 어둠 속에서 추상적인 불빛들의 움직임과 화려한 색채들은 리듬감을 주고 강한 이미지를 전달한다.

자넷 휘쉬, 유리 그릇, 꽃과 같은 정물을 소재로 그린다. 눈

높이의 수평선을 낮은 위치에 놓고 물체를 크게 확대하여 그린다. 자연의 빛과 사진 속의 빛을 함께 사용하고 투명한 색채와 불투명한 색채를 강하게 대조시키고 자유롭게 표현하면서 화면 전체를 지배한다. 겹쳐진 투명 물체들 사이에서 추상적 패턴을 창조하고 빛의 변화와 명쾌하고 감각적인 색채를 강조하여 그린다.

말사 다이아몬드, 크고 넓은 붓으로 건물을 가까운 거리에서 보면서 확대하여 그린다. 외곽선을 그리지 않고 물감을 붓에 충분히 묻혀 단숨에 그리면서 형태의 특징만을 표현하고 빈 공간에 평면적인 이미지를 제시한다.

제인 프레리커, 먼 시야에 보이는 풍경을 소재로 그린다. 물리적인 자연의 모습을 감성적인 시각으로 보고 친근하고 평화로운 분위기의 풍경을 그린다. 작가의 시각에 따라 표현되는 가능성과 물감의 처리 방법에 따라 그림이 주는 영향과 느낌과 효과가 다르다는 기본적인 원리를 보여 준다.

잭 빌, 인물들의 사실적이 상황을 그대로 묘사하지 않고 심리학적인 통찰력으로 보고 드라마적인 상황으로 꾸며 표현주의적인 방법으로 화면을 구성한다. 마네킹에 옷을 입혀 놓고 관찰하면서 자세히 표현한다.

이러한 작가들은 새로운 동기를 찾아내기 위해 다른 작가들이 시도해 보지 않은 새로운 소재를 찾아 독창적인 작업을 하고 활발한 창작 활동을 하는 화가들이었다. 뉴욕의 화단에서는 추상표현주의가 거대한 미술 시장의 흐름을 주도하고 있었지만 웰리버 교수는 리얼리즘 작가였고 학교에 찾아오는 작가들도 그와 친분이 있는 리얼리즘 작가들이었다.

우리들의 예술관이나 회화 세계가 아직 뚜렷이 형성되어 있지 않았기 때문에 방문 작가들의 모든 비평을 비판 없이 받아들이면서 마음에 상처를 입기도 하고 괜스레 우쭐해 하기도 하고 각기 다른 평론에 마음이 좌지우지 움직이기도 하고 그림의 화풍도 변화되었다. 웰리버 교수는 우왕좌왕하는 학생들에게 충고한다.

"평론가들의 지적을 듣기만 하지 말고 자신의 주관과 의견을 표현해야 한다."

뚜렷한 주관이 견고하게 확립되지 않은 상태에서 나의 모습은 작가들의 비평에 의해 항상 무너져 내렸고 그들의 평에 반론할 수 없었다. 다른 의견을 가진 사람들에게 나를 이해시키고 설득시킬 수 있는 주관적인 의지를 확보해야 하고, 자신의 예술 세계는 그어 놓은 선을 따라가는 것이 아니라 스스로 선을 찾아 그어야 한다는 것을 알면서도 생각하는 대로 확립되지 않는 것이 독창적인 예술관이었다. 웰리버 교수는 이런 우리들에게 늘 강조했다.

"곱게 정제되고 깔끔하게 완성된 작업보다는 어설프더라도 자신의 세계를 보일 수 있는 실마리를 찾고 가능성을 개발해야 한다. 자연스럽고 생동감 있는 필치, 개성적이며 표현적인 색채와 미를 추구하면서 독창적인 세계를 추구해야 한다."

"3년 대학원 과정 동안에 나의 예술의 가능성을 찾아낼 수 있을까?"

학생들은 불만을 표시한다.

"무엇을 어떻게 표현해야 할지 몰라 초조합니다. 이런 자유스럽고 추상적인 과정보다는 어떤 작업을 하라고 구체적인 제시를 해 주고, 숙제를 내 주고, 어떻게 하라는 주입식 훈련과 교육을 받고 싶습니다."

작가들은 그 질문에 대답하지 않고 다만 학생들이 해 놓은 것에 대한 평가만을 해 주었지 구체적 방향 제시는 전혀 해 주지 않았다. 그러한 훈련을 받으면서 자아를 찾으려 방황했고, 독창적이고 개성적인 표현이라는 추상적인 개념을 구체적으로 실현시키는 예술 세계를 확립하려고 조바심을 내면서 헤매었다. 답답하고 어두운 색채들, 권태롭고 지루한 그림에서 탈피하려고 방황을 했지만 성급한 마음뿐이었고 손이 무겁고 가슴이 답답했다.

　뉴욕의 미술관에서 대가들의 근작전이나 유작전을 보고 실기실에 돌아오면 그 작가들의 화풍을 흉내낸다. 윌리엄 드 쿠닝의 전시회를 보고 오면, 화면 위에 경쾌하고 자극적이고 빠른 붓놀림, 질죽한 물감으로 두툼한 화면 처리를 하면서 얻어지는 효과를 흉내내어 드 쿠닝적인 그림을 그렸고, 화면 전체에 따뜻하게 감도는 파스텔 톤의 부드러운 색채를 사용한 패어필드 포터의 작품들, 서술하지 않으면서 조용히 응시하게 하는 밀톤 아버리의 작품들, 정적이고 시적인 색채를 사용해 조용한 분위기와 단순하게 변형시킨 인물과 색채와 배경 설정으로 화면 구성에 균형을 이루면서 걱정이나 분노의 표현은 하지 않고, 예리하고 견고하게 구성되어 있는 밀톤의 작업들, 어둠과 밝은 색채를 대비시켜 인물들을 선명하게 표현하고 내용을 힘있게 나타낸 마네의 작품들을 감상하고 오면 그들의 스타일을 모방하여 나의 그림은 추상에서 구상으로 변환되었다. 다양한 작가들의 작업을 모방해 보면서 구상과 추상을 넘나들며 여러 가지 방법으로 그림을 그렸지만 겉으로만 그려지는 그림들이었다.

　'나는 작가가 되고 싶다는 의욕만 있었지 나에겐 진정한 작가가 될 능력이 없는 것은 아닌가?'

　스스로 회의에 빠져 방황하고 무력감과 실의에 차서 허우적거렸다.

'이것이 나의 한계점인가? 나는 이 정도에서 낙오하고 마는 것인가?'

작업은 진전되지 않았고 마음은 무거웠다. 소재를 찾기 위해 필라델피아에 있는 무용학교를 찾아갔다.

"저는 펜실베니아대학 미술대학 학생입니다. 무용수들을 그림 소재로 얻기 위해 이 무용학교를 찾아왔습니다. 무용하는 장면을 카메라에 담아가고 싶은데 허락해 주세요."

친절히 연습실로 안내해 주었다. 무용수들의 연습 과정을 구경하면서 그들의 움직임을 카메라에 찍어 왔다. 카메라를 들고 학생들의 다양한 동작을 응시하면서 그들의 율동을 통해 즐거움과 시원스러운 기분을 느꼈고, 육체의 동작으로 발산되어지는 무용수들의 정열을 한동안 구경을 하면서 나도 그들 속에 섞여 한 구성원으로 같이 춤을 추고 싶은 충동을 느끼기도 했다. 마치 전문 사진사처럼 연습실의 이 구석 저 구석을 걸어다니면서 찰칵찰칵 소리를 내었다. 아마도 저 학생들도 나를 의식하면서 그들의 모습을 과시했을 것이다. 무용수들의 활달한 동작과 율동감, 리듬감, 속도감이 감정을 자극시켰고 그들을 통해 얻은 영감으로 실기실에 돌아와 거친 붓자국과 형태들을 여러 각도로 분해하며 새로운 표현을 시도해 보았다. '답답하다, 닫혀져 있다'고 계속 지적받아 왔기 때문에 무용수들의 동작에 의해 전달되는 동적인 쾌감을 나의 작업에서도 나타내고 싶었다. 학구적인 형태의 사실주의적인 작업을 탈피하여 좀 더 자유롭고 개성적인 형태의 표현을 해 보려고 추상적인 작업을 시도했다. 색채와 형태들을 파괴하고 대담하고 자극적인 붓질을 하면서 극적인 운동감을 나타내고 표면처리를 해 나간다. 작가들은 나의 구태한 작업을 벗어내는 시도라고 반겼고, 좀더 현대적 감각의 색채와 요소들을 탐험하고 도전하라고 용기를 북돋운다. 방문 작가들의 충고는 좌절을 맛보게 하기도 하고 용기와 의욕을 북돋워 주기도 했다.

추상화가 시대의 중심 기류였고 미술사의 흐름이어서 학생들과 작가들은 추상적 이미지를 시도하고 계발하려는 노력을 했다. 일반적으로 사실적이고 객관적인 표현은 관객에게 쉽게 이해되고 생각할 기회를 주지 않는다고 하여 평가 절하되었고, 작가의 지적 개념을 압축시키고 작가의 이미지를 추상 형태로 창조하는 추상화에 큰 가치를 부여하고 있었다. 미술사의 흐름에서 벗어난 구상화가들은 소수에 불과했고 추상화가들보다 구상화가들이 화단에 등단하기가 더욱 어려운 상황이었다. 추상적인 표현을 시도하다가 기분이 따라가 주지 않으면 또 구상적 이미지로 돌아갔다.

　나에게 맞고 필요한 표현 방법을 찾아 버둥거리면서 계속 새로운 방법을 시도하고 이미지를 찾는다. 다른 방법의 손놀림으로 붓질을 하면서 형태를 변형하고 표면의 재질의 변화를 시도하고 거칠고 활발한 표현을 해 본다. 나의 닫히고 폐쇄된 생활 태도처럼 만족스럽지 못하고 풀려지지 않는 답답한 작업만을 계속 만들어 내었고, 이 한계를 극복해야 한다는 강박관념 속에서 질식할 것 같았다.

　학교에서 반복되는 일상생활에 싫증이 나서 변화를 얻고 싶을 땐 펜실베니아대학의 부속 농원인 벅스 카운티에 찾아갔다. 넓은 평원이 펼쳐져 있는 벅스 카운티에는 학생들이 체류할 수 있는 집이 있어서 가끔 학교를 떠나 교외의 농원에서 며칠간 머물면서 한가롭게 풍경을 그리곤 했다.

　웰리버 교수는 나의 삶과 예술에 절대적인 영향을 끼친 중요한 사람이 되었다. 자그마한 키에 탄탄한 근육, 은백색의 머리와 콧수염, 녹갈색의 눈동자, 도톰한 입술 이것이 그의 특징적인 외모이다. 이야기할 때는 '붐-붐-붐' 하는 식으로 학생들에게 필요한 이야기만 간략하게 해 주고 떠난다. 그와 많은 시간을 보낼 수 있기를 바랬지만 제한된 시간의 만남과 대화에서 아쉬움을 느꼈다. 그는 담배를 피우지 않고 타바코를 씹는 습관이 있어서 그가 지나가는 곳에는 타바코 냄새가 풍긴다. 서양화과 사무실을 지나다가 타바코 냄새를 맡으면 곧 학생들은 그가 왔다는 것을 알고 숨죽이며 살금살금 걸어간다. 그는 친절하고 다정하고 편안하게 우리들을 대했지만 우리들은 그를 보면 긴장했다. 그에 대한 소문과 사생활들은 매일 새롭게 발견되었고, 그에 대한 에피소드도 끊이지 않고 학생들의 입을 통해 전달되었다. 점심시간, 휴식시간에는 시간이 모자랄 정도로 그에 대한 이야기가 입에 오르내렸다. 그 어떠한 소문에도 불구하고 어느 누구보다도 웰리버 교수는 우리들에게 가장 중요한 교수였고, 버팀목이 되어 주었다.

그의 작품 소재는 미국 북동부에 위치한 메인주의 '자연' 그 자체였다. 사람들에게 소개되지 않고 손길이 닿지 않는 깊은 산 속에 깊숙이 들어가 밀집된 나무들, 거칠고 광활한 벌판, 호수와 숲, 바위들을 독창적이고 현대적 감각으로 표현한다. 그의 풍경화를 보면서 풍경화 속으로 걸어들어가면, 날씨가 느껴지고 자연 속의 빛과 공기와 바람의 흐름을 느끼고 자연의 내음을 맡을 수 있다. 자연의 거칠음 속에서 질서와 아름다움을 찾아내고, 보고 알고 있는 사실성을 표현하지만 요구르트처럼 걸죽한 농도의 물감을 사용하여 빠른 동작의 붓질로 외곽선을 그리고 붓자국의 흔적을 남기는 표현 방법으로 표면 처리를 하여 정돈되고 추상적인 화면 구성을 하고 있다.

뉴욕 현대 미술관에 소장되어 있는 작품 '그림자(Shadow)'는 눈에 쌓인 밀집된 나무들을 빛과 그늘을 대조시키면서 표현한 단순한 구성이었지만 형이상학적이고 정신적인 의미를 담은 강한 인상을 남겨 주는 작품이었다. 날씨와 강한 햇살의 변화에 따라 변하고 바뀌어지는 자연의 풍경과 대자연의 변화를 자연 속에서 작은 캔버스를 펼쳐 놓고 직접 관찰하며 스케치하고, 작업실에 돌아와 큰 캔버스에 옮겨 그린다. 그의 작품은 자연의 조화로움과 온화함, 거칠음으로 가득 채워져 있고 자연 속에서의 정신적인 우주관을 표현하기도 한다. 그는 인적이 드문 메인주의 한 지역인 링컨빌에서 그림을 그리기 위해 외로운 삶을 살아간다. 이주일에 한 번씩 필라델피아에 내려와 학생들을 지도하고, 뉴욕에 들려서 미술 시장을 돌아보고, 메인으로 돌아가 작업을 하는 대가였다.

어느 한국 유학생이 그의 첫인상을 미국 농부 같다는 표현을 했다. 메인의 숲 속에서 대부분의 시간을 작업을 하며 살아가기 때문에 자연의 풍상이 그의 외모에 젖어 있는지도 모른다. 그는 성공한 작가였을 뿐만 아니라 명쾌한 평론가였고, 인간적인 면모를 보여 주는 좋은 교수라는 평판을 받고 있었고, 학생들은 웰리버 교수의 제자라는 것에 긍지를 가졌고 그를 높이 평가하고 절대적으로 존중했다. 학생들이 현실적이고 경제적인 어려운 문제들을 의논하면 기꺼이 도와 주었고, 많은 이야기를 하지는 않지만 가식 없이 학생들을 대해 주었다. 나는 그를 예술가로, 나의 지도 교수로 신뢰했고 존경했다.

예비된 만남이 나를 스쳐 지나가다

1학년 입학 후, 실기실에 갔다가 복도에서 존을 만나게 된다. 그녀는 40살이 넘은 중년 여인이었는데 자그마한 키에 무엇이 든지 열심히 해 보려는 의욕에 찬 미국 여인이었고, 항상 남편 이 동행하며 후원을 해 주고 있었다. 남편 프랭크는 미국에 이 민 온 폴란드 중년의 남자이고 한국 전쟁에 참전했었기에 내가 한국인이라는 것을 알고는 반가와하며 무척이나 친절하게 대 해 주었다.

"우리는 롱 아일랜드에 있는 사우스 햄프톤에서 보험회사를 경영하고 있고, 다섯 명의 자녀가 있으나 모두 성장하여 각자 의 생활을 하고 있어요. 아들이 사업을 인계받아 순조로이 경 영해 가고 있어서 우리 부부의 무료한 생활에 정신적인 변화와 활력을 얻을 수 있는 다른 생활이 필요해서 펜실베니아대학에 입학하여 미술 공부를 시작했어요. 부유하고 풍족한 생활을 하고 있지만 돈이 삶의 전부가 아니거든요. 새로운 환경에서 신선한 자극을 얻고 가치있는 삶을 찾고 싶어서 이곳으로 내려왔습니다. 우리들을 가족의 일원이라고 생각하고 어려운 일이 생기면 언제든지 찾아와 상의하세요."

미국인들은 그들이 하는 일에 대해 남들의 시선을 크게 의식하지 않았고, 자유롭고 다양한 삶의 형태로 살아가는 것을 볼 수 있었다.

"지 타워 기숙사에 살고 있는 독일 유학생인 피터, 마이크, 에카와 남아프리카에서 유학을 온 쿤을 알게 되었어요. 오늘 저녁 식사에 초대했는데 정규도 초대하고 싶어요. 함께 식사를 해요."

그들은 외국 유학생들과의 사교를 즐겨 하면서 선의의 호의를 베풀었고, 자주 식사 모임의 기회를 만들어 서로 친분을 맺게 되었다. 모두가 유학 생활이었기에 외로움을 느끼고 있었고, 외국인이라는 이질감을 서로 느끼면서 모두의 다른 모습에 호기심을 표시하고, 새로운 만남과 환경의 변화에 흥미와 관심을 가지고 쉽게 친한 관계가 되었다. 자아와 개성이 각기 다른 모습의 사람들에게서 다른 점, 유사점, 공통점을 발견하게 되고 사람들에 대한 이해력의 폭이 넓어진다. 그들의 경험담과 생활담을 들으면서 내가 얼마나 제한된 환경에서 자라왔는지를 깨닫게 되었다.

"너 운전할 줄 아니?"

"몰라."

"너는 그것도 몰라? 그러면 수영할 줄 아니?"

"아니."

"너는 그것도 할 줄 몰라? 그러면 스키 탈 줄 아니?"

"아니, 몰라."

"너는 이제까지 뭐 하면서 살아왔니?"

그들은 나를 놀려대면서 그들과의 사교 모임에 끌어들이고 경험시켰다. 프랭크와 존은 외식할 때는 나를 데리고 다녔다. 많은 레스토랑을 다니면서 다양하고 맛있는 음식을 맛보았다. 추수감사절 같은 휴일이나 여름방학 중에는 햄프톤 베이 해변에 있는 그들의 집을 학생들에게 개방하여 많은 학생들을 초대하고 파티를 열기도 했다.

학생들은 그들의 친절과 호의에 감사하며, 때묻고 찌든 학교 생활과 생활고에서 탈피하여 마냥 먹고 마시고 휴식을 취하면서 휴가를 즐기고 추억을 만들었다. 햄프톤 베이, 사우스 햄프톤은 미국에서 손꼽히는 휴양지로 미국 경제의 불황 속에서도 그리 크게 타격을 입지 않는 부유층의 사람들이 사는 곳이었다. 그곳의 젊은이들은 학교와 일자리를 찾아 다른 도심지로 떠나기 때문에 전형적인 휴양지였다. 여름에는 많은 사람들이 휴양지를 찾아 몰려들어 거리는 젊은 활기를 되찾는다. 상점마다 사람들이 북적거리고 대중 음악이 쿵쾅거리고 밝고 경쾌한 분위기의 도시가 되지만 겨울에는 썰렁하게 텅 빈 회색빛 도시가 되고 만다.

83년 여름방학, 존은 마땅히 갈 곳이 없는 나에게 제안을 한다.

"정규, 여름방학 동안 우리와 함께 햄프톤에서 지내도록 해. 아이들이 모두 집을 떠나 살기 때문에 큰 집에서 우리 부부만 생활을 하니까 불편하지 않을거야. 함께 야외 스케치 다니면서 시간을 보내면 서로 도움이 되고 좋을 것 같아서 말야."

나는 쾌히 승낙했다. 여름방학이 시작되어 짐을 챙겨 그녀의 집으로 향했다. 거의 매일 이젤, 캔버스, 미술 도구들을 준비해 야외로 나가 풍경화를 그렸다. 섬이었기 때문에 산은 없고 구릉들과 평원, 나무들과 숲, 해변과 바다가 이 도시를 이루고 있었다. 평화롭고 조용한 곳이었다.

"미국에서는 운전을 하지 못하면 아무데도 가지 못해. 내가 운전을 가르쳐 줄 테니 이번 기회에 운전면허 시험을 보고 운전 면허증을 받도록 해."

존의 제안에 나는 운전을 배우기로 했다. 거리들은 넓고 한적해서 운전 배우기에 좋은 곳이었다.

"이곳은 해변가이기에 누구나 수영을 할 줄 알아. 내가 수영하러 가는 날 함께 수영장에 가서 수영을 배우도록 해."

고마운 친구였다. 운전과 수영을 가르쳐 주어 운전 면허증을 딸 수 있었고, 수영을 하면서 신체를 단련시키면서 즐거운 시간을 보냈다. 저녁이면 서로 돌아가면서 미국, 한국 음식을 요리해서 맛을 보았고, 많은 것을 즐기고 구경하고 느끼면서 생활했다.

프랭크와 존은 무척이나 현실적이었고, 나에게 많은 정을 베풀어 주면서도 서로에게 구속되지 않도록 언제든지 머물 수 있고 떠날 수 있다고 문을 열어 놓았다. 편안하게 잠을 잘 수 있는 장소와 음식을 제공받으면서 거짓 없는 대우를 받았고, 야외 풍경을 그리며 풍성하고 여유로운 방학 생활을 할 수 있었다.

여름방학 기간 중에 펜실베니아대학에서 만나 친분을 나누었던 서양화과와 조소과 친구들을 초대해 파티를 열었다. 젊은 미국 아이들의 열기와 활기찬 생활 모습을 경험하고, 해변에 가서 모래 위에 누워 피부도 태우고, 바닷물에 뛰어들어가 수

영도 하고, 대형 모터 보트를 타고 바다를 순항하면서 해상에서의 즐거운 시간을 보내고, 레스토랑과 술집에 가서 맛있는 음식들과 칵테일을 맛보고 호화롭게 미각을 즐기며 즐거운 여름방학을 보냈다.

골프를 즐기는 프랭크는 사우스 햄프톤에 있는 오래되고 유명한 골프장들을 구경시켜 주었다. 클럽하우스에서 창밖으로 내다보이는 곱게 다듬어진 넓고 파란 잔디밭은 조용하고 아름다웠고, 맑고 상쾌한 공기를 즐기면서 골프를 즐기는 사람들을 이해할 수 있었다. 프랭크가 후원하는 골프 선수를 집으로 초대하여 식사를 하면서 담소를 나누었고, 내가 그들에게 호기심을 갖고 대하듯 그들도 나에게 호기심을 보이고 자연스럽게 대해 주었다. 중년의 나이에 젊은 학생들과의 교류를 통해 삶의 변화를 가지고 싶어하고 끊임없이 부지런한 생활을 해 나가는 그들의 모습이 좋아 보였다. 나는 그녀에게 생활의 활력소가 되어 주었고 좋은 동반자가 되어 주었다. 물론 커다란 이질감이 있었지만 존은 매우 의욕적이고 적극적이어서 생활하면서 아무런 마찰이 없었고 큰 이견 차이 없이 서로의 시간을 편하고 즐겁게 나누어 쓸 수 있었다. 방문객이었던 나에게 부유한 미국 사람들의 일상적인 생활의 모든 것은 새롭고 즐거운 경험이었고 감수성에 영향을 주었다.

8월의 여름, 새까맣게 그을은 피부를 내놓고 따가운 여름 태양을 피해 가며 지냈다. 어느 날 아침, 뜨겁던 태양이 구름에 가려지고 바람이 몹시 불고 추워졌다. 겨울 코트를 꺼내 입어야 할 만큼 추웠다. 존과 함께 코트를 입고 털모자를 쓰고 그림을 그리러 해변으로 나갔다. 차가운 기온과 바람으로 손이 곱기까지 했다.

거무스름한 구름이 하늘 전체를 덮고, 바다는 쉬지 않고 출렁거렸다. 은회색의 출렁거리는 파도의 움직임을 눈여겨 관찰한다. 보온병에 담아온 커피를 종이컵에 부어 마셨다. 찬 공기는 커피의 맛과 향을 한층 돋구었다. 뜨거운 태양 속에서 갑작스럽게 변한 날씨를 캔버스에 표현해 보았다. 구름과 바람, 기온, 물, 나무, 하늘 모든 것이 움직인다. 강한 햇볕의 정적이 여름의 인상이지만 그날의 날씨는 매우 드라마적이었다. 검은 뭉게 구름 속에 가려진 해는 전혀 빛을 발할 줄 모르고 지나가는 강한 바람에 쉴새없이 물결이 검어지고 흩어진다. 진한 회색의 물 위에는 흐린 햇볕조차 비추지 않는다. 대자연의 신비 속에서 내가 누구인지 무엇을 해야 하는지 자신을 찾고 확인하는 노력과 투쟁을 계속한다.

여름방학이 끝나 가기 시작했다. 헛되지 않은 시간들을 보낼 수 있게 되어서 감사한 마음을 가지게 되었다. 항상 나의 영혼이 시들기 전에 나의 영혼이 병들기 전에 구원을 받는 듯했다. 조용한 해변을 보면서 안정되고 아늑함을 느꼈다. 부드러운 권태가 스며들었다.

처음 대학에 도착하여 어느 정도 생활에 익숙해진 후 한국 유학생회 총학생회장 집에 전화를 걸었다. 유학생 명단에 이름을 기재해야 될 것 같았고, 한국인이었기에 한국인의 집단을 찾는 것은 본능적인 일이었다. 상대가 누구인지는 몰랐지만 한 여인이 전화를 받는다.

"저는 한국 유학생인데요, 미술대학원에서 서양화를 전공하고 있습니다. 유학생회에 가입을 하고 싶어서 전화를 걸었습니다."

"반갑습니다. 이름과 연락처를 주겠어요?"

"이름은 이정규이고, 지 타워 기숙사에 있습니다. 전화번호는 463-9605입니다."

"한국 유학생들은 100명 정도 됩니다. 연락사항이나 모임이 있으면 연락드리겠습니다. 이곳에서 알고 지내는 한국 유학생이 있습니까?"

"이곳에 도착한 지 얼마 되지 않았고 한국인들과의 교류가 없어서 한국 학생들을 전혀 모릅니다. 이곳 생활에 익숙해지고 이들의 사고 방식과 환경과 언어를 익히면 한국 학생들을 찾아보려고 합니다. 만나 볼 기회가 생기겠지요."

간단히 소개를 하고 전화를 끊었다. 대학 캠퍼스를 걷다 보면 외국 학생들의 군중 속에서 한국말을 하면서 지나가는 남자들 여자들을 가끔 볼 수 있었지만 '한국 사람들이구나' 하는 정도로 생각하면서 스쳐 지나갔다.

어느 날 전화 벨이 울렸다.

"저는 미술대학에서 조경학을 공부하고 있는 미혜인데요, 일년 전에 펜실베니아대학에 유학을 왔는데 여자 유학생은 혼자밖에 없어요. 미술대학에 한국 여학생이 입학했다는 소식을 듣고 반가워서 전화를 했어요. 잠시 방문해도 괜찮아요?"

"물론이죠. 저도 만나 보고 싶어요. 지금 오세요."

몹시 반갑게 전화를 받았다. 잠시 후 그녀가 사과 2개를 들고 찾아왔다.

"필라델피아는 교회를 중심으로 한인 사회가 형성되어 있고, 교회에 나오는 한국 교민들은 좋은 사람들이에요. 교회에 나가면 좋은 일들이 많이 생기고 도움이 되니까 한국인 교회에 나오세요. 이번 주일 함께 나가요."

일요일 아침에 미혜와 함께 엠마뉴엘 교회로 간다.

"나와 같이 성가대에 앉아요."

"안 되요. 난 타고난 음치에요. 내가 소리를 내면 불협화음이 되는데 어떻게 성가대에 앉아요?"

"그냥 앉아만 있으면 돼요."

그녀가 옆자리에 끌어 앉혀 놓아 나는 얼떨결에 성가대원이 되었다. 미혜는 매력적인 아이였다. 귀엽기도 하고 안달안달하면서 여유를 부리지 않고 사는 여자였다. 뛰어나 보려고 열심히 노력하고 사근사근하다. 우울해 보이면서도 명랑한 성격이다. 교회 집회가 끝난 후 나를 찾는 사람이 있다고 한다.

"이곳에는 아무도 아는 사람이 없는데……, 나를 찾는 사람이 도대체 누구일까?"

단정하고 예쁘게 차려 입은 여자가 나를 향해 걸어오고 있어서 가까이 가 보니 고등학교 때 같은 반 친구였던 성진이었다. 나는 3분단 분단장이고 성진이는 6분단 분단장이었고 서로 앞뒤에 앉아 수업을 받아서 잘 알고 지내던 친구였다. 고등학교를 졸업하고 나서 대학 2학년 때, 한번 버스에서 짧은 검정 가죽 치마를 입고 있던 성진이를 우연히 만난 적이 있었다. 어머니가 편찮으셔서 누워 계시고, 경기여고를 다니는 공부 잘하는 언니가 있다고 많이 자랑을 하면서 그 학교에 박대통령 딸이 있는데 그 딸과 연계된 에피소드들을 이야기해 주던 기억이 순간 주마등처럼 스쳐 지나갔다.

뜻밖의 만남이었고 무척 반가웠다. 타국에서 이렇게 만나게 될 줄 누가 알았을까? 정말 사람들은 언제 어디서 어떻게 다시 만나게 될지 모르는 일이다.

"성진아! 어떻게 이곳에 왔어? 너무 반갑다."

"만나서 반갑다, 정규야. 남편이 월튼 학교에서 경제학 박사 학위를 받으려고 공부하러 와서 남편을 따라 이곳에 왔어."

그녀는 신혼의 단꿈을 꾸는 어여쁜 신부였다. 신혼 살림을 하고 있는 성진은 집을 예쁘게 꾸미고 말끔하게 정돈해 놓았다. 가끔 성진이가 전화를 했다.

"오늘 집에 와서 같이 점심 먹어. 주부가 되어서 집안일만 하니까 생활이 가끔 무료해지고 대학 다닐 때 찾아다니던 멋과 분위기를 잊어버리겠어."

그녀의 집은 아늑하고 편안한 분위기로 꾸며져 있었다. 예쁜 컵에 따라주는 커피를 마시면서 추억을 더듬고, 새로운 미국에서의 생활을 이야기하면서 짧은 시간들을 보냈다.

"성진아, 내 실기실로 나와 내가 너를 모델로 그려 볼게. 그리고 외국 친구들을 소개시켜 줄 테니까 영어 회화 연습을 해봐."

서로의 다른 생활을 경험시키면서 단편적이지만 서로에게 좋은 벗이 되어 주었다. 그녀는 음식 솜씨가 좋아 남편 친구들,

혼자서 공부하는 남자 유학생들을 자주 초대하여 식사 대접을 하면서 깔끔하고 알뜰한 주부의 일상생활을 하면서 지냈다.

내가 입학한 해에 서울에서 유학 온 2명의 여자 유학생들이 있었다. 병련은 박사과정으로 수학을 전공하였고, 정화는 건축과를 졸업하고 석사 과정으로 도시설계과에서 공부를 했다. 그당시만 해도 여학생이 혼자 유학 생활을 하는 경우가 매우 드물었고, 대부분의 남자 유학생들은 결혼을 하고 공부를 하고 있었다. 병련과 정화는 함께 주일마다 교회에 나가게 되었고 서로의 근황을 알게 되면서 친숙해졌다. 병련은 자기의 주장을 강하게 나타내는 성격이고 웃는 모습이 예뻤다. 정화는 둥근 얼굴에 동그란 큰 눈망울, 하얀 피부로 대학을 갓 졸업하고 와서 그런지 아직 어린 모습에 마냥 함박웃음으로 사람들을 대한다. 조금씩 서로를 이해하고 포용하면서 1년 정도 시간이 지나면서부터 가까이 지내게 되었다.

그해 겨울 어느 날, 낯선 한국 여자로부터 전화가 왔다.

"저는 이번에 새로 선출된 유학생회 회장 김대식 부인 정현숙인데요, 남편이 월튼 학교에서 경영학 박사과정에 있어요. 남편 따라 필라델피아에 온 지 서너 해 되었는데 이대로 살림만 하면서 지내기가 허무해서 공부를 하고 싶어졌어요. 이화여대 서양화과를 졸업했는데 펜실베니아대학 미술대학에서 판화를 공부하고 싶어요. 오랫동안 살림만을 해 와서 대학 실정을 모르고 어떻게 시작해야 할지 몰라서 학교에 대한 안내도 받고 싶고 도움을 받고 싶어요."

나는 미국 교수들의 보살핌으로 순조롭게 펜실베니아대학원에 입학하여 공부할 수 있게 되었기 때문에 공부하고 싶어하는 그녀의 뜻을 이해하고 도와 주겠다고 약속했다. 현숙은 감정들을 솔직하게 표현하면서 가족들을 소개시켜 주었고, 가족들과도 어색함 없이 가깝게 지내도록 친근하게 대해 주었다. 근원적 외로움 때문이었을까? 그녀에 대한 경계심을 느끼지 않게 되었고 다른 누구보다도 빠르게 친숙하게 지내게 되었다.

그녀를 펜실베니아대학 판화과에 입학할 수 있도록 도와 주었고, 대기자 명단에 올라가 있다가 83년 가을 학기에 입학하게 되었다. 그녀는 기뻐했고 나도 그녀처럼 기뻐해 주었다. 그때부터 많은 시간을 함께 지내게 되었고 사적인 영역만을 제외하고는 대부분 많은 것을 함께 공유하고 생활했다 나는 그녀의 학교 생활에 어려움이 없도록 가까이에서 필요한 것들을 기꺼이 도와 주었고 그녀 역시 나에게 한 부분이 되어 주었다.

현숙은 필라델피아에 온 지 4, 5년이 지났기 때문에 이곳의 한국 유학생들의 근황을 많이 파악하고 있었다. 한 사람씩 도마 위에 올려놓으며 유학생들의 뒷이야기를 해 주었는데 그들의 이야기는 소설 속 주인공들의 성격 파악보다 더 흥미로웠고 재미있었다. 현숙은 대학교 때의 친구인 정현에 대해 많은 이야기를 했다. 그녀와의 갈등, 불쾌하고 불편한 관계, 그녀로부터 받은 정신적 피해를 날마다 이야기했다. 매일 이야기해도 부족한지 이야기하고 또 이야기한다. 정현을 많이 의식하고 있었고 경쟁 의식이 있었고 그녀보다 좋은 평판을 받고 싶어했다.

"정현이와 함께 이대 미대를 4년 다녔어. 아버지끼리도 서로 잘 알고 지내는 사이라서 서로 집을 왕래하면서 가까이 지냈지. 정현 아버지는 박정희 대통령 시절에 막강한 권력을 행사하던 분이었고 굉장한 재력이 있는 집안이어서, 내가 놀러 가면 용돈 하라고 큰돈을 주시곤 했는데, 나의 아버지는 관직에 오래 계셨지만 가난하셔서 용돈을 조금씩만 주셨어. 정현이는 자기 아버지에게 재력과 권력이 있어서 오만하고 못되게 굴어. 나보다 실력이 없는데도 선생님들한테서 칭찬받고 내가 대신 그림도 그려 주기도 했었어. 부잣집 잘생긴 아들하고 결혼해서 살고 있어. 그렇지만 정권이 바뀐 지금은 내 아버지의 권력이 더 커. 난 정현이 때문에 부당한 대우도 받아야 했고 정신적으로 피해 본 것이 많아. 지금은 정현이와 갈라섰어. 정현이 남편인 경수씨도 이 학교에서 박사 학위 공부를 하고 있고 대식씨와도 친구야. 정현이가 필라델피아에 있는 미술대학원에서 공부를 했다고 하는데 서울에 들어가면 얼마나 잘난 체하겠니? 나도 대학원 졸업장을 받고 서울에 들어가서 교수가 되어서 일하고 싶어. 아버지가 공부만 하고 들어오면 된다고 하셨거든. 직장생활하면서 심심하지 않도록 그림도 그리면서 살고 싶어. 집 안에서 살림만 하기는 싫어."

현숙은 솔직하게 심정을 털어 놓았고 좋고 싫고 불편한 기분을 숨김없이 나타냈다. 유학생 부인들 사이에서 현숙은 권력가의 딸이면서 가난한 집 남자와 결혼해서 고생하며 억척스럽게 살아가는 착하고 좋은 여자로 평판이 나 있었고, 정현은 그렇지 못한 여자로 평판이 나 있었다. 현숙은 나에게 제안을 해 왔다.

"아버지는 문교부에서 뼈가 굳혀진 사람이고 문교부 차관까지 지내셔서 학교 관계자들과 학교 재단에 대해 잘 알고 계셔. 너는 내가 대학원에 입학하도록 도움을 주었고 나의 생활에 여러 방면으로 많이 도움이 되고 활력소가 돼. 네가 내 옆에 있는 것만으로도 나에게 힘이 돼. 계속 도와 준다면 서울에서 대학에 직장을 구할 때 아버지가 추천인이 되어 도와 주도록 아버지께 부탁 드릴께. 아버지께서도 나에게 도움을 준 사람에게는 고마움을 꼭 갚아야 한다고 하셨어."

"좋아. 나는 한국 사회 구조를 잘 모르니까 한국 사회에서 생활하는 데 도움이 될 거야."

모든 것을 아무런 의심 없이 받아들였다. 그녀가 접하고 경험한 사회와 내가 접하고 경험한 사회는 전혀 달랐지만 기본적인 생각이 같았고 모든 것은 공통적인 의견 일치로 귀결되었다. 좋은 만남이라고 생각되었고, 서로 다른 세계를 이야기하며 많은 시간을 함께 보내며 즐거워했고, 작은 사랑, 조그마한 정성을 나누고 예술 세계를 넘나들며 가식 없이 대했고 2년 동안 희로애락을 함께 나누면서 생활했다.

"우리 죽을 때까지 서로의 우정을 간직하며 살자."

서로 약속했다. 그녀는 마른 체형으로 160cm가 조금 넘는 키, 자유롭고 시원스러운 성격이며 흥이 있었고 활달하고 노래를 잘 불렀다. 모든 생활에 균형을 이루려고 노력했지만 그녀와 대부분의 시간을 보내게 되었다. 현숙과 세탁소에서 시간제로 일하기도 하고 레스토랑에서 일을 하기도 하면서 용돈을 마련해 쓰기도 했다.

83학년도에는 박영아, 박영진, 이재현, 한소엽, 함재진, 황선혜 이렇게 여섯 명의 여학생들이 서울에서 펜실베니아대학으로 유학을 왔다. 우리 여자 유학생들은 각자의 실존 의식을 가지고 있었고, 미래에 대한 희망과 두려움을 안고 학과 공부와 자신들의 일에 충실했다. 서로에게 의존적이 되지 않고 각기 다른 개성을 가진 친구들이 원만한 교우 관계를 맺으며 자연스럽게 융화되어 지냈다.

하루는 정화가 자동차를 구입했다. 정화는 여자 유학생들에게 힘든 학교 울타리에서의 탈출구를 마련해 주었다. 학교 생활이 답답해지면 여학생들을 모아 차에 태우고 스쿨킬 강을 따라 이어지는 스쿨킬 고속도로를 타고 달렸다. 차를 타고 달리는 기분이 좋았다. 도심 속에 있는 패어몽트 공원은 우리들의 휴식처가 되었다. 계절에 따라 시시각각 변하는 경치를 보면서 기분 전환을 했다. 가을이 되어 나뭇가지마다 울긋불긋 천연의 색을 발휘하는 자연을 마주치게 되면 우리의 마음에도 울긋불긋 단풍이 드는 듯했고, 봄이 되어 따사로운 햇빛을 받으며 부드러운 연한 녹색으로 변해 가는 나무들이 연분홍색의 철쭉과 조화가 어우러지면서 봄기운을 한층 돋구어 주는 자연의 신비에 도취되기도 하고, 변화하는 정경을 시야에 담으면서 시종일관 종알종알 끝없이 떠들고 매번 즐거워하고 좋아했다

정화는 도시 설계를 전공하고 있어서 도시 근교를 조사하고 탐구하고 다녔기 때문에 필라델피아의 지리를 구체적으로 잘 알고 있었다. 델라웨어 강을 끼고 있는 소사이어티 힐과 아늑하고 조용하고 분위기 있는 거리들을 찾아다니면서 산책하고,

예쁘게 포장되어 있는 상품들을 진열해 놓은 작고 장식적인 상점들을 찾아다니면서 구경을 했고 주머니를 털어 아이스크림, 과자, 케이크를 먹으며 입맛을 호화롭게 변화시키는 생활은 유학 생활에서 의미 있는 생활의 일부가 되었다.

우리는 모두가 삶에 대한 의미를 찾기 위해 무엇인가를 추구하고 허무감과 무능력을 느끼면서 공부하고 극복하고, 또 사랑을 원하고 있었다. 개개인의 자유로운 환경이었지만 각자의 학과 공부에 힘들어 했고, 미래의 자신들의 모습에 책임을 지기 위해 끊임없이 자신을 채찍질하는 부자유한 존재들이었다.

사람들은 그들이 만들어 놓은 그물 속에 마음과 생각을 끝없이 묶어 놓는다. 불확실한 미래에 대한 불안 속에서 갈등을 느끼면서도 자신감을 잃지 않았고 졸업 후의 진로 문제들을 의논하고 사회에서 활동할 수 있는 발판을 마련하기 위해 필요한 요소들을 생각하며 고민해야 했다.

유학생과 결혼하고 온 부인들은 권력과 재벌에 대한 공방을 벌이기도 하고 남편들의 진로 문제, 결혼 생활과 고부 간의 문제, 유학 생활과 유학생들의 뒷이야기, TV 프로그램에 관한 이야기로 대부분 대화를 이끌어 나갔다.

"권력의 힘이 재벌의 힘보다 더 커."

"아냐, 재벌의 힘이 권력의 힘보다 더 커."

"권력은 유동적이지만 재벌은 안정적이잖아."

"권력이 재벌을 밉게 보면 재벌들은 휘청거려."

"줄을 잘 서야 해."

"아버지가 권력의 핵심부에 계실 때만이 자식들에게 힘이 되어 줄 수 있는 사회야. 아버지가 자리에서 물러나기 전에 공부를 끝내고 서울에 들어가야 직장을 구할 수 있어."

"기업체 사장 자식이나 학교 이사장 자식들은 학교 졸업하면 직장 구할 걱정을 하지 않아도 되니 좋겠다."

83년 연말, 성진의 집에 놀러 갔다. 그녀는 결혼 앨범을 꺼내 보여 주었다. 하얀 웨딩 드레스에 감싸인 그녀의 모습이 아름답게 보였다. 결혼식이 끝난 후 친구들과 찍은 사진들 속에 있는 얼굴들 사이에서 남편 친구 하나를 손가락으로 가리키며 말한다.

"석기씨야. 하버드 대학에서 박사과정 공부를 하고 있는데 미경씨와 결혼했어. 석기씨는 내 남편 관영씨와 친구이고 미경씨는 내가 잘 알아."

순간 그 이야기를 듣고 놀랐다.

"정말?"

좁은 외길을 살아오면서 만났던 아이들, 기억에 남아 있는 친구들이 있다. 물론 짧은 기간이었고, 단편적으로 만나고 사귀고 헤어진 사람들이지만 나의 마음에 남아 있는 사람들이 있다.

"석기는 어떻게 해서 알게 되었는지는 기억에 남아 있지 않지만 어렸을 때의 친구야. 초등학교 일학년 때, 내가 보고 싶다고 누나의 손을 잡고 우리 집을 찾아와 같이 놀았고, 나도 그 아이의 집을 찾아가 놀기도 했어. 우리 집은 상도동 언덕 위에 있었고, 그 애 집은 언덕 아래에 있어서 등굣길에 만나서 손을 잡고 아카시아 꽃향기를 맡으며 초등학교에 다녔던 희미한 기억이 있어. 서울에 사립초등학교가 생기면서 사립초등학교로 전학을 간 후로는 그 애를 만나 볼 기회는 생기지 않았지만 우연히 한 번씩 그의 어머니를 길가에서 마주치곤 했어. 그리고 매일 그 집을 지나치며 다니니까 그 아이에 대한 궁금증을 가지고 있었지. 서울을 출국하기 전에 짐을 정리하고 물건들을 담담하게 트렁크 속에 넣으면서 기억나는 친구들에게 전화를 걸어 출국 소식을 알리면서 석기에게도 전화를 걸었고 명동에 있는 사계절에서 만나서, 모든 친구들에게 그랬듯이, 좀더 큰 다음에 다시 만날 막연한 약속을 하고 작별의 인사를 하면서 미소를 짓고 서로의 성공을 기원하고 헤어졌었어. 그 후론 까맣게 잊어버리고 있었는데 석기가 관영씨 친구고, 하버드대학에서 공부하고 있다는 이야기를 너에게서 전해 듣게 되다니……. 석기가 어떻게 변했는지 한 번 만나보고 싶어."

성진의 집에서 저녁을 먹고 기숙사로 돌아왔다.

3월, 한참이나 봄날씨처럼 따뜻하더니 어느 날 밤엔 비가 쏟아지고 또다시 차갑다가 눈이 펑펑 쏟아졌다. 지 타워 기숙사의 12층에서 유리창을 통해 밖을 내려다본다. 괜스레 걷고 싶은 충동에서 한참을 혼자서 걸었다. 상쾌하다. 눈 온 후의 맑은 날은 나의 마음을 맑게 만들어 준다. 학교 생활을 하면서 어떤 것이 외로움인지 단조로움인지조차 느끼지 못하면서 조급한 마음으로 부지런히 실기실과 도서실, 체육관과 기숙사를 다람쥐 쳇바퀴 돌듯이 방방거리며 생활을 해 왔다.

펜실베니아대학에서 2년의 생활이 끝나간다. 관습의 굴레에서 벗어나 진보된 새로운 표현기법과 예술적 가치관을 정립하려는 열망은 있었지만 작업들은 겉모습의 변형만을 해 나갈 뿐 아무런 근본적인 문제들이 해결되지 않는 의미 없는 작업들만 생산해 내었고 계속 방황해 나간다. 대학 때에는 대학원을 목표로 공부를 했는데 대학원이 끝나갈 무렵, 그림을 계속해야 한다는 의식과 욕구는 있었지만 예술 세계가 확립되지 않아 초조해지고 혼란스러워졌다. 독창적인 예술 세계가 확립되지 않는 한 그림이란 아무런 의미가 없는 것이고 예술가로서의 역할을 할 수 없었기에 불안했다. 아무것도 손에 잡히는 것이 없었다.

명규가 아틀란틱 시티에 가서 게임을 하고 오는 길이라면서 필라델피아에 다녀갔다. 내가 뉴 햄프셔주를 떠나 필라델피아로 오던 해, 명규는 계속 사귀어 오던 댄과 결혼하기를 원했고 나도 그녀의 결혼을 승낙했고 부모가 참석한 가운데 결혼식을 올리고 나는 필라델피아로 내려왔다. 좀 이른 듯했지만 두 사람은 결혼 생활만 하지 않았지 함께 동거동락하고 있었기 때문에 결혼을 하면 여러 가지 면에서 안정적인 생활을 할 수 있을 거라고 생각했다. 그녀와 멀리 떨어져 살고 있어서 전화로 전달하는 그녀의 결혼 생활 이야기를 듣고 학교 공부와 집안 살림을 하면서 무난하게 생활을 하고 있다고 생각하고 있었다.

"뉴 잉글랜드대학에 한국 남학생들이 유학을 왔는데 영어 실력이 부족해서 내가 도와 주면서 사귀고 있어. 댄과의 생활이 무료해."

"너 결혼한 지 얼마나 됐다고 벌써 결혼 생활에 권태기가 왔니? 네가 지켜야 할 도리는 지키면서 살아야 한다."

막연히 남편과의 관계가 순탄하지 않은 것을 느꼈지만 나에게 밀려드는 학교 생활과 경제적 압력과 내 자신의 발등에 떨어진 불을 끄면서 지내느라고 그녀의 생활에 관심을 가질 수 없었다. 유창한 영어 실력과 적극적이고 활달한 성격인 명규는 슬기롭게 결혼 생활의 위기를 극복할 것이라고 생각하면서 별로 걱정하지 않고 있었다. 그런데 한국 남자 친구를 소개시키면서 생각지도 않은 이야기를 했다.

"댄과 별거 중이고 이 친구하고 동거하고 있어. 언니에게 소개시켜 주려고 데리고 왔어. 댄과 이혼하고 이 친구하고 재혼할 생각이야."

"미국 사회는 성생활이 자유 분방하기 때문에 한때의 외도를 할 수 있어. 그러나 좀 더 시간을 두고 결정해. 내 눈에 비추어진 그는 성실성이 결여되어 있어. 너와 결혼을 해서 함께 살아갈 수 있는 올바른 선택 대상이 되지 않아. 그 아이와의 재혼은 반대한다. 이혼은 할 수 있는 일이지만 올바른 상대를 구해서 재혼해."

불안해 보이는 그녀의 행동을 보면서 가슴이 아파 눈물을 흘렸다. 사랑하는 동생에게 해 줄 수 있는 것은 그 친구와 헤어질 것을 권유하는 것밖에 없었다.

"이번 여름방학이 되면 너를 찾아가 살고 있는 상황을 볼께."

약속하고 헤어졌다. 여름방학이 되어 명규가 살고 있는 뉴햄프셔를 방문했다. 모범적이고 착실했던 그녀는 많이 변해 있었다. 명규와 그는 말초적인 쾌락을 즐기고 표피적인 즐거움으로 생활하고 있었다. 내 눈에 불건전하게 비친 이러한 생활은 한순간의 잘못된 외도라고 생각했다.

"사생활을 그만 정리하고 이전의 모습으로 되돌아가. 이것은 너의 본래의 모습이 아냐. 우리가 상도동에 살 때 아랫집에 살 았던 김석기라고 기억나니? 지금 하버드대학에서 공부하고 있 대. 한번 전화를 걸어 함께 만나 보자. 네게도 마음에 변화를 일으키는 계기가 될 수 있잖아. 남자라고 다 올바른 남자가 아 니야."

전화 교환을 통해 석기의 전화번호를 알아본다.

"석기니? 난 이정규인데 기억나니?"

"아니 어떻게 이곳까지 왔어?"

"관영씨 부인인 성진이는 나의 고등학교 친구야. 펜실베니아 대학에서 성진이 남편이 같이 공부하고 있는데 성진이한테 네 소식을 전해 듣고 한번 만나 보고 싶어서 전화했어."

"부모님이 서울에서 보스톤에 다니러오셨는데 내일 떠나시 거든. 부모님 환송하고 내일 우리 대학 도서관 앞에서 만나자."

"부인은?"

"여름방학이라 서울에 갔어."

명규와 함께 보스톤에 내려가 석기를 만났다. 석기는 어렸을 때의 모습이 희미하게 남아 있었지만 우연히 마주치면 전혀 알 아볼 수 없을 정도로 다른 느낌이었다. 서먹했고 조심스러웠 다. 외국 사람들은 처음 만나도 쉽게 가까워지는데 한국 사람들은 알던 사람들도 오랫만에 만나면 서먹하고 어색해진다. 한국 음식점에서 푸짐하게 음식을 주문해 먹고, 그동안 어떻게 자라왔는지 아쉬울 정도의 짧은 시간 동안 이야기를 나누었다. 아직 사회 생활을 하지 않은 우리에게는 고정되어 있는 선입견과 의식이 있기 때문에 우리가 다녔던 초등학교, 중학교, 고등학교, 대학교의 이름만 이야기해 주면 그 사람의 모습이 대강 그려진다. 5년 후, 10년 후엔 어떤 모습이 되어 있을지 궁금했다. 사람들은 나름대로 살아가면서 삶의 그림자를 만들어 낸다. 융통성 있는 마음으로 이 넓고도 좁은 세계에 발을 딛고 살아 나간다.

미술대학원 서양화과 3학년 프로그램은 1, 2 학년과는 다르게 학교 캠퍼스를 떠나 각자의 작업실에서 혼자 작업을 하며 예비 작가의 훈련을 해야 하는 프로그램이다.

2년 동안은 학교 실기실에서 생활을 하고, 3년째 되는 해는 학교를 떠나 혼자 작업실을 구해 작품 생활을 해야 하는 과정을 요구한다. 학교 캠퍼스를 떠나는 연습을 하고 독립된 작가의 수련을 쌓아 가는 과정이다. 조급해지는 느낌이다. 이제부터 무엇을 어떻게 해야 할 것인지 방향 제시가 있어야 하는데 다람쥐 쳇바퀴 맴돌듯이 반복되는 하루하루를 보내는 것만 같앉다. 학교 생활의 스트레스를 풀기 위해 학교 체육관에 다니면서 수영을 하곤 했다. 수영을 하고 나면 기분이 상쾌했고 몸이 가벼워졌다.

'작품이 좋아져야 생활에 활기가 생기고 용기가 생길 텐데…….'

회화 세계가 형성되지 않아 울었고 외로워 울기도 했다. 나의 신념이 있는 한 언젠가는 나의 예술관이 확립될 것을 믿고 있었다.

학과 공부만을 하면 작은 공간에서도 얼마든지 지낼 수 있지만 캔버스 작업을 해야 하기 때문에 넓은 공간이 필요해 기숙사에서 더 이상 생활을 할 수가 없었다. 이곳저곳을 다니면서 일 년 동안 작업을 하면서 생활할 수 있는 공간을 알아보고 있는데 영진이가 "언니, 우리 같은 아파트에 방을 따로 빌리고, 식사 당번을 정해 돌아가면서 식사 준비하고 식사 시간을 함께 하면서 생활하면 어때요? 동현씨도 함께 하겠다고 했어요."라고 제안을 했왔다. 동현과 영진은 서로 좋아하고 있었고 미래에 결혼을 생각하면서 서로를 탐색하며 사귀는 사이였고, 서로 가까이 지내기 위해 고안한 것이었다. 나의 볼품없는 모습과 남루한 차림새로 보아 동현과 영진 사이에 장애물이 되지 않을 것이라고 생각이 되었던지 다른 모양새 좋은 여학생들을 제외

하고 두 사람은 나에게 접근해 왔다. 혼자 사는 것보다는 여럿이 어울려 지내는 것이 정신 건강에 좋을 것이라고 생각했고 생활비도 절약되기 때문에 나는 쾌히 승낙했다. 월넛 스트리트 41번가에 있는 아파트를 월세로 빌렸다. 각기 다른 층에 있는 방을 하나씩 빌렸다.

함께 생활하면서 영진이 어느 날 제안을 한다.

"나의 오빠의 장인 어른은 전 홍익대 총장이신 이대원 씨이고, 친구 중에 홍익대 이사장 딸이 있는데, 우리 사이를 지켜 준다면 홍익대에 발판을 마련하는 데 도움을 주겠어요."

나와는 다른 사고 방식과 의식을 가지고 생활하는 영진이가 하는 제안을 신뢰하지 않았고 상관하지도 않았다. 나는 그들이 원하는 대로 그들을 아껴 주었고 소문 만들기 좋아하는 유학생들과 유학생 부인들 사이에서 나올 법한 우려되는 그들 관계에 대한 소문을 최소화시켜 주는 바람막이가 되어 주었다. 동현과 영진의 의사를 최대한 존중해 주었고 그들도 나를 예우해 주어서 젊은이들의 분위기에 맞는 생활을 무리 없이 해 나갔다. 우리는 가끔 영화 구경이나 음악회에 함께 다녔고, 동현의 친구들이 찾아오면 함께 이야기하며 지냈다. 외롭고 삭막한 혼자만의 생활보다는 지각있는 사람들끼리 서로 부닥치면서 각자의 위치를 지켜 가며 하는 생활은 좋은 추억이 될 거라고 생각했다. 나와 다른 사람들과 어울려 살아가는 삶의 형태를 경험하면서 사회성을 배우기도 했다. 그러나 사는 것이 결코 논리적인 것은 아니었다.

서울을 떠나 방랑자의 생활을 한 지 8년이 되었다. 서울을 그리워한다. 직장에 취직해서 돈을 벌라는 가족의 반대와 만류를 무릅쓰고 공부를 계속해서 전문인으로 성장하여 돈을 벌겠다고 하면서 가족을 떠나온 지 4년이다. 새로운 사람들을 만나고 무리한 경쟁의식 없이 충실하게 생활하며 자신들의 몫을 해나가는 대학의 젊은이들과 제한된 시간 속에서 한 울타리의 생활을 원만하게 해 나갔다. 시간은 우리들을 밀어내고 있었고, 내가 떠나가지 않으면 그들이 떠나간다는 사실 앞에서 필라델피아에서의 생활을 마음속에 추억으로 간직하기로 한 채 아쉬워하면서 각자의 길을 떠나갈 마음의 준비를 하면서 생활했다. 졸업식 날이 가까워졌다. 자기의 목적을 성취하면 허무해지고 잠시 방황을 하는가 보다. 졸업이란 하나의 삶에 있어 과정이고 또 다른 삶의 시작에 불과한 것이기에 앞으로의 진로에 대한 더 많은 문제들을 생각하게 만든다. 새로이 만났던 사람들과 헤어진다. 아쉬운 느낌, 떨어지기 싫은 느낌이었지만 하나의 장이 끝나고 새로운 장을 열어야 한다.

졸업식 전날 나는 레스토랑에서 일하고 있었다. 레스토랑에는 많은 학생들이 부모들과 함께 저녁을 먹으며 졸업을 축하받고 화목하게 이야기를 나누면서 시간을 보내고 있었다. 화목한 가족들의 모습을 보면서 나는 갑자기 눈시울이 뜨거워지더니 서러움이 북받쳐 올라 눈물이 펑펑 쏟아졌다. 외롭고 지친 나에게 피곤을 위로해 주거나 졸업을 축하해 주는 사람이 아무도 없었다. 하룻밤을 자고 일어나 밝게 비치는 태양을 보면 잊어버리는 감정이었지만 그 순간에는 서럽게 울었다. 대학원에 입학하기 위해 마음 졸이며 공부하고, 대학원을 졸업할 때까지 힘들게 노력하던 날들이 나를 위해 값지고 가치가 있는 일이라는 것을 알고 있었지만 모든 학생들처럼 나도 사랑하는 사람들로부터 졸업을 축하받고 싶었다. 단순 노동으로 피곤한 정신을 푼다.

나에게 영향을 준 예술가들

공부를 시작하면서부터 무척 감상적이었고, 의문도 많았고, 호기심도 많았다. 새로운 것을 보면 가슴이 쿵쾅거리며 뛰고 흥분되고 새로운 것에 연계되는 것들을 찾아 도서관을 다니면서 참고서적을 읽고 한 권의 책이라도 더 보고 지식을 쌓으려고 바쁘게 다녔다. 빽빽이 꽂혀 있는 도서관의 책을 보면서 내 것이 아닌데도 가슴 뿌듯한 기분을 맛보기도 했다. 보스톤, 뉴욕, 워싱턴, 필라델피아 등지에 있는 화인아트 미술관, 메트로폴리탄 미술관, 위트니 미술관, 구겐하임 미술관, 국립미술관, 헐쉬혼 미술관을 찾아다닌다. 그리고 온갖 다양한 현대 미술의 흐름을 보여 주는 뉴욕의 중심 번화가인 57번가와 소호지역에 위치한 갤러리들을 찾아다닌다.

뉴욕은 창조적 가능성을 열어 놓은 복잡하고 화려한 예술적인 도시였다. 미술사조에 따라 걸러지고 간추려진 미술사적 가치가 있는 작품들이 수집 전시되어 있는 미술관을 다니면서 처음에는 원화를 직접 감상할 수 있다는 사실에 감격해 하면서 다리가 아프고 발바닥이 아프도록 걸어다니며 작품들을 감상했다. 미술관에 걸려 있는 미술품들이 너무 많아 걸어가면서 그대로 눈으로만 보고 지나치는 경우가 많았다. 인상적인 작품들은 감상하면서 작가들의 기법을 찾아보고 작품 속에 담겨져 있는 내용이 무엇인지, 작가의 생각이 무엇인지 알려고 하고 관찰하기도 했다. 나에게 무슨 이야기를 전달하고 있는지 읽어보려고 연구해 보았다. 작품들을 감상하고 미술사를 공부하면서 예술가들이 이룩해 놓은 미학과 예술적 가치를 연구하며 공부했다. 이론만으로 받아들였던 화가들의 작품들에 대한 작품해석을 이해하게 되고 역사적 배경과 시대의 사회상, 시대적 정신과 사회와 예술의 연관성, 작가들의 예술적 시각과 의미, 무엇을 반영하고 제시하는지, 그러한 작품들이 표현되어지기까지의 원인과 예술성의 가치, 기술적인 방법을 조금씩 분석해 나가기 시작했다. 나의 전공 분야인 서양화에 대한 자료를 수집하고 관찰하고 적극적으로 연구해 나갔다. 점차 예술 작품들에 대한 안목과 감상 태도가 생긴다.

미술의 역사는 뚜렷한 개성을 가진 예술가들이 자기 표현에 충실하면서, 전통적 문화와 예술적 관습에 만족하지 못하고 일상적인 모습의 진부함에 반항하며, 새로운 가치 체계를 실현하기 위해 끊이지 않고 계속 추구해 온 표현의 변화를 다양한 예술 양식의 모습으로 보여 준다. 예술은 과학, 경제, 정치와 마찬가지로 인간 굴레의 한 부분을 차지하고 있으며, 시대의 사회적 의식과 직접적인 관계가 있다.

전통적인 예술은 연속적으로 이어 내려오는 강물 줄기를 따라가면서 시대적 배경을 바탕으로 예술을 발전시켜 나갔지만 오늘날에는 예술가들이 큰 바다를 내다보듯 하나의 예술 형식의 뿌리에만 한계를 제한하지 않고 무한한 영역에서 많은 자료를 탐구하며 축적하여 새로운 예술 형식을 창조한다. 선사시대의 알타미라 동굴 벽화에서 시작되어 중세미술, 15C의 르네상스 미술, 매너리즘, 18C, 19C의 고전주의, 낭만주의, 사실주의, 인상주의, 20C에 접어들면서 야수파, 입체파, 표현주의, 다다, 초현실주의, 추상표현주의, 색채추상, 팝 아트, 환경미술, 해프닝, 뉴 웨이브, 뉴 리얼리즘, 신추상주의, 신표현주의에 이르기까지 시대마다 새로운 형식의 다양하고 수많은 예술 작품들이 역사의 흔적으로 남아 있다.

중세시대의 모든 가치는 신을 중심으로 전개된다. 그러나

15C 전후로 이탈리아에서 전개된 르네상스 미술은 종교적인 교회의 교리에 저항하며 인간의 존엄성과 자연을 재발견하면서 인간 중심의 가치관을 형성하고 예술이 사회적, 학술적 가치를 갖게 된다. 대상을 주관적인 지성과 감성으로 파악하고, 객관적인 사실을 지양하면서 명암과 색채를 중시하고, 원근법을 발견하여 사용한다. 인체를 탐구하여 생명감 있는 인체로 표현하고, 질서 있고 균형적인 화면으로 구성하면서 인간의 본질을 찾고, 자연을 관찰하여 이지적이고 논리적인 방법으로 표현하며 예술의 미적 가치를 추구한다. 미켈란젤로, 라파엘로, 레오나르도 다빈치를 중심으로 인문주의 정신의 르네상스 미술이 번성하였지만 전쟁과 종교 혁명으로 르네상스 미술은 쇠퇴해 가고 예술 정신이 결여된 기법상의 모방만을 하는 매너리즘에 빠진다.

자유주의, 사회주의 등과 같은 근대 사상과 자연과학의 발달로 사회의 개혁이 이루어진다. 18C에 프랑스 대혁명으로 종교적 신앙과 왕권이 붕괴되면서 시민들의 사회로 변모하기 시작하였고, 산업 혁명으로 인해 개인 능력을 중시하고 개성을 존중하는 시대로 전환되기 시작한다. 새롭게 확대된 역사적 감각으로 시대의 생활상을 객관적인 시각으로 관찰하고 의도적인 형식을 존중한 순수한 형태의 고전주의는 엄격하고 장엄한 양식으로 충실하게 세부적 묘사를 하고 설득력 있게 표현한다. 그리스 로마의 고대 미술을 동경하며 이상적이고 숭고한 고전미를 담은 작품을 제작한다.

낭만주의는 계몽주의 문화에 뿌리를 두고 있다. 규범화로부터 탈피하여 주관적인 양식으로 표현하고 통일되고 조화된 색채와 내적 상상력이 중요하게 된다. 유동적인 붓질을 하고 격렬하고 감정적이며 운동감이 있는 동적 분위기와 극적 장면을 구사하면서 인간 경험의 신비함과 정열과 갈망을 주제로 하고, 자연의 신비롭고 초자연적인 광경을 심미적 감정으로 표현한다.

고야, 도미에르, 쿠르베는 인간적인 대상을 지향하고 체험된 동시대적인 인간적 현실 생활과 형태들을 객관적인 시각으로 꾸밈없이 표현한 사실주의를 등장시킨다.

모네, 피사로는 자연의 빛을 직접 관찰하여 빛에 의해 변하는 순간을 화려한 색채로 우아하게 표현하고 순수한 색채의 아름다움을 표현한 인상파 시대를 이끌어 왔고, 고흐와 고갱에 의해 심리학적인 개성을 강조하며 표현한 후기 인상파 시대로 발전시킨다.

20C 초 프랑스에서 혁신적인 회화 운동이 일어난다. 야수파는 전통적인 회화 개념을 부정하고 자연주의적인 묘사를 벗어나 색채의 표현을 강조한다. 마티스는 빛에 의한 명암법을 거

부하고 원색을 대담하게 사용한다. 대담하고 격렬한 붓질을 하고 형태를 대담하게 변형하고 단순화시킨다.

세잔느는 자연 형태를 원추, 원통, 구형으로 나눈다는 이론을 근거로 대상을 분석 조작하고 여러 각도에서 본 것을 동시에 표현하면서 제한된 색채를 사용하고 평면적인 색면 구성을 한다는 이론으로 입체파를 등장시켰고, 피카소는 회화적 형태와 공간을 균형있게 재구성하면서 추상과 재현의 경계를 허물면서 입체파를 발전시켰다.

독일에서는 표현주의가 전개된다. 자연의 재현보다는 색채와 형태의 과장으로 주관적인 표현이 우선되며 내면 세계를 표현한다. 선에 의한 형태를 강조하고 색채를 단순화, 평면화시킨다.

유럽 전역에서 대상을 사실 그대로 묘사하지 않고 색채, 형태의 전통적인 회화 개념을 거부하면서 자연스럽게 추상주의가 전개된다. 물체의 선이나 면을 추상적으로 탐색하고 조형적인 색채를 화면 속에 구성한다.

1차 세계 대전의 정치적 대변동과 대량학살의 혼란을 겪은 예술가들은 사회적 불안과 허무감으로 기존의 가치를 부정하고 질서를 파괴하는 전위 예술 운동을 일으킨다. 사회적, 도덕적 속박에서 벗어나 개인의 욕구에 충실한 반예술적 활동인 다다이즘과 프로이드의 잠재의식과 무의식 세계인 꿈의 세계, 융의 정신세계와 형이상학적 문제 등을 추구하면서 예술적 질서를 추구하고 새로운 가능성을 창조하는 초현실주의가 전개된다.

　1차 세계 대전과 2차 세계 대전에 참가한 미국 군인들은 프랑스, 독일, 이탈리아에서 유럽의 예술을 접하게 된다. 프랑스에서의 큐비즘은 미국 젊은이들에게 지적인 표현으로 받아들여지면서 새로운 기술적 혁신이 일어나게 된다. 세계 대전 이후 뉴욕으로 많은 유럽 예술가들이 이주해 오고, 미국의 예술가들은 파리로 건너가 예술적 감각을 흡수하고 돌아와 뉴욕에서 현대 미술의 장을 열면서 새로운 미술 시장을 형성해 가기 시작하고, 미국의 경제가 급속히 성장하면서 문화가 발전하고 현대 예술을 주도해 나가기 시작한다.

　2차 세계 대전 후 미국에서 잭슨 폴록에 의해 회화를 '그린다'는 행위로 환원시키는 추상표현주의 운동이 일어나면서 새로운 현대미술사조가 형성된다. 지시성과 방향성을 가진 형상을 거부하고 무의식성을 강조하면서 화면은 원근법을 제거하고 평면화한다. 전쟁의 참혹함과 비인간성을 고발하고 실존주의적인 태도로 시대적 긴박감에 반항하며 새로운 감각을 산출하는 현대 예술을 탄생시킨다. 신화적인 소재에서 탈피하고, 평범한 일상에서 탈출하여 현실의 기존 가치를 파괴하고 저항하는 창조 형식을 선택하고, 창의력과 개인적인 독창성을 중요하게 여기면서 다양하고 모순된 양상으로 인간적인 면을 깨뜨리면서 인간 존재의 이미지를 표현한다. 표현의 즐거움을 관객에게 공급하면서 현대 예술의 새로운 주의(ism)들이 등장한다.

초인적인 예술혼을 남긴 르네상스 미술의 미켈란젤로와 독창적이고 개성적인 색채와 표현력으로 미술사에 족적을 남긴 고흐, 마티스의 작품들을 공부하면서 나의 예술 세계에 영향을 받는다.

미켈란젤로는 인체의 미를 숭배하였고, 인간 육체의 존재와 우주의 존재를 설명한다. 젊은 남자들의 힘세고 거친 근육과 육체적인 아름다움 그리고 건강하고 활기에 찬 영웅적 성질이 밑바탕에 깔린 힘이 넘치는 인물상과 감성이 배어 있는 인체를 정열적으로 표현한다. 관능적인 육체는 곱게 정제된 인체 해부학적인 소묘로 잘 묘사되어 있고, 선과 표면은 여성적인 부드러움이 있다. 자연의 모방이 아니라 관념과 정신적인 영상을 육체를 통해 전달하고 숭고한 인간미를 표현한다. 규칙에서 벗어난 상상력과 영감을 섬세한 색채와 새로운 시각으로 표현한다. 내용과 형태는 날카로운 긴장감이 있고, 섬세하고 복잡한 구조의 구성으로 화면 전체에 우아함이 조화롭게 펼쳐진다. 인생의 고뇌와 희생, 공포, 내면의 열정과 같은 인간 정신의 힘을 표현하며 초자연적인 의미가 함축되어 있다.

바티칸 궁의 시스틴 예배당의 천장 벽화는 구약성서의 장면들을 그리스도교의 신학과 복잡한 철학적 사상으로 융화시켜 미적으로 형상화시킨 것이다. 〈최후의 심판〉은 천상과 지옥의 세계가 함께하는 거대한 공간 속에 인간의 운명인 죽음에서 지옥으로 향하는 무겁고 무기력한 인간들의 비극적 모습의 군상들과 천국으로 올라가는 군상들이 전개되고, 영혼의 정신적 구원을 추구하는 형이상학적 절대성을 표현하고 있다.

고립된 생활로 고독하고 불행하고 비극적인 삶을 살아가면서 그려진 고흐의 예술은 미학적인 가치보다는 정신적으로 고독한 이미지를 강력하게 전달하는 인간적인 예술이었다. 고흐는 인간으로서 감정적으로 체험한 형태와 사실성과 공간을 관찰하면서 주관적인 감각으로 다정하고, 괴롭고, 무섭고, 고통스러운 내면 세계를 표현한 표현주의 작가였다. 단순하게 변형시킨 구도의 화면에 물감을 두껍게 바르고 덧칠하면서 쌓아 놓은 거친 덩어리의 두껍고 무거운 표면 처리는 이미지를 물감으로 캔버스에 표현하면서 생기는 기술적인 제약성을 최소화시키면서 심리적인 감정을 전달한다. 인상파 화가들의 짧고 두텁게 칠하는 점묘화법의 영향을 받아서 짧고 조각난 붓동작을 다양한 각도의 일정한 방향으로 평형되게 되풀이하는 힘있는 붓질로 표면에 색칠을 한다. 놀라운 붓동작의 변화와 비틀거리고 뒤틀린 붓자국은 손으로 만든 것처럼 거칠고 꿈틀거리는 느낌을 주고, 회화의 공간 속에서 리듬감과 속도감을 주고, 시선을 빠져들게 하는 힘이 있다. 소용돌이치는 활달한 감각은 신비스런 느낌을 주고 정신적인 힘을 느끼게 하지만 시적인 우울함이 깔려 있다.

자연 형태 위에 뒤틀린 선과 추상적인 선들을 겹치고, 대상의 윤곽선을 거칠고 자유로운 선으로 처리하면서 일상적인 평범한 외양을 자유롭게 해 준다. 움직일 듯한 밝고 선명하고 생생한 색채는 강한 이미지를 전달하고 정신적 긴장감과 무게감을 나타낸다. 화면은 작가의 쉴 수 없는 내면 세계와 광기를 보여 준다. 시각적이고 표현적인 명암과 보색 대비의 색채를 거리낌 없이 사용하면서 예리하게 표현된 색채는 감미롭고 아름답게 조화를 이룬다. 일상생활에서 직접 보고 접하며 체험한 순수하고 원시적인 이미지가 주제의 동기가 되었고, 대상을 순간적이고 정열적으로 흡수하여 즉흥적이고 감각적으로 표현했다. 인물화에서는 외모의 구체적인 형태보다는 인물들의 성격을 개성적으로 표현하고 심리학적인 개성을 강조하여 표현한다.

마티스의 시각적이고 장식적이고 지적인 감각을 공부한다. 화면 전체가 부드럽지만 불투명하게 칠해진 캔버스 표면은 현실 공간을 배제한다. 넓은 부분을 평면적으로 색칠하면서 공간 영상을 제거하고, 형상과 평면에 음영을 제거한다. 형태의 비례를 조작하고 단순화시켜 새로운 구성을 하고 추상적인 패턴으로 연결시킨다. 인물과 의상, 방들의 실내 공간을 장식적으로 묘사하고, 부드럽게 움직이는 자유로운 선을 사용하여 생동감을 나타낸다. 선명하고 밝은 색채들은 자유롭게 어울리고, 자유롭게 변형된 색채와 형태들은 시각의 환영에 도전하는 구성을 한다. 가정적이고 화려하고 온화한 느낌을 주고, 즐거운 긴장감과 조용하고 화려한 아름다움을 관객에게 즐겁게 전달한다.

현대 미술의 추상표현주의와 신추상주의와 새로운 경향의 뉴리얼리즘을 공부하면서 그들이 다루는 소재, 표현 기법과 영향력을 파악했다. 학교에 정기적으로 방문하는 작가들은 리얼리즘 작가들이어서 실기실에서 이들을 만나 이론적인 방법과 비평을 받을 수 있었고, 뉴욕에 있는 화랑에서 전시하는 추상화를 관람하면서 시각적인 충격을 받았다. 현실에 대한 생생한 지각을 다양한 예술 형식에 적용시켜 표현하고 내뱉는 듯한 감정의 반사 작용을 표현한 추상화들을 대하면서 "이렇게도 그릴 수 있구나!" 하고 놀랐고, 시각적으로 충격과 거부감을 주는 추상화에 고개를 갸우뚱하면서 흥미를 느끼고 매력을 느꼈다. 구상과 추상을 넘나들면서 방황하고 나에게 맞는 작업을 찾아 헤맨다.

어렵고 복잡한 여러 가지 경향의 20C 현대 미술에서 작가들과 평론가들은 리얼리즘과 추상주의의 가치성에 대해 끊임없이 논쟁을 계속하였다. 예술에서의 복사와 반복은 무가치한 일이다. 예술가들에게 모험은 중요한 일이었고, 새롭고 급진적인 예술가들이 등장하였다. 기계적인 규칙성과 매일 반복되는 일상성 속에서 생활하는 것은 무료했고, 기존 예술에 대한 싫증과 반감을 느끼면서 전통적인 것에 정착하지 않으려는 반항을 표시한다. 사람들이 집착하고 있는 선입견이나 사고방식에서 벗어나 새로운 정서적 가치를 찾으려고 한다.

큐비즘, 다다이즘, 초현실주의에 영향을 받아 전개된 추상표현주의는 전통적인 표현 방법과 미술사상의 경향에 새로운 방향을 제시하는 문을 열어 주었다. 거대한 크기의 캔버스에 직접 경험한 관찰력과 함께 융의 철학 사상인 정신세계, 관념, 지성과 형이상학적 문제를 중요하게 다루고, 프로이드의 잠재의식과 무의식의 세계를 중요하게 생각했다. 휘두르는 듯한 활달한 행위적이고 즉흥적인 기법으로 페인트를 칠하면서 질감을 살리고 이미지 속에 형태들을 혼합하여 흥미롭게 조화시키면서, 복합적으로 뒤섞인 세계를 시각적이고 추상적인 형태로 대담하게 표현하는 추상적인 표현 기법은 리얼리즘을 압도하는 힘이 있었다. 사회의 부정과 정신적인 압력과 인간적인 혼란의 공포를 작가들은 개방적이고 감정적으로 표현한다. 인간 존재 가치의 주제를 충동적이고 감각적인 방법과 자유로운 색채와 형태로 표현한다. 판에 박힌 진부한 기존 의식과 평범한 일상에 반기를 드는 다양한 예술 행위를 하면서 일반적인 조형 언어에 대항하는 탐험과 도전을 한다.

추상표현주의에 영향을 받아 리얼리즘의 경향이 변화해 가면서 뉴리얼리즘을 탄생시켰고 소수의 성숙된 뉴리얼리즘의 정예 작가들의 활동이 꾸준히 이어져 갔다.

20C 후반의 뉴 리얼리스트들은 물질적, 기술적으로 진보되어 새로운 접근 방법으로 경험적 영역의 표현 방법을 자유로이 조절하였다. 리얼리즘은 눈에 보이는 세계, 알고 있는 세계, 경험한 세계에서 포착한 동작, 사실성, 사물들을 주의 깊게 관찰하여 사물을 그린다. 외적 실제의 객관성을 주관적인 시점으로 포착하여 외부 세계에 구속되지 않고, 시간과 공간의 제약을 받지 않는 내부 세계의 심리적 감각과 내적 긴장 상태를 표현하면서 미적 가치를 실현하려고 한다. 일상적이고 객관적인 단순한 겉모습의 묘사를 떠나 더 높은 차원의 가치를 독자적인 방

법으로 표현한다. 지금 포착되는 동작과 지각, 오래 지속되지 않는 순간, 가변적인 상황과 시대의 모습을 분석하고 사물을 관찰하여 경험한 현상을 독창적인 방법으로 그리는 작가들도 있지만, 카메라를 스케치북 대신 사용하면서 사람들의 시각과 카메라의 시각 사이에서 순간적으로 발생하는 상황을 포착하여 관찰된 흥미로운 이미지를 표현하기도 한다. 캔버스에 형태를 제한하기도 하고 조작해 가면서 대상을 변화시켜 표현한다.

작가들은 형식이나 스타일에 구애 받지 않고 독창적인 기법으로 인물, 정물, 풍경들을 다루었다. 표현적인 색채, 투명한 색채를 만들어 사용하고, 관념적인 공간과 형태의 구성을 시도하고, 이미지를 섬세하게 표현하기도 하고, 물체를 확대하고, 극대화시키기도 한다. 구술적인 이야기와 복합적인 의미가 담긴 영화, 사진, 글 속의 이야기들을 주제로 만들고, 순간적인 장면을 묘사하기도 한다. 시대적인 모습과 사회 현상을 표현하고, 시대적 감각과 현대적인 정신을 전달한다. 형식이 아닌 개성을 창조해야 하는 예술가들은 개인적인 감각과 기존 예술 사이에서 갈등을 겪으면서 기존 세계를 넘어서려는 시도를 한다.

큐비즘은 실험적 성격이 강한 예술로서 전통적인 체계를 무시하고, 독창적이고 반자연주의적인 형상으로 만들고 사물을 왜곡되게 추상화시키면서 추상과 재현의 경계를 허물었다.

피카소는 3차원의 현실적 공간과 일상적으로 경험하는 대상들의 형태를 2차원의 평면에 재현하고 옮기는 과정에서 형태를 다양하게 분석하고 변형시키면서 회화적 형태와 공간을 균형 감각과 조화 감각으로 새롭게 구성하고 표현주의 기술을 도입시켰다. 다양한 기법으로 물질적 세계를 재현하면서 물체를 보는 각도를 변화시키고 색채와 면을 분리 조작하여 관념적인 이미지를 제작한다. 화면을 분해하고 새로운 방식으로 조작하면서 재현되는 이미지를 추상적 이미지로 재창조하고 그려진 시각적 이미지들은 환영의 이미지를 제시하기도 하고 충동적인 시각을 준다. 주제에 대한 관념이 사실적인 묘사보다 중요해진다. 혁명적이고 추상적인 이미지들, 육욕적이고 난잡함이 함축된 이미지들을 닫혀진 내부 공간에 구성 제작하였고, 의식적으로 난폭하게 쭈그러뜨리고, 원근법을 부정하고, 형태를 과감하게 단순화시키고, 혼란스럽고 대담한 그림들을 그렸다. 끊임없는 강렬한 창조력과 풍부한 상상력으로 작업을 대량 생산하였다.

절대적인 미학적 가치는 대중에게 전달되지 않는다. 특정한 계층에게만 한정되어 있던 예술을 대중화시키기 위해 새로운 예술활동이 선보인다. 평범하게 유행하는 고상함은 슈퍼마켓의 상품으로 취급했고, 사회에 통합되어 사회에 자극을 주고 대중에게 생각을 전달할 수 있는 예술 활동을 시도한다.

다다이즘은 모험적이고 도전적이라기보다는 예술 행위 자체가 익살스럽고 장난스러운 특성으로 변화되어 오락성이 있는 재미있는 활동이었다. 작품보다는 규범을 무시한 별난 행동의 모임으로 시선을 모은다.

마르셀 뒤샹은 기성품인 변기를 그대로 전시장에 전시한다. 처음에는 사람들을 놀라게 하고 "저게 무슨 예술 활동인가?"라는 악평을 받았지만 점차 재미있는 행사로 관객들에게 받아들여지면서 사회에 긍정적 기류를 형성하고 발전되었다. 예술 형식과 예술적이고 도덕적인 가치를 부정하고, 새로운 파괴적인 충동에 이끌려 자극적인 그림을 제작하여 고전적인 그림 그리기에 반기를 든 것이었다. 전위적인 실험 정신을 가지고 비합리성, 반도덕성, 비심미적인 것을 찬미하는 아무것도 의미하지 않는다는 반예술적 활동이었다.

예술가들은 단순화된 이미지와 엉뚱한 방식의 표현으로 관습에 저항하였고, 형과 색, 지성과 지능의 예술에서 탈피하여 도전적인 표현을 하고 본질적으로 반감을 사는 행위를 통해 그들의 개성적인 개념을 증명시켰다. 문화를 대중적인 영역으로 끌어들이면서 대중과 융화시키려고 했고, 대중예술과 순수예술의 범위를 좁혀 놓는 계기가 되었다. 큐비즘과 다다와 초현실주의와 같은 전위 예술 정신은 예술가들에게 직간접적으로 영향을 끼쳤고, 오늘의 현대 미술로 가는 길을 제시한다.

추상적 표현 양식과 관념은 20C 후반의 미술사의 흐름을 주도적으로 이끌어 가고 있었다. 주제보다는 예술가의 개성과 회화적 기법이 예술 작품의 특성을 결정하는 중요한 요소가 되었고, 깊은 사고를 요구하기보다는 단순하고 즉흥적으로 표현된 작업들이 주류를 이루고 있었다. 현대인들의 모습과 정신적 방황을 표현하고, 인간적인 요소를 파괴하고 제거하려는 부정의 정신을 여러 형태의 새로운 기법으로 표현하면서 미적 쾌락을 추구해 나가고 있었다. 생성되었다가는 잊혀져 가는 것이 현대 예술의 특성이었다. 기존의 문화는 잊혀져 가고 곧 새로운 예술이 등장하고 또 잊혀져 간다. 관객들은 미술관에 들어가면 그림을 보면서 그대로 걸어서 지나쳐 간다. 미술품들은 아무런 의미 없는 작품들이 되어 거대한 사회에서 소외되어 간다.

예술가는 관례적이고 습관적인 사고, 전통과 권위주의적이고 지배적인 사회의 진부함과 비겁함에 대응하고, 일상 세계의 현실, 도시화되어 가는 사회의 현실 속에서 기계적인 규칙성과 일률성에 저항하고, 사회 통념의 판단과 모순된 해석에 대한 저항으로 새로운 예술 정신을 추구한다. 예술에 의해 생산되는 과감하고 거친 창조력은 빠르고 긴장감 있게 전개되었다. 새로운 회화적 원리를 전개하고 새롭고 독창적이고 다른 이미지를 생산해야 하는 예술가의 고뇌는 힘들고 모험적이다. 현대적인 개성을 증명하고 자신의 상상력을 실현시키기 위해서는 자신의 주관을 밀고 나가면서 새로운 유형의 회화성을 찾아 나서는 진취적이고 대담한 용기를 필요로 했다. 격정적인 붓질, 표면 처리, 주관적인 색채, 왜곡시킨 형태의 활달한 기법으로 충동적으로 표현하고 규모가 대형화되었다. 깊은 통찰력으로 관찰한 생명의 형태들을 파괴하고 조작하여 조화를 이루고, 즉흥적이고 감성적인 감각으로 표현하고, 평면적이고 단순한 구성으로 전개하여 공간 구성과 이미지를 재창조한다.

우리의 실질적인 경험과 일상적 세계를 구성하는 생명체들을 실물과 닮지 않은 형태로 변형하고, 소중한 생명의 원천을 알아볼 수 없는 형태와 부정적인 형태로 변형한다. 신비한 자연과 현실 세계를 수수께끼 같은 애매모호한 이미지로 변형하면서 격렬한 충동과 자극을 남긴다. 창조된 형태와 행위는 작가 스스로 분석하여 비평해야 하고 형태들의 무의식 세계의 의미를 책임져야 한다. 그러나 내용을 지니고 있지 못한 맹목적의 추상적 표현들이 더 많이 있었다.

미국의 윌리엄 드 쿠닝, 독일의 임멘돌프, 케이퍼, 바셀리츠의 작업들이 충격적으로 받아들여졌다.

윌리엄 드 쿠닝은 이미지와 배경, 색채와 캔버스, 상상력과 평면, 충동적인 시각들의 복합적이고 다양한 조화와 통합의 관계를 표현해 나간다. 물감이 젖은 상태에서 그림을 계속적으로 삭제하고, 수정하고, 겹치고, 자극적이고 빠른 손동작으로 붓질을 하고 신문지로 문지르기도 하면서 단숨에 큰 동작으로 특징적인 표현 기법을 경험적인 방법으로 그린다. 여러 층으로 형성되는 두터운 재질감이 나타나고, 반복되고 연결되면서 끝나지 않은 상황을 제시하고, 단순한 이미지를 만들어내기도 하고, 우연히 만들어지는 효과를 발생시킨다. 그림 속에 애매한 이미지와 감각적인 사실성이 동시에 존재하고 무언가를 암시하는 동기와 힘이 내재되어 있다. 여인을 주제로 그리는데 어머니, 부인과 같은 숭고한 성의 주제가 아닌 육체의 색조와 농담이 무시된 비인간적이고, 괴물 같고, 형체를 망가뜨린 모습으로 모욕적인 여인상을 창출한다.

　필립 구스톤은 공포스러움, 회의적이고 냉소적인 그림을 그린다. 내면적인 비극적 코메디의 이미지를 감각적인 붓동작으로 표현한다. 머리, 병, 전구와 같은 현실 공간에 존재하는 물체들을 소재로 만화적으로 다루면서 긴장감 없는 외곽선으로 처리한다.

　임멘돌프는 평범하고 일반적인 사람들의 선과 악의 역할, 구전되는 이야기 속의 이미지들을 이야기처럼 꾸민다.

케이퍼는 무질서한 요소들인 흙, 모래, 나무, 색칠한 종이들을 재료로 이용하였고, 문화, 군사, 철학, 역사, 고전적 내용을 문학적인 형식으로 쌓아 올리면서 화면 구성을 시도했다.

바셀리츠는 풍부한 색을 표면에 두텁게 칠한다. 두텁게 발라진 붓자국과 표면의 질감은 그림 이미지와 함께 추상성을 구현한다. 형태와 색채가 분리되고, 크고 무거운 덩어리의 색면이 형성되고, 인물 골격의 형태를 거꾸로 그려서 화면을 자유롭게 이끌어 가고, 강한 힘으로 시각을 압도하면서 즉흥적인 예술 감각을 나타낸다.

영국의 프랑시스 베이컨은 인물을 제한된 형식으로 간결하게 표현하고 뒤틀린 형상으로 표현하였는데 자율성과 강박적인 심리적 현상이 내재되어 있었다.

현대 미술은 깊은 사고를 요구하지 않는다. 거대한 크기로 사람을 압도하고, 거대한 화면 위에 즉흥적으로 내뱉는 듯한 이미지를 표현하고, 감정을 내뱉듯이 지껄이면서 쫓기는 삶을 살아가는 이 시대 사람들의 모습과 정신을 반영하고 있다. 부정적이고 난해하게 표현하였고 일상적으로 경험하는 물리적인 대상들의 감각을 촉각적이고 즉흥적으로 표현하면서 새로운 기술의 회화적 원리를 전개하고, 새로운 기술과 양식으로 현대 사회에서 예술이 직면하고 있는 한계성과 위기를 극복해 가고 있었다.

많은 현대 미술을 하는 작가들과의 만남과 대화에서 그들의 예술적 영역을 비판 없이 최대한 받아들였다. 나의 스타일의 확립보다는 보다 많은 시도와 경험을 중요하게 생각하면서 듣고, 보고, 체험하는 데 많은 시간을 보내고 신경을 썼다. 그들의 예술관과 표현 방법은 나의 작업에 직접 또는 간접적으로 영향을 주었고 미에 대한 인식이 높아진다. 수많은 표현 양식을 보면서 내가 만들어낼 수 있는 새로운 독창적인 표현의 창조적 가능성이 없을 것 같았다. 마음은 조급하게 독창적인 작품을 제작하여 완성하고 싶었지만 미궁 속에서 헤매이고 가슴앓이를 많이 하고 있었다.

웰리버 교수는 "100여 점의 습작을 그려야 회화적 방법론이 나오고 작품을 시작하게 된다. 흐르듯이 자유롭게 그려라. 예술은 작가의 삶이 방식이고 생각이 반영되어야 한다."고 말한다.

판화를 전공하는 다나는 미술대학에서 과감하게 누드 모델을 한다. 뉴 잉글랜드대학에서도 학생들이 아르바이트로 누드 모델을 했기 때문에 놀라지는 않았다. 다나의 단단한 근육과 균형 잡힌 몸매, 자극적이고 활달한 제스츄어와 다양하고 경쾌한 포즈는 나를 감동시켰다. 직업 모델들의 진부하고 일반적인 포즈와는 달리 신선한 느낌을 주었고, 나의 마음을 움직이는 힘이 있었다. 이러한 모델을 다시는 만나 보지 못할 것이라고 생각하고 나는 현숙에게 함께 모델 사진을 찍자고 제안했다. 나의 작업실에서 다나는 감각적인 포즈, 에로틱한 포즈, 우울한 포즈의 동작들을 자유분방하게 표현했고, 내가 필요로 생각해서 요청한 포즈들을 취해 주어서 2시간에 걸쳐 사진을 찍었다.

펜실베니아대학의 3년 과정에서 나의 작품세계를 완성하지 못하고 한계를 넘어서지 못하는 나의 모습에 방황하고 고뇌하면서 여러 가지 표현 방법을 시도해 보았고, 아카데믹한 양식을 탈피하려고 시도하면서 망친 그림들이 숱하게 많았다. 작가들의 방법론, 예술론, 기술론들을 들으면서 이론적으로는 이해했지만 나의 작품 속에 실질적으로 통합되지 않았고 배운 지식들은 체험이 되지 않고 이론으로만 남았다. 안개 속에서 사람을 만나듯 끝이 보이지 않는 미지의 환상을 눈을 감은 채 꿈꾸면서 졸업을 하게 되었다.

긴 여행 112×145.5㎝ oil on canvas 1992

도심의 문명에서 떠나 깊은
산림 속에서 외로이 작업을
하는 Neil의 이미지를 찾아
내어 그린다. 오랜 세월 역
경과 고난을 이겨내고 예술
가로서 성공하여 작업에 몰
두하고 끊임없이 작품을 제
작하는 예술가들에게는 초
인적인 느낌이 난다. 그만큼
일상성을 초월하며 사는 예
술가들의 정신적 투쟁은 외
롭고 힘든 일이다. 어둡고
긴 터널의 여행을 끝내고 팔
장을 끼고 우뚝 서 있는
Neil의 모습을 표현한다.

미소 띤 소년이 오른쪽 팔을
뒤로 젖히고 왼쪽 팔로 다른
소년의 목을 감싼다. 단단한
근육의 팔은 건강한 소년을
상징한다. 팔의 힘에 목이
눌린 다른 소년은 입을 벌리
고 고통스러워하면서도 오
른쪽 손가락으로 V자를 그
어 보이며 즐거운 표정이다.
장난스러운 두 소년이 즐거
운 놀이를 하는 것을 보고
긴장감과 긴장 속의 즐거운
모순된 감정을 발견한다.

고통과 희열 72.7×91㎝ oil on canvas 1992

풀밭 위의 여인 65.2×53cm oil on canvas 1992

풀밭 위에서 뒹굴면서 자연의 싱그러움에 젖어든다. 여인의 무늬 옷은 풀밭
가운데 가꾸어 놓은 다소 정돈되지 않은 꽃밭이 된다.

비상하다 116.7×91cm oil on canvas 1994

검정색은 모든 빛을 흡수한다. 검정은 black Friday, blackguard, black market, blacklist와 같은 절망, 악, 나쁜 것을 연상하고 상징한다. 검정색의 예복을 입은 목사가 두 팔을 벌리면서 기도하는 모습은 인간들의 영혼을 구원하기 위해 하늘로 비상할 것 같은 모습이다. 십자형 모양으로 대칭적이고 균형 있고 안정적인 형상이다. 목사는 영혼을 일깨우고 영적 생활을 다스리려고 하는 상징적인 모습으로 무아경으로 기도하는 표정은 모든 인간들의 고통을 흡수할 것처럼 보인다.

은폐하다 72.7×91㎝ oil on canvas 1994

거대한 음모나 잘못된 사건
들 그리고 숨기고 싶은 사실
이나 물체, 몸을 덮어 감추
어 기억 속에서 사라지게 한
다.

도시인 Ⅳ 162×130.3㎝ oil on canvas 1995

군중 속에서 서로 마주 보고 같은 이야기를 하고 있지만, 혼자 서야만 하는 이지적이고 냉정한 도시인들의 모습을 바둑판처럼 규칙적으로 배열하고, 엄격하고 냉엄한 분위기를 표현한다. 건물의 셔터를 닫아, 철창을 배경으로 설정하고, 우울한 회색이 화면 전체를 뒤덮는다.

너무나 낯선 그들만의 거리

부유하는 영혼

수선화 | 60.6×50cm oil on canvas 1998

제우스의 양치는 목동인 나르시스에게는
자신의 얼굴을 보면 불행해진다는 신탁이 내려졌는데
어느 날 목이 말라 물을 먹으려고 시냇가에 엎드렸다가
물에 비친 자신의 그림자에 흘려서 빠져 죽었다.
그 자리에서 수선화가 피어났다는 전설이 있다.

서툰 걸음을 내딛다

전보가 왔다.

'교수 임용 면접. 85년 12월 5일 10시 30분, 장소 서양화과 조교실.'

면접 전날 밤, 이반 교수의 전화를 받았다.

"내일 이사장께서 장학기금 모금을 위한 작품을 사러 가시는데 함께 면접을 받을 김태호 선생님과 동행하시겠다고 합니다."

이어서 조교의 전화가 왔다.

"학과 교수들과 인터뷰가 있으니 아침 9시 30분까지 학교에 나오세요."

가슴이 설레였다. 5일 차가운 아침 기온에 입김을 후후 불면서 버스에 올라탔다. 서둘러 진행되는 이러한 일들이 조금은 조심스러웠고 불안했다.

'왜 이사장은 다른 교수들 앞에서 눈에 띄는 행동을 하시는 것일까? 긍정적으로 생각해야 할까? 다른 부작용이 생기지는 않을까? 오히려 역효과가 생기지는 않을까?'

머릿속으로 스쳐 가는 불안한 생각들을 접어두면서 학교로 향했다. 마음은 차분하고 평온했다. 조교실에 들어가니 조교가 책상 위의 먼지를 닦으면서 방을 정돈하고 있었다. 김영나 교수가 들어온다. 의자에서 일어나 인사를 한다.

"안녕하세요?"

"어? 이 선생님 오셨어요."

의외라는 듯, 놀라는 기색을 하는 김영나 교수에게 잡담을 늘어놓는다.

"교통이 혼잡해 시간이 걸릴 줄 알고 집에서 일찍 출발했는데 길이 막히지 않아 조금 일찍 도착했어요."

곧이어 김애영 교수가 들어와 벌떡 일어나 인사를 했다. 김애영 교수는 무표정하게 받아넘기면서 내 머리 위로 시선을 놓고 머리를 돌려 이반 교수를 찾는다.

"이반 교수는 어디 계시지?"

아무도 나를 반기지 않고 있다는 것을 직감했다. 차갑고 냉정한 분위기였다. 인터뷰를 간단하게 마친 후, 덕성여대 졸업생들의 졸업 전시회 개막식에 참석했다. 이사장의 거동을 알리기나 하듯 청소부 아줌마들이 열심히 계단을 닦고 있었다. 이사장은 인터뷰를 마친 김태호 선생과 나를 데리고 자동차에 올라탔다.

"이 선생이 여자니까 앞자리에 앉도록 해요. 나와 김 선생은 뒷자석에 앉겠어요."

다른 교수들의 시선을 따갑게 받으며 학교를 출발한다.

"학생들의 태도는 어떤가요?"

"의욕적이고 열심히 합니다."

"다른 대학에도 이력서를 제출했습니까?"

"덕성여대에만 제출했습니다. 덕성여대의 교수가 되고 싶습니다."

"알겠습니다. 학과장과 잘 상의해 보세요. 학과에서 결정하면 학과장이 승낙을 해야 하니까요. 여의도 사학연금회관에서 장학기금 모금을 위한 전시회가 있어서 그림 한 점을 사야 합니다. 좋은 그림을 추천해 주세요."

그곳에는 동양화들만 전시되어 있었다. 나는 동양화에 대한 깊은 안목이 없었으므로 이사장 곁을 따라다니며 말없이 전시장을 여기저기 둘러보기만 했고, 이사장은 김 선생의 조언에 따라 동양화 한 점을 60만 원에 구입하셨다. 김 선생은 전날 밤에 과음을 해서 속이 아프다면서 계속 화장실을 출입했다. 회관을 나와 돌아오는 길에 63빌딩으로 들어가면서 이사장은 우리에게 점심을 먹고 가자고 말한다.

지하로 들어가니 스낵 코너들만 즐비하게 있어서 엘레베이터를 타고 50층으로 올라가 일식집으로 들어갔다. 이사장은 도시락, 김 선생은 미소국, 나는 우동을 시켰다. 그들은 별로 식사에 손을 대지 않았으나, 나는 춥고 배가 출출해서 국수를 쪽쪽 건져 먹고 국물도 후룩후룩 마셨다.

"나는 회의가 있어서 1시까지 학교에 돌아가야 합니다."

12월 9일, 2차 면접이 도서관 건물 회의실에서 있었다. 그날의 분위기는 껄끄러웠다. 복도에서 면접 차례를 기다리고 있는데 이사장께서 회의실 문을 열고 나오셨다가, 나와 눈을 마주친 후 다시 들어가신다. 무언가 힘들게 내리눌리는 분위기였고 착잡하고 무거운 느낌이 들었다.

이틀 후 종강을 하고 강의실을 나오다가 복도에서 학과장과 마주친다. 그녀의 차가운 태도와 따가운 시선에 항상 불편함을 느끼고 있었는데, 그녀를 마주치고 그냥 지나칠 수 없어서 학과장실을 노크하고 들어가 의자에 쭈그리고 앉는다. 차가운 빨간 벽돌의 공간 속에 잠시 침묵이 흐른다. 곧이어 학과장은 신경질적인 어조로 나를 향해 상상과 오해로 얼버무린 말들을 앙

칼진 목소리로 퍼붓는다. 영문도 모른 채 무슨 말을 하고 있는지 파악조차 하지 못했고 마구 퍼붓는 공격적인 질책과 격앙된 어조의 비난을 어떻게 받아들여야 할지 몰라 엉엉 울음을 터뜨리고 말았다. 함부로 내뿜는 신경질적인 말들은 불쾌하고 견디기 힘들었다. 그녀의 태도는 좀 이상했고, 전혀 이성적인 머리로는 이해하기 힘든 일이었다. 신경질적인 태도를 보이는 학과장의 감정은 학과 교수들에게 전달되었고, 그들은 일방적으로 거부감을 거세게 나타냈다.

한 울타리 안의 집단에 소속되기 위해서는 기존 세력들의 욕구를 충족시켜 주어야 하는데 그것이 무엇인지 나는 모르고 있었다. 나의 삶과 연결되는 많은 일들은 한갓 작은 에피소드라고 생각했고, 남에 의해 상처받은 자존심은 쉽게 지워 버릴 수 있어야 했다. 일주일 후 조교의 전화를 받는다.

"전임 강사 초빙을 무효로 했습니다. 다시 시간 강사로 나와 주세요."

씁쓸했다. 집에 돌아와 영진의 전화를 받는다.

"언니, 28일 명동성당에서 동현씨와 결혼을 해요. 성당에서는 결혼할 때 보증인이 있어야 되는데 언니에게 부탁하려고요."

"결혼 축하해. 물론 보증을 서 주지."

다음날 미장원에서 머리를 손질하고 집에 돌아오니 덕성여대에서 전화가 왔었다는 메모가 있었다. 이틀 후 박 이사장의 전화가 다시 왔다.

"이번에 교수 채용은 무효로 결정이 되었고 아무도 채용하지 않았습니다. 다음 기회에 다시 시도해 보세요. 학과 교수들 사이에서 어려움이 있나요? 내가 직접 도와 줄까요?"

"괜찮습니다. 제가 직접 다시 시도해 보겠습니다."

이사장의 전화는 학과장의 부당한 태도를 사과하고 다음에 기회가 주어지면 가능성이 있다는 것을 암시하는 의미로 받아들였다.

"다음 학기에는 학교에 가면 학과장과 학과 교수들과 좀더 가까이 지내도록 노력해야겠어."

다음 학기에 주어질 기회를 기다리기로 했다. 기분은 뒤죽박죽이었으나 이사장의 전화는 큰 위안이 되었다. 이것이 내가 겪은 서울에서의 첫 경험이었고, 그때부터 계속 부당한 대우를 받으며 이 사회를 체험하게 된다.

86년 3월 서울 갤러리에서 전시회를 열기로 일정을 정해 놓고 전시회에 필요한 관계자들을 만난다. 일을 진행하기 위해 관계자들을 만나면 무슨 일이든 한 번에 결정되는 일이 없었고 어렵고 힘든 일을 나를 위해 특별히 배려해 준다는 태도로 대한다. 재료를 구입하는 장소를 물어보아도 쉽게 가르쳐 주지 않고 사소한 것조차도 쉽게 알려 주려고 하지 않았다. 모든 것이 뻑뻑하게 진행되었지만 헛되지 않은 삶을 살기 위해 내가 누구인지 내가 무엇을 해야 하는지 나를 찾기 위해 노력하면서 살아왔기에 나에게 주어지는 외부적인 힘든 현실적인 상황들이 나에게 큰 장애가 될 거라고 생각하지 않았다. 사람들은 자신의 주장만을 내세우며 그들만의 이야기를 하고 나를 인정하려고 하지 않았고 경계하고 있었다. 새로 등장한 사람에 대한 일시적인 낯선 감정이라고 생각을 돌리면서 시간이 지나면 나의 소속을 찾게 될 거라고 믿었다. 부모의 경제적, 정신적 후원 없이 사회적 신분을 확립한다는 것은 너무 힘든 일이라는 것을 예상하고 있었고 잡다한 어려움들을 감수했다.

전시회장을 선택하고 전시 날짜를 정하여 예약하고, 팸플릿을 인쇄하기 위해 작품들의 슬라이드를 찍고, 인쇄소를 찾아가 인쇄물을 준비하고, 평론가를 찾아가 평을 부탁하고, 홍보를 위해 방송사와 신문사 기자들을 만나 부탁하고, 활동하는 작가들과 화랑 큐레이터를 만나면서 전시회 준비를 한다.

사람들은 서로를 욕하고 있었다. 보이는 곳에서는 인사하고 부탁하고 웃지만, 뒤돌아서면 욕하고 서로의 눈치를 본다. 윗사람들은 아랫사람들을, 아랫사람들은 윗사람들을, 작가는 평론가를, 작가들과 화랑 관계자들은 기자들을 욕한다. 많은 사람들이 사회에 대한 불만과 부정적 가치, 불합리성을 이야기하면서도 그것이 사회구조이기 때문에 당연한 것으로 받아들이면서 살아가고 있었다.

예술가가 되기 위해서 좌절을 딛고 일어설 줄 알아야 한다. 인간으로 성숙하기 위해선 아픔을 승화시킬 줄 알아야 한다. 감정을 절제하며 다스려야 하고, 살아 나가면서 당하는 실패와 좌절에 도전할 줄 알고 인정하고 순응도 해 나가야 한다. 마음속으로 동그라미를 그리면서 이러한 각오를 한다. 이빨이 꽉 물린 채 경직되어 있었고 한국 사회라는 물려진 이빨의 힘을 풀 수가 없었다. 빨리 봄이 왔으면 하는 바램이었다. 내가 너무나 초라하고 자그마하게 보이고 상대적으로 커다란 외로움을 느낀다.

하나님은 아담과 이브를 만들었고 우주를 창조하셨다. 나는 캔버스 위에 붓과 물감으로 창조 놀이를 하면서 생명력 없는 죽은 세계를 만들어 내는 못난 창조주임을 깨닫는다. 생명력을 불어넣을 수 있는 예술가가 되기 위해 작업을 계속한다. 시작도 끝도 없는 과정일 뿐이다. 예술이란 배운 것만으로 작품이 탄생되지 않는다. 배움을 바탕으로 나의 예술 세계를 창조해야 한다.

대학에 교수로 임용될 것이라는 확신을 갖고 있었고 그만큼 교수직에 매달려 있었다. 학과장과의 감정적 오해를 풀어야 할 것 같아서 찾아간다.

"나는 학교 업무에 바쁜 사람입니다. 당신과 앉아서 내가 할애한 시간이 얼마나 되는지 아십니까? 나를 찾아와서 상담을 했으면 그 시간에 해당하는 돈을 지불해 주셔야 할 것 아닙니까?"

학과장은 언성을 높여 소리치며 함부로 모욕적인 말들을 내뱉었다. 학과장은 교수 임용에 김 선생을 추천하고 있었고, 이사장은 나를 추천했지만 이사장으로부터 김 선생이 거절당하자 학과장은 이사장의 태도에 대한 불만으로 나에게 배타적 감정을 신경질적을 나타냈다. 학교 내에서는 독신인 이사장과 나의 염문설을 소문으로 퍼뜨렸고, 교수들 사이에서 나의 채용 문제를 놓고 되새기고 싶지 않은 숱한 터무니 없는 소문들이 나돌았다. 학과 교수들은 나를 이상하고 불편한 시선으로 대했고, 채용하면 집단 사표를 내겠다는 강경한 반대 의사를 나타냈다.

어떻게 교수들의 집단이 이럴 수가 있을까? 신기하고 어처구니가 없었다. 남녀간의 관계로 몰고 가면서 '이사장과 나의 관계가 어떤 사이인가?' 가 화제의 초점이 되었고 이사장과의 스캔들 중의 한 경우라고 교수들 사이에서 숙덕거렸다. 정태수의 딸도 아닌, 딸같이 생각하고 있는 사람이라는 말 한마디로 낙하산 인사가 된 교수 임용은 인정할 수 없다고 강력히 거절한다. 나의 능력과 자질은 아무런 평가의 기준이 되지 않는 사회였다. 이런 것은 아닌데……. 무엇인가 잘못되어 가고 있는 것을 직감한다. 시간이 지나면서 나에 대한 이해가 생기기를 바라면서 시간 강사를 계속하며 학교 당국의 진행과정과 교수들의 태도를 살피기로 한다. 너무나 순조로이 교수들의 아낌과 사랑을 받으면서 교수들의 추천으로 미국에서 대학원까지 공부를 끝마친 나는, 이러한 터무니없는 대우와 피해를 주면서까지 거절하는 풍토에 아연실색했고 돌이킬 수 없는 잘못된 일이라는 것을 깨닫게 된다.

가끔 현숙 아버지께서 전화를 주면서 학교에서의 반응과 학과 교수들의 반응을 물어보신다. 그의 사위와 현숙을 학교에 취직을 시켜야 하는 현숙 아버지께서는 학교의 상황과 교수들의 반응을 궁금해하였고, 나는 있는 그대로 자세하게 알려 드렸다. 덕성여대의 교수 임용에서 탈락한 후 신문에서 지방에 있는 국립대학의 교수 초빙 광고를 읽고 이력서를 제출하기로 했다. 다시 현숙 아버지를 찾아간다. 그는 서울교대 총장으로 계셨다.

"내가 있는 서울교대에는 너를 추천해 줄 수 없는 입장이다.

다른 학교 자리를 알아보너라."

"충북대에서 교수를 공채한다는 신문광고를 보았습니다."

"그래, 내가 데리고 있던 사람이 그 대학의 행정 사무관으로 있으니 전화를 해 주마."

현숙 아버지는 그 자리에서 직접 사무관에게 전화를 하신다.

"충북대에서 미술대학 교수 임용 공채가 있다고 해서 내가 한 사람 추천하려고 하네. 미국에서 공부하고 돌아온 내 딸 같은 여류 화가인데 교수로 임용되도록 꼭 좀 밀어 주게."

국립대학이고 지방대학이니까 교수 선택 과정이 사립대학과는 다를 것이라고 생각하고 이력서를 제출했다. 서류들을 준비하고 교수들을 만나 나를 소개하고 자격시험을 보고 면접을 본다. 결정되는 날까지 조바심을 내면서 목을 매달고 기다려야 하는 시간들은 몹시 피곤했다. 불합격 통지서를 받았다. 소주 반병을 마시고 아래, 위로 다 쏟아내고 정신을 차린다. '이게 아니구나!'

나는 그때서야 학교의 구조와 상황들을 파악하고 터득하게 된다. 한국의 대학 구조는 A 대학이나 B 대학이나 C 대학이나 마찬가지였다. 이미 결정되어 있는 한 사람을 위해서 형식적이고 복잡한 말들과 행사를 치르는 것이었고, 나머지 사람들은 들러리에 불과한 것이었다. 나에게 책임 있는 말을 해 주는 사람은 아무도 없고, 내 앞에서 하는 말과 행동이 내 뒤에서 하는 말과 행동과 다르다는 것을 파악한다. 나의 올바른 판단과 선택만이 나를 이끌어 갈 수 있는 방법이다. 현숙 아버지를 찾아가 감사하다는 인사를 드린다. 현숙에게도 전화와 편지를 하면서 상황들을 자세히 알려 주었다.

김 교수와의 만남

3월, 서울갤러리에서 첫 번째 개인전을 열었다. 막 대학원을 졸업하고 돌아왔기 때문에 풋성귀 냄새가 나지만 젊음과 열정이 있었고 거리낌없이 일들을 진행할 수 있었다.

일요일 아침, 전시회장에 중년의 남자가 들어와 전시장을 둘러보고 방명록에 서명을 한다.

"팸플릿을 한 권 주세요. 작가는 어디 계신가요?"

마침 나는 안내 책상 앞에 앉아 있었고 한가로운 전시장을 찾아오는 사람들을 반갑고 편안하게 맞이하고 있었다. 나에게 호의적인 태도로 말을 건네는 그에게 자리를 권하였고 마주앉아 담소를 나누었다. 팸플릿에 적혀 있는 이력을 보면서 그는 호기심 있다는 듯 말했다.

"덕성여대에 출강을 하고 있군요. 그 대학에 출강하면서 문제가 있으면 도와 줄 수 있으니 어려운 일이 생기면 나에게 연락을 하세요. 이 명함에 제 연락처가 있습니다."

명함에는 '○○대학교 ○○대학, 김수경 교수'라고 쓰여 있었다. 전화를 걸 일은 생기지 않을 거라고 생각하면서 명함을 받아 가방에 넣었다. 2개월 후, 그로부터 격려의 글이 담겨 있는 엽서를 받았다. 기분이 좋았고 반가웠다. 얼마 후, 그가 전화를 걸어 만나자는 제의를 하신다. 그를 만나야 할 분명한 이유가 없었고, 마침 재봉씨의 결혼식 날이었기 때문에 정중히 거절한다.

교수 임용에서 탈락되었다는 통지를 받은 후 무엇을 어떻게 다시 시작해야 할지 몰랐다. 현숙 아버지의 태도에서 한계를 느꼈고, 가까이에서 도움을 받을 수 있는 사람이 필요하다는 생각이 들었다. 잠시 주저하다가 아직 가방 속에 있는 명함을 찾아 김수경 교수에게 전화를 걸었다. 김 교수는 현직 교수로 있어 대학 행정을 알고 있는 사람이다. 힘들고 지쳐 있던 나는 친숙하고 호의적으로 대해 준 그에게 상의를 하고 싶었다.

"이정규인데요, 한번 만나 뵙고 학교 문제를 상의드리고 싶어서 전화했습니다."

"그래요? 그럼 명동에 있는 예스터데이로 나오세요."

예스터데이에서 만나 점심식사를 한다.

"드라이브를 하면서 이야기를 계속하죠."

차를 타고 통일로를 따라 달린다.

"덕성여대에 교수로 임용될 수 있도록 도와 주세요."

"다음 주에 이력서와 자료들을 가지고 나오면 서류 검사를 하고 결정을 하죠."

일주일 후 그를 나인스 게이트에서 만나 점심식사 대접을 하면서 학교 취직 문제를 계속 상의한다.

"좋습니다. 도와드리겠습니다."

그 후 학교 문제를 논의하기 위해 계속 만나게 된다. 통일로를 따라 운전하면서 나에 대한 여러 가지 이야기를 물어보신다. 나는 무척이나 조심스러워 경직되어 있었고, 우선 그의 마음에 들어야 하니까 호감을 느낄 수 있도록 성심성의껏 답변했다. 나는 공적인 이유로 정당하게 그를 만나고 있었고 그 역시 점잖게 대우해 주기 때문에 별다른 생각을 하지 않았다. 대학에 취직을 해야 서울에서 안정적인 사회 생활을 하게 되고 나의 예술을 꽃피울 수 있다고 생각했고, 덕성여대 이사장께서 가능성을 제시해 주어서 희망을 가지고 있었다. 대학에 취직을 하기 위해 공적인 일을 상의하면서 어떠한 스캔들이라도 생기면 수습하기 어려울 것이라는 것을 알고 있었기 때문에 모든 일을 신중하고 이성적으로 하고 있었다.

그러나 여러 차례 만나게 되면서 그가 조금씩 조금씩 내 곁으로 가까이 오는 것을 느끼게 된다. 그는 나에게 신원을 확인시키기 위해 여러 장의 신분증을 보여 주면서 나를 안심시킨다.

"우리 결혼해서 함께 삽시다. 함께 살면서 학교에 출퇴근하면 좋을 것 같지 않아요?"

순간 당황한다.

"아직 결혼하지 않으셨어요?"

"아하. 그 문제가 제일 궁금합니까? 상처했습니다. 아들이 하나 있고 두 딸이 있습니다."

조금씩 나에게 감정적으로 접근을 하고 있는 그를 느끼게 되었고, 가끔 나를 당황하게 만들기도 했다. 49세의 중년인 그는 나를 따뜻하게 대해 주었고 따뜻한 손으로 나의 차가운 손을 잡아 주었다. 맥주를 마시면서 이야기를 하다가 나의 손 위에 그의 손을 겹친다. 그의 태도에 움찔 놀라면서 경계심을 가진다. 참새구이집에서 만나 맥주와 참새, 은행, 조개를 시켰다.

그의 독특한 취향이 재미있었다. 그는 또 그의 손을 나의 손 위에 포개어 놓는다. 전철역에서 헤어지면서 뒤를 돌아보니 그는 입구에 그대로 서서 나의 떠나가는 뒷모습을 지켜보고 있었다. 꾸준히 다정하고 따뜻하게 대해 주는 그의 태도를 대하면서 마음이 편안해졌고, 거부감을 느끼면서도 그에게 끌려가고 있음을 부인할 수는 없었다. 그러나 현실적으로 19년이라는 나이 격차가 있어서 이것이 사랑이라고 생각할 수 없었고, 마음이 열리지 않았다.

'이렇게 부르는 대로 따라다녀야 하는 걸까? 그는 정말 나를 도와 줄 수 있을까? 그와 덕성여대는 어떤 관계일까?' 김 교수와의 만남이 망설여진다.

"저는 지금 직장을 구하기 위해 교수님께 도움을 부탁드릴 뿐입니다."

김 교수의 태도에 경계심이 생긴다.

"학과 교수들과의 관계가 어렵다고 했는데 이제는 좀 나아졌습니까? 이사장은 만나 보셨나요? 이 선생을 대학교수로 임용하겠다고 하던가요?"

그는 학교의 상황을 물어보면서 만날 것을 계속 요구한다.

나는 대학원 과정을 마쳐야 한다는 집념으로 학교 울타리를 한번도 벗어나 본 적이 없었고, 교수들과의 상담 외에는 다른 사람들과는 전혀 교제를 할 수 없었던 긴장되고 힘든 학창시절을 보냈다. 학교 동료들과의 만남과 담소, 체육관에서 가벼운 운동을 하면서 스트레스를 풀었다. 예술가로서의 완성을 위하여 많은 것을 포기한 채 외로운 외길을 걸어왔다. 아직 예술 세계가 확립되지 않은 상황에서 또 다른 짐을 지면 모든 것이 무너질 수 있다는 두려움이 앞서 있었고, 내가 넘어지거나 실수를 하면 일으켜 줄 사람이 없고, 빗나가면 보호해 줄 사람이 없었기 때문에 감정을 억제하며 스스로의 울타리를 쌓아놓고 살아왔다.

"여자 나이 30살이 적은 나이인 줄 아십니까? 여자 나이 30살이면 환갑입니다. 저는 외로운 남자입니다. 제 곁에 머물러 주세요."

맹목적이고 적극적으로 접근하는 그의 태도에 불안해 하면서 시간을 끌면서 그의 본심을 읽으려고 했다.

토요일 오후, 그의 전화를 받고 프라자에서 그를 기다린다. 어두운 조명으로 아늑한 분위기였다. 나의 앞좌석에서는 중년 여인이 노처녀를 노총각에게 소개시켜 주고 떠난다. 입구에서 말끔하게 보이는 그의 모습이 나타났다. 아니라고 부정하고 있었지만 그가 이끄는 대로 감정이 끌려가고 마음속으로 그를 기다리고 있었다. 무언가 서두르는 모습에 숨이 막히는 듯했다.

"교수들과 골프를 치고 샤워를 하고 오는 길이라 목이 마릅니다. 진토닉 한잔 하고 나갑시다."

"어디로 가시는 거죠?"

"조용한 곳에 가서 식사를 하면서 이야기를 합시다."

뒷골목으로 걸어 들어간다.

"밝은 장소인 레스토랑이나 카페로 들어가세요."

"주위의 시선이 없는 조용한 방에 들어가 편하게 쉬면서 이야기를 하고 갑시다."

"전 밀폐된 장소가 싫습니다."

골목을 여러 차례 빙빙 돌면서 동행을 거절했다. 서울의 실정과 조직을 모르는 나는 그와 관계를 끊을 수 없는 상황이었고 끈질기게 잡아당기는 그를 거절할 수만은 없었다. '호랑이 굴에 들어가도 정신만 차리면 된다.'고 마음에 새기면서 따라들어간다. 그는 내가 보기에 신원이 확실한 사람이었기에 정신을 냉정히 가다듬으면서 들어갔다. 여관이었다.

"조용히 쉬면서 이야기할 수 있는 장소는 이런 곳밖에 없나요? 한심하군요."

방에는 침대와 옷장, 의자, 테이블이 있었고 목욕탕이 있었

다. 그는 맥주와 간단한 안주를 시키고 학교 이야기를 시작한
다. 그러다가 침대 위의 이불을 걷는다.

"편안히 누워서 좀 쉽시다."

코트의 단추를 잠그고 몸을 움추린다. 계속되는 요구에 신발
만 벗고 침대 위에 쪼그리고 누웠다. 갑자기 숨이 막혔다. 나의
완강한 거부의 몸짓으로 몸싸움만 하고 나왔다. 나는 놀랄 정
도로 그의 체온에 휘감겨 있다는 것을 느끼게 되었다. 집까지
데려다 주고 헤어지면서 그가 말한다.

"넌 내 꺼야!"

그는 강한 입맞춤을 하고 떠나갔다. 차가운 12월의 밤공기
속에서 나의 몸은 뜨거워졌다. 강하게 부정을 하면서도 그에게
로 가까이 끌려가고 있었고, 그가 책임 없는 행동은 하지 않을
거라고 믿었다. 계속 긴장감을 가지고 그를 만났고 여관 주변
을 맴돌다가 결국은 안으로 들어갔고 또다시 몸싸움만을 했다.

"이렇게 나를 원한다면 결혼해요. 결혼하기 전에는 내 몸을
절대로 줄 수 없어요."

강하게 반발하면서 최대한 거부와 반항을 했지만 모든 것은
그의 의사대로 진행되었다.

"이건 아냐. 이러면 안 돼."

볼멘소리로 신음한다. 순간적이었다. 아팠다. 고통스러웠다.

사이다를 마시는 것처럼 따끔거리고 아팠다. 그것은 사랑이나 행복의 느낌이 아니라 또 다른 방황과 고독이었다.

"결혼해요."

"당신만을 사랑합니다. 조금만 기다려 주세요. 형식이 뭐 그리 중요합니까? 아직 결혼할 수가 없으니 조금만 기다려 주세요. 믿어 주세요. 이해해 주세요."

외부적인 생활에는 아무런 진전도 없었고 해결되지도 않으면서 계속 복잡한 사건들이 생기고 혼란스러운 생각들이 더욱 나를 짓눌렀다. 결혼을 서둘러 줄 것을 요구하지만 그는 아무런 반응을 보이지 않고 오히려 처음보다 태도가 냉정해졌다. 남녀 간의 관계에 보수적이었던 나에게 혼전 성 관계는 죄의식으로 느껴졌고 견디기 힘든 날들이었다. 그러나 어느새 진한 그리움이 찾아들고 육체적으로 그를 기다리고 만나고 싶어진다. 나의 육체는 그를 찾고 있는데 그는 아무 소식이 없었다. 전화를 걸어 만날 것을 요구한다.

"나는 당신이 몹시 보고 싶고 만나고 싶고 곁에 있고 싶은데 당신은 어떻게 소식도 없어요?"

"학교 일이 바빠서 그래요. 미안해요."

"서로 이렇게 만나면서 앞으로 어떻게 할 것이라는 계획도

세우지 않고 아무런 방안도 없이 이런 식으로 만나기만 하면 어떻게 해요?"

"나를 믿고 조금만 기다려 줘요."

아무리 만나도 결코 하나가 되어지지 않는 육체와 영혼이었다. 성욕인가, 사랑인가. 갈등이 쌓이고, 그의 불합리한 태도에도 성욕과 함께 그에 대한 사랑이 싹트기 시작한다. 그러나 시간이 흐르면서 사랑의 확신보다는 나 혼자만의 독백이 되고 만다.

"이런 만남은 싫어요! 헤어져요."

"이렇게 헤어지기 싫어요. 가지 말아요!"

만나면 계속 다투다가 헤어지고, 그와 헤어지기 싫어 그를 붙잡아도 그는 시간이 되면 떠나가고 말았다. 나는 육체적, 정신적으로 불안정해지고 그와의 관계에 불안을 느끼면서 그를 원망했다. 기다리라는 말에 시간은 그대로 흘러간다.

어느 날 경험해 보지 못한 뱃속의 변화를 느낀다. 이상한 예감이 들어 김 교수에게 절규하듯 말했다.

"이렇게 만날 수 없어요. 결혼해요."

"아직은 안 돼."

아직껏 김 교수와의 관계를 속앓이를 하듯 혼자서만 생각해 왔지만 몸에 이상이 생기면서부터는 누구에겐가 상의를 하고 도움을 받아야겠다고 생각했다. 이제는 혼자서 해결할 수 없음을 깨닫고 필라델피아에서 3년 동안 가까이 지내온 친구인 성진에게 찾아갔다. 말하기가 쑥스러웠지만 김 교수와의 관계를 이야기하기로 했다.

"얼마 동안 사귀어 온 사람이 있는데 나이 차이가 좀 많아. 자식이 셋 있고 상처한 사람이야. 함께 저녁 식사를 하면서 너하고 관영씨에게 소개시키고 싶어."

언제까지 숨길 문제는 아니라고 생각했고 친구에게 소개시키면서 그의 태도를 보고 싶었다. 서라벌 레스토랑에서 만나 서로들 쑥스러워하고 멋적어하면서 저녁식사를 했다. 그를 만나본 성진은 냉정하게 말한다.

"너와는 어울리지도 않고 나이 차이가 너무 난다. 그만 정리해."

깊은 내용의 이야기는 할 수 없었기 때문에 나는 힘없이 대답한다.

"잘 알았어. 나도 그렇게 생각해."

이미 쏘아진 화살이었고, 그와 순조로이 삶을 진행해 나갈 수 있도록 애정을 쏟았다.

11월 어느 날 아침에 눈을 뜨고 이빨을 닦으면서 헛구역질을 했다. 저녁에 이빨을 닦으면서는 토하고 말았다. 식도를 통해 온갖 음식물의 찌꺼기가 모두 나왔다. 메스꺼운 냄새가 났다. 머리가 아프고 니글니글거리는 속을 진정시키기가 어려웠다. 유방이 엄청 커졌다. 산부인과를 찾아가 검사를 받았다. 의사는 내게 또박또박 진찰 결과를 이야기해 준다.

"축하합니다. 임신하셨습니다."

임신했다는 사실에 기뻐했지만 마음이 무거웠다.

"김 교수가 무슨 말을 할까? 아직 결혼도 하지 않았는데 기뻐해 줄까? 결혼을 하자고 독촉해야지."

그를 만나 임신 사실을 알렸다. 그는 기뻐하지 않았다.

"유산시키세요."

"유산은 할 수 없습니다. 결혼해요. 결혼하면 되잖아요."

"지금은 안 되니까 유산시켜야 해요."

그의 태도가 의심스러웠다. 얼마 전까지만 해도 정신적 강간을 해도 좋은가를 문제 삼아 논의해 왔는데 난 그 선을 넘어 혼전 임신 3개월이다. 그는 아이를 유산시키라고 하면서 엉엉 소리내어 운다. 그의 태도가 불쾌하고 괴롭고 답답했다. 하루하루를 고통스럽게 지낸다. 왜 나에겐 여자라면 느껴야 하는 기본적인 행복과 기쁨이 주어지지 않는 것인가? 김초밥, 군밤, 떡볶이, 만두 등 먹고 싶은 것이 자꾸 생기고 뱃속과 머릿속이 엉망이 되어 갔다. 침이 쓸쓸했다. 열이 나고 헛구역질이 나고 식은땀이 난다. 눈물이 그냥 흘러내린다. 밤에는 불쾌한 꿈을 꾼다. 태몽이 아니라 악몽을 꾼다. 배가 결려 오고 제법 임신한 티가 난다.

"내가 태어나 처음으로 임신한 첫아이야. 이 아이는 꼭 낳아 키울 거야."

"아직은 결혼할 수 없어. 유산시켜."

"그토록 집요하게 나를 찾으면서 사랑한다는 고백은 허위였단 말인가요? 이런 배신이 어디 있어요?"

그의 태도에 불안감을 느끼기 시작했다. 이러한 불확실한 주변 상황에서 아기를 낳아 키울 마음의 준비가 되어 있지 않았고, 불안정한 정신 상태에서 아이를 키울 자신감이 없었다. 아무것도 해결되지 않고 정착되어지지 않는 나의 문제들이 누적되어 간다. 악몽에 시달리며 4개월 동안의 입덧을 이겨내고 조금씩 불러지는 배를 만지면서 엄마가 된다는 기쁨, 두려움, 불확실성, 불안감을 안고 지내다가 그의 끈질긴 반대 의사로 결국은 유산을 시키기로 결정한다. 그가 예약해 놓은 산부인과에 혼자 들어간다. 진찰을 끝낸 의사는 침착하게 그러나 냉정하게 말한다.

"임신 3개월이 지났기 때문에 입원하고 수술을 해야만 합니다."

입원 수속을 마치고 입원실에 들어간다. 수치스러웠고 몸과 마음이 추워 떨었다. 병원 입원실은 난방이 제대로 되어 있지 않아 냉기가 돌았고 오들오들 떨면서 환자복으로 갈아입고 다음에 무엇을 해야 되는지 초조하게 기다린다. 수술실로 옮겨지고 팔다리가 묶인다. 비참하고 무서워서 떨고 있었다.

"저 수술하고 싶지 않아요. 그냥 풀어 주세요."

큰소리로 외쳤지만 소리는 입 밖으로 나오지 않았다. 혼미한 상태에서 주사를 맞고 호수가 삽입되고 약이 호수를 타고 떨어지기 시작했다. 심한 통증, 쩔은 땀냄새와 피비린내, 신음소리와 비명으로 아픔과 고통을 혼자 입원실에서 견디어 낸다. 하룻밤을 뜬눈으로 통증에 시달리면서 울고, 신음하고, 비명을 지르면서 지냈다. 마음이 차가워졌다. 마침내 무언가 떨어지는 듯한 느낌, 그리고 확 쏟아져 내려오는 뭉클한 것이 있었다. 놀라서 소리내어 엉엉 울었다. 비몽사몽간에 간호 보조사의 부축으로 수술실로 옮겨가 팔다리가 묶이고 의식을 잃고 다시 입원실로 옮겨졌다. 고문을 당하는 듯 악몽의 연속이었다.

"이런 것은 아니야. 이것은 나의 삶이 아니야!"

중얼거리며 참을 수 없는 서러움에 울음을 터뜨렸다. 난 이 모든 것을 부정하고 싶었다. 그러나 시간이 흐르자 잔인하게도 아무 일 없었다는 듯, 씻은 듯이 통증이 없어지고 평온이 찾아온다. 거친 파도가 지나쳐 간 곳엔 아무것도 남지 않듯이, 내게도 아무것도 남지 않았다. 밥을 먹다가, 택시 속에서, 길을 걷다가 오열의 감정을 참지 못하고 쭉- 떨어지는 눈물방울들. 갈등과 고뇌를 벗어버리려고 노력할수록 그 굴레에서 벗어나지 못하고 더욱 엉겨 붙는다.

그는 상처 받고 고통스러워하는 나에게 아무런 위로도 위안도 없었고 무감각하고 몰인정했다. 그에겐 아무런 통증도 없었고 모든 고통은 나 혼자만의 몫이었다. 몸이 좀 회복된 후 성진을 만난다. 마침 성진의 생일이어서 점심을 같이 먹으면서 구체적인 이야기를 하고 상의를 했다.

"김 교수와 결혼을 약속하고 만났는데 결혼 전에 임신이 되었어. 그가 유산시키라고 해서 아이를 유산시켰는데 기다려 달라고만 하는 그 사람 태도가 미심쩍어. 혼자서 어떻게 해야 할지 잘 모르겠어. 어떻게 해야 할지 너의 생각을 듣고 싶어."

그녀는 조금 놀라워하면서 나에 대한 태도가 달라진다.

"어떻게 결혼도 하지 않고 임신을 했니? 유산은 잘 시킨거야. 너에게 실망했어. 하지만 언니에게 상의해 볼께. 언니는 나이가 많으니까 좋은 방법을 가르쳐 줄 꺼야."

나의 이야기를 전해 들은 성진 언니는 나름의 방법을 강구해 제시했다.

"이건 본인들이 나서서 서두를 수 없는 문제니까 주위에서 결혼을 할 수 있도록 도와 주자."

한 달 후 성진의 전화를 받는다.

"언니가 대학에 친분이 있는 교수가 있어서 그 댁에 전화를 걸어 김 교수에 관해 알아보았더니 현재 부인이 살아 있고 금실이 좋은 잉꼬부부라고 해. 며칠 전에도 부인이 학교에 다녀갔대."

"뭐, 그럴 리가 없어. 이게 무슨 날벼락 같은 일이니? 주간지에나 나오는 유부남과의 사기 연애란 말이잖아. 이제 그만해."

"넌 김 교수에게 당한 거야."

나에게 한순간의 휴식도 주지 않고 계속 몰아닥치는 비극적인 좌절과 시련들……. 나는 끝없이 추락한다. 머리를 처박으며 울부짖고 싶었고 혼란스러웠다. 이것이 나에게 주어진 운명인가? 성진의 말들을 사실로 받아들일 수가 없었고 그로부터 직접 확인을 받아야 했다. 그에게 전화를 걸었다.

"이제 내 가정에 대해 알게 되었잖아. 집사람도 우리의 관계를 알게 되었어. 이젠 더 이상 만날 수 없어."

믿기 싫었고 믿을 수 없어서 그의 직장으로 찾아간다.

"어떻게 나에게 이럴 수가 있어요?"

"조금만 더 기다려 줘요."

그 남자 앞에 아무 말도 못하고 주저앉는다. 아무것도 신뢰할 수 없는 그의 말에 질렸고, 무책임한 행동에 울분이 터졌다. 거짓되고 조작된 감정 표현에 휘말려 사랑을 느끼고 기다려 온 나의 모습이 처절하도록 불쌍했다. 갑작스런 충격적 상황에서 더 이상 상처받고 싶지 않아 헤어질 것을 결심했지만 아직도 그의 체온이 나의 몸에 배어 있었고 그를 잊을 수가 없었다.

"나를 사랑한다면 부인과 헤어져 주세요."

"그건 안 돼. 조금만 기다려 줘."

그의 품에 안겨서 감정을 억제하지 못하고 설움과 울분에 북받쳐 엉엉 울어 버렸다. 그는 조금도 감정의 변화를 나타내지 않았고 아무런 언급도 하지 않고 냉정했다. 나에게는 충격적이고 절망적인 사건이었지만 그에게는 생활의 일부분이었다. 완전 3류 소설의 여주인공으로 전락해 가고 있었다. 나는 의도적으로 그와 만나는 것을 중단했고 마음의 정리를 하려고 노력했다.

아직 펜실베니아대학에서 박사 학위를 받기 위해 공부하고 있는 병련으로부터 편지를 받았다. '답장을 써야 하는데……' 하고 마음을 먹고 있었지만 한 줄의 글도 쓰여지지 않았다. 바쁘다기보다는 감정이 게을러지고 무감각해지고 굳어져 있었다.

그때그때마다 편지를 밀리지 않고 답장을 써 보내기도 하고, 무슨 할 말이 많았는지 주저리주저리 희망 담긴 편지를 여기저기에 써 보내던 때가 있었는데, 지금은 몸과 마음과 정신이 각자 따로 움직이고 있었다. 그전처럼 시적인 감상에 젖어들지 못했고 아무런 생각이 나지 않는다. 아무리 바쁘고 여유가 없을 때에도 즉시 답장을 쓰곤 했는데 몸과 정신적 상처를 받은 후에는 감정이 삭막해지고 무미건조해지고 있었다.

씁쓸한 공허함 속에서 조금씩 냉정함을 찾게 되고, 상황을 분석하면서 쓰라린 아픔을 견디면서 안정을 찾으려 했다. 정신을 차려야 한다. 이대로 휘말려 주저앉으면 안 된다. 이 비극을 극복해야 한다. 내가 처해 있는 상황을 잊고 조용히 작업을 하고 싶었다.

가슴 깊숙이에서 솟아오르는 오열을 삼켜 가면서 33살의 나이에 좌절해서는 안 된다고 중얼거린다. 내가 사람들의 눈총 속에서 방황하면 할수록, 고통스러워하면 할수록 사람들은 내 삶의 드라마의 관객이 되어 나의 고통에 박수를 칠 것이다.

성진의 태도는 달라졌고, 비웃는 사람들의 모습이 눈에 어른거린다. 냉정해지려고 마음을 다진다. 그러나 나는 움직일 수가 없었다. 무대 위에 혼자 한 줄기의 빛을 의지한 채 서 있었고, 돌아서 버린 모든 사람들을 향해 나는 손가락 하나 까딱할 수가 없었다. 말 한마디 할 수 없을 정도로 몸과 마음이 마비되어 가는 듯했다. 자신이 희망과 풍요로움으로 가득 채워져 있을 땐 어떤 한파도 쉽게 견디어 낼 수 있다.

"이렇게 단편적으로 만나려면 차라리 헤어져요. 당신의 태도가 싫어요. 당신이 싫어요."

그와 헤어지지 못할 것이라고 생각했을 때는 서슴지 않고 싫다는 말을 수없이 했다. 그런데 막상 헤어져야 함을 인식했을 때는 '당신과 헤어질 수 없어요.'라며 그를 붙잡는 나를 본다. 얼마동안 그와의 만남이 나의 삶의 많은 부분을 차지하고 있었다. 그의 따스한 체온 안으로 나를 끌어안으면 나는 편안해졌다. 그러나 그가 내 안으로 들어오면 통증과 아픔을 참아야 했다. 남자의 체온을 느끼면서 나의 감정은 뒤죽박죽 되었고, 온몸으로 그를 찾게 되었다. 결혼하지 않은 채 그와 한 몸이 되어 사랑을 속삭였기에 항상 죄책감에 시달리면서도, 그에 대한 믿음과 사랑이라는 베일을 쓰고 결혼할 날을 위해 하루하루 어려움 속에서도 기다리면서 살아왔는데, 내 앞에 불어닥친 냉혹하고 차가운 바람 앞에 나는 휘청거렸다.

인간들과의 만남을 통해 얻은 신뢰감과 사랑은 인간들과의 만남을 통해 무너져 버린다.

극심한 고통은 한 인간을 죽음으로 내몰 수도 있다. 그것을

받아들이는 인간이 자신의 한계를 극복해 초인이 되지 않으면
말이다.

집을 떠나 잠시 외지에 머물었다가 돌아가는 남자를 겨울 나그네의 모습으로 그렸다. 한국 전통 가옥의 창호지 문을 배경으로 베레모를 쓰고 바바리 코트를 입은 남자를 그린다. 문을 열면 펼쳐지는 방의 광경은 독자의 상상력에 맡기기로 한다. 남자의 얼굴에는 오랜 세월 살아온 삶의 그림자가 배어 있다.

겨울 나그네 91×116.5㎝ oil on canvas 1995

자기방어 116.5×91㎝ oil on canvas 1995

나는 나를 향해 던지는 사회의 무섭고 섬뜩한 칼날을 직면하면서 화려하고
아름다운 음색의 선율을 들려주는 바이올린을 캔버스에 그리고 있다. 어떠
한 고통과 탄압 속에서도 선과 미로 대응하면서 자신의 감정과 욕망을 절제
하고 저항하지도 않고 절규하지도 않고 삶을 초월한 듯 묵묵히 작업에 열중
한다.

아담은 뱀의 유혹으로 금지
된 선악과를 따먹고 에덴의
동산에서 쫓겨나 제한된 세
상으로 나온다. 화면 아래
부분에는 여인이 엎드려 웅
크린 모습으로 고뇌하는 포
즈를 그리고, 위쪽 화면에는
사과를 그려 넣어 원죄의 근
원을 상징한다.

운명 · 원죄 130.3×162cm oil on canvas 1993

푹신한 침대 위에 누워 있는
아기를 포근하고 온화하고
부드러운 어머니의 손으로
보호하는 모습을 그려 넣어
탄생을 표현한다. 아기는 하
얀색의 옷을 입혀 순수하고
깨끗한 이미지로 나타내고
파란색과 빨간색의 배 모양
의 패턴은 희망과 정열을 의
미한다.

운명 · 탄생 130.3×162㎝ oil on canvas 1993

도덕성과 생산성 91×72.7㎝ oil on canvas 1994

화면을 가로로 놓고 이등분하여 한쪽에는 누드 여인이 엉금엉금 기어가려는 뒷모습을 그리고, 다른 쪽에는 임신한 여인의 모습을 등장시켜서 표현한다. 여인은 생명의 모체이다. 여인들이 아기를 출산하지만 성생활 없이는 출산을 할 수 없다. 성생활은 사람의 생식에 관한 본능적인 기능이고 생리적 쾌감을 느낀다. 사랑을 바탕으로 한 올바른 성생활은 즐겁고 아름다운 생명의 꽃을 의미한다.

Mike가 소시지를 먹고 있다 72.5×60.5㎝ oil on canvas 1995

입을 크게 벌리고 음식을 먹는 Mike의 유머스러운 표정은 나의 창작력에 자극을 주었다. 텁수룩한 수염 속에 입을 크게 벌리고 오른쪽 손으로 젓가락을 들고 소시지를 입 속에 넣는 순간의 표정을 포착하여 그렸다. 왼쪽 검지 손가락을 펴서 자신의 가슴을 향하는 동작으로 자신을 강조한다. 짙은 자주색의 상 위에는 밥공기와 시원하고 새콤달콤한 맛의 오렌지가 담겨 있는 접시를 놓았다.

나는 무엇으로 사는가? 91×116.7㎝ oil on canvas 1995

의자에 앉아 있는 여인 뒤에
는 시간과 세월을 의미하는
달력이 걸려 있고, 진한 청
색의 바바리코트와 검정색
바지를 걸어 놓아 죽음의 그
림자를 암시한다. 둥근 테이
블 위에 성경책을 놓아 영생
을 구하는 인간의 염원을 표
시하고, 선명하고 정열적인
빨간 튜울립으로 여인의 성
열과 욕망을 은유하여 그렸
다.

밤 · 갈증 91×91㎝ oil on canvas 1995

미소짓는 모습의 초승달이 떠 있는 캄캄한 밤에 불 켜진 창문으로 물을 마시
는 여인의 모습이 보인다. 빈 공간 속에서 고독하고 외로운 여인은 물을 마
시면서 물질적 욕구와 정신적, 육체적 정열과 갈망에 대한 갈증을 풀어 버리
려고 한다.

소리 없는 야유와 냉혹한 눈빛

군중 속에 있으면 군중 심리에 휘말리고 사람들의 장막에 가려 그 밖을 내다보지 못한 채 주변의 사람들만 보게 되고 그 굴레 밖을 보지 못하고 그대로 머무르게 된다. 좁은 범위 안에서 섣부른 나의 주장과 말을 하게 되고, 표면 위의 현실만을 보고 판단하고, 얄팍한 귀로 타인들의 소리를 듣고 스스로의 착각에 빠져 자아 도취와 환상을 꿈꾸기도 한다. 고층 건물에서 아래를 내려다보면 내가 커 보이고 밑에 펼쳐지는 물체들이 작게 보이고 겁이 난다. 한 발자국 뒤로 물러나 밖에서 안을 들여다보거나, 위에서 아래를 내려다보면 시야의 폭이 넓어지고 많은 새로운 것들이 보이게 된다. 무모한 행동들과 어리석음을 깨닫게 되고, 그 당시에는 인식하지 못했던 것들과 느껴 보지 못했던 감정들이 되살아나 반성하게 되고, 새로운 각도에서 세상을 보는 안목이 생겨 너그러워진다. 포용하는 능력이 커지고 새로운 인격이 형성된다. 어려운 시련을 겪어 가면서 오늘까지 살아오게 된 나의 모습이 슬프게 느껴지기도 하고, 굴하지 않고 탈선하지 않고 오늘까지 살아올 수 있었던 나 자신이 대견스럽게 생각된다.

"하나님, 마음속의 혼돈을 씻고, 자아를 지키면서, 자만하지 않고, 나의 예술 세계를 계속 발전시키면서 살아갈 수 있도록 지켜 주십시오."

나의 경제적 어려움과 부족한 언어의 표현력을 이해해 주고, 내가 조금이라도 자학을 하거나 자격지심에 빠져도 비웃지 않고 용기를 북돋워 준 교수들의 올바른 충고들이 올바른 인생행로로 향할 수 있는 나침반 역할을 해 주었다. 그들의 위치에서 모든 학생들에게 알맞는 충고와 상담을 해 주었지만, 스쳐 지나가며 한 말들이 중요하게 작용하여 좌절하지 않고 쓰러지지 않도록 힘을 얻게 된 큰 원동력이 되었다. 교수들과의 만남과 대화에서 마음을 열 수 있었고, 인간을 향한 신뢰감을 쌓아 가면서 인간을 사랑할 수 있게 되었다. 자만하지 않고 겸손하게 살아왔고, 모든 사람들의 눈을 똑바로 쳐다볼 수 있도록 살아왔다.

그렇게 결혼하기를 원한다면 김 교수와 결혼을 해야겠다는 생각을 하고 기다리며 지내온 날들, 몽상과 환상에 불과했던 사랑이라는 감정의 유희 속에서 오랜 시간을 보냈다. 힘들고 어려운 시간이었다. 사회악은 개인으로부터 출발한다.

"하나님, 돌이킬 수 없는 비극이 나의 인생을 지배하지 않게 해 주세요."

조용히 기도하고 침묵한다. 사랑과 배신, 사랑과 복수, 사랑과 성욕, 선과 악의 대립은 항상 존재한다. 그러한 악의 그림자로 내 삶이 가리워지지 않도록 선량하고 조심스럽게 살아왔다. 마음에 원수가 생기지 않도록 양보하며 참고 묵인하고 상대방을 인정하며 살아왔다. 다른 사람들이 소유하고 있는 것들을 부러워하기는 했지만 투기하지 않았고, 그들을 인정하고 큰 욕심내지 않고 살아왔다. 남다른 어려운 고비들을 넘기고 노력을 하면서 마음 가득 쌓아 놓았던 꿈들을 하나씩하나씩 포기해 가면서 나의 소우주만을 간직하고 지키면서 살아왔다. 그러나 이제 모든 인간들에게 회의적이 되고 만다.

TV와 신문은 위대한 '보통 사람들의 시대'라는 제목 아래 지루하고 재미없는 기사들로 가득 채워져 있다. 매일 똑같은 진부한 일들과 외부적인 겉모양의 변화에 대해 대서특필하고 사람들은 감탄한다. 그동안 얼마나 겉치레로 낭비를 많이 하고 권위주의가 두텁게 쌓여졌는지 그 벽을 허물겠다는 소리가 어렴풋이 들린다. 항상 정치적 혼란기이고 계엄령과 같은 비상사태가 된다.

박정희 대통령을 시해하고 들어선 5공화국과 광주 학살 사건, 민중들의 시위와 6·29선언, 누가 6·29선언문을 작성했으며, 먹다 남은 밥상을 어떻게 처리해야 하느냐가 중요한 논쟁 거리가 되고 있었다. 전쟁과 투쟁, 질투와 시기, 거짓과 부정은 끊이지 않고 오늘날까지 전해 내려오는 속성들이다.

자꾸 늘어나는 자동차 수 때문에 러시아워가 특별히 없다. 항상 많은 차들이 거리거리를 꽉꽉 메우고, 집집마다 차를 소유한다. 이제는 주차도 힘들어지고 주차위반을 하면 벌금을 내야 하고, 질서를 지키기 위한 법은 점점 더 강력해지고, 마음은 거칠어지게 되고 짜증스러워진다. 한국이 좁다. 나라가 작다. 숨이 막혀 온다.

모든 것은 끝없이 진행되는 과정이므로 한순간의 모습만 보고 모든 것을 쉽게 단정하고 판단하여 결론을 내려서는 안 된다. 극단적인 표현으로 내몰아가서도 안 된다. 바둑판처럼 얽혀 있는 사회 속에서 한번 나태해지면 계속 성장해 가는 폭압적 힘에 의해 개인은 소멸되어 가고, 약육강식의 원리에 따라 흥망성쇠가 거듭 반복되어진다. 항상 자기 자신의 성장과 발전을 위해 계발하고 노력해야 되는 것이다.

오늘을 살아간다. 철저하고 완벽한 것은 허술함을 내포한다. 오히려 허술하게 살아가는 사람들이 사회의 때를 묻히면서 수월하게 사회에 잘 적응하고 유능하게 살아가기도 한다. 나를 좋아하고 따르던 사람들도 이해관계에 적합하다고 생각하지 않으면 언제든지 실리를 따라 떠나간다. 필요한 것이 있으면 배알을 내 줄 것처럼 친근하게 대하던 사람들도 더 이상의 필요를 느끼지 않을 땐 오히려 상처를 주고 떠나가기도 한다. 살면서 이런 불합리한 일들을 당할 수 있다는 모든 가능성을 염두에 두고 생존의 원칙을 세워야 하는 것을 깨닫는다.

이미지가 떠오른다. 붓을 잡고 그 이미지를 표현한다. 그리고 나면 무의미함을 느낀다. 여러 가지 생각들을 가슴에 담고 답답한 가슴을 발산시키지 못하고 괴로워한다. 내가 당면한 일을 사람들을 붙잡고 하소연하면서 감정을 배출하고 싶은 충동이 생기지만, 그러한 패배감에서 헤어나지 못하면 사람들 사이에서 웃음거리밖에 되지 않는다. 퇴보해 가는 한 인간을 사람들은 기피하고, 희생되어진 사람은 발길에 채인다. 나의 소리는 점점 작아지고 다른 사람들의 소리는 점점 커져 가고 있다. 나는 이렇게 사라져 가야 하는 것인가? 반평생을 바쳐 걸어온 나의 삶을 지우기에는 너무나 억울하다. 가슴을 치면서 눈물을 흘린다. 만나는 사람들은 나를 대하기 꺼려하고 그러한 사람들을 만나는 것이 두렵고 편치 못하다. 왠지 모르게 불안하고 답답하다. 사람들은 나를 향해 이상한 소문들을 퍼뜨리고 있었고, 언론을 이용하여 얼굴을 나타내지 않고 억압하는 기류가 있었다. 사회 전반에 흐르는 뿌옇고 이상한 기류를 무관심한 듯 지나치려고 하지만 그러기에는 나에게 정신적으로 엄청난 폭력이 가해지고 있었고 이로 인해 일상생활에서도 피해를 입고 있었다. 뚜렷이 잡혀지지 않고 모호하게 진행되어 가는 탄압 속에서 한 사람씩 한 사람씩 나를 외면하고 돌아서고 사람들과의 관계가 불편해진다.

삶이 고달프다. 점차 사람들 사이에서 고립되어 가면서 대부분의 시간을 집 안에서 보낸다. 침대 속에서 나오지 않고 의도적으로 잠만 자고, 깨고, 깨면 또 자고 하면서 스스로를 탈진시킨다.

책방에 들러 신간과 몇 권의 책을 샀다. '인간성 존중', '민주화', '세계로 세계로'라는 구호를 외친다. 그러나 점점 더 개인주의가 깊어진다. 종교적, 인간적, 모성적, 우정적인 사랑을 호소한다. 이와 비례적으로 험악하고 냉정하고 차가운 사회이다. 나는 아무것에도 흥미와 관심을 느낄 수가 없었다. 무감각하게 세상을 둘러본다. 이미 나는 이 사회의 아웃사이더로 밀려 가고 있었고, 미로와 같은 궁지에 몰려 엉뚱하고 부당한 대우를 받는다. 언론이 아무런 죄 없는 사람을 이토록 가혹하게 탄압을 하는 이유는 무엇일까? 왜 공개적으로 매장시키는 것일까? 왜 나를 철저히 파괴하려는 것일까?

날씨가 우울하다. 회색빛 하늘 아래 빗방울이 한두 방울 떨어진다. 8월 말인데도 쓸쓸함이 더해지고 가슴속에 맺힌 외로움과 그리움이 짙어 간다. 진척되지 않는 학교에 매달려, 이번 학기가 지나면 다시 교수로 취직이 될 거라는 막연한 기대를 가지고 기다리면서 4년을 흘려 보냈다. 사표를 제출한다.

대부분의 동기들은 모두 결혼해서 엄마, 아빠가 되었고 자식들도 제법 자라서 초등학교에 들어갈 나이가 되었다. 초등학교 때의 친구 옥엽을 만났다.

"남편이 출장 중이거든. 오늘 우리 집에 와서 하룻밤 자고 가."

오랫만에 만나서 조금 서먹했지만 쓸데없는 이야기를 하면서 어색함을 무마한다. 하얀 피부, 초롱초롱한 눈망울은 초등학교 때의 모습 그대로였고, 여섯 살난 아들도 엄마를 닮아 큰 눈을 가지고 있다. 소아과 의사로 일하면서 아끼고 절약하는 살림을 하며 생활하는 모습이 평범하고 알뜰한 주부였다. 베란다에는 파란 잎의 식물들이 화분에 심어져 즐비하게 놓여 있었다. 반짝거리고 윤기 나는 진한 녹색의 잎사귀들, 그리고 구석에는 나팔꽃이 심어져 있었다. 아들이 나팔꽃을 좋아해서 화분에 심어 놓았다고 한다. 좋아해서 사다 주는 장난감도 좋지만, 아들을 위해 나팔꽃을 가꾸는 엄마가 왠지 더 다정스러워 보였다.

내가 초등학교 다닐 때에는 할아버지, 할머니께서 마당 구석구석에 꽃과 나무를 가꾸셨다. 앞뜰과 뒤뜰에 복숭아나무, 앵두나무가 있었고 딸기를 재배했고, 채송화, 나팔꽃, 호박꽃, 과꽃 등 마당 가득 꽃들이 피어 있었다. 100평 남짓한 밭에는 깻잎, 파, 상추, 옥수수, 고구마, 감자, 배추, 무 등의 온갖 종류의 채소를 심고 가꾸셨다. 집으로 올라가는 골목에는 아카시아나무가 무성해서 학교를 오가면서 아카시아 향기를 맡으며 아카시아 꽃을 따먹고 자연과 함께 생활했던 상도동 언덕 위의 집을 기억 속으로 더듬어 보았다. 그러한 정서를 지금은 찾아볼 수가 없다.

가을이 일찍 오나보다. 꾸준히 가을비가 내린다. 김 교수의 자동차 유리창 위로 빗방울이 쉬지 않고 때린다. 유리창 와이퍼가 초 간격으로 왔다갔다하면서 유리창으로 떨어지는 물방울을 닦아 낸다. 길거리의 빗속을 질주하는 차 소리와 자동차 속에서의 쇼팽의 피아노 소리가 하모니를 이룬다. 꼬불꼬불 산길을 돌아 현대미술관 주차장에 멈추어 서자 비가 그친다. 진한 녹색의 산봉우리를 휘감으며 뭉게뭉게 피어오르는 안개는 현대미술관을 둘러싼다. 도심에서 떨어져 있어서 공기가 맑고 상쾌하다. 심호흡을 해 본다.

모든 사람들은 잠재의식 속에 나름대로의 열등감이 있고 부족한 점을 갖고 있다. 자신의 미흡한 점을 메우기 위해 공부하고 학력을 쌓으면서 자신을 포장하고 미화시킨다. 인정을 받기 위해 사회적 지위를 획득한다. 그들의 광고에 도취하기도 하고 과장된 동작으로 자신의 모습을 내세우고, 약점이 노출되지 않도록 숨기기 위해 다른 사람들의 잘못을 크게 들추어내어 사람들의 시각을 다른 방향으로 전환시킨다.

나는 나의 장점보다는 약점과 단점들을 우선 내놓고 사람들을 대하는데 사람들은 나의 약점을 한없이 조롱하고 비웃는다. 나는 씁쓸했다. 사람들은 모순적인 사회에서 모순적인 감정으로 살아간다.

현숙이 서울에 잠시 다니러왔다. 성진과 현숙은 필라델피아에서 만나게 되어 서로의 생활과 인생 문제들을 흉허물 없이 터놓고 상의하며 가까이 지내던 사이였고, 특히 현숙은 남편과 부부 싸움을 하고 나면 나에게 찾아와 울면서 하소연했고, 자식 문제, 학교 문제, 친구 문제, 온갖 잡동사니들을 상의하면서 끈적끈적한 삶의 애환을 함께 공유하며 생활을 해 왔기 때문에 서로를 이해하고 잘 안다고 믿었다. 내가 서울에 귀국한 후에는 현숙 아버지께 대학 취직 문제를 상의했기 때문에 현숙에게는 전화와 편지로 근황을 자세히 설명하면서 연락해 왔고 성진과도 계속 편지 연락을 하면서 지내고 있었다. 내가 당면하고 있는 문제들을 현숙과 성진은 이미 알고 있었다. 성진과 현숙은 서로 가까이 지내고 싶어하면서도 자존심을 내세워 서로 연락하기를 자제하면서 대신 나를 매개체로 놓고 자존심을 지켜 가며 자연스럽게 만나고 교제를 해 왔다. 나를 도와 준다는 명목은 그들이 만날 충분한 이유가 되었고 필라델피아에서부터 그러한 방법으로 두 여자는 가까이 지내왔다.

"우리 정규를 도와 주자."

"그래, 그래."

성진과 현숙을 함께 만났다. 지지부진하게 진행되는 일상, 틀에 갇혀 헤어나지 못하고 있는 내 삶의 문제들을 어떻게 풀어나가며 해결해야 할지 상의했다.

"어떻게 이 문제를 해결해야 하지? 내가 인식하지 못하고 지각하지 못하는 요소들을 너희들의 시각을 빌어 충고를 듣고 안개 속으로부터 탈출할 수 있는 방법을 찾아내고 싶어."

"왜 답답하게 그렇게 질질 끌면서 지내고 있니? 분명하게 결단을 내리고 끝을 내라. 우선 김 교수와 헤어지는 것이 네가 제일 먼저 해야 할 일이다. 변호사를 찾아가서 해결해."

그들은 표면적인 이야기만을 할 뿐이었고 벽을 쌓아 올리면서 나를 밀어낸다.

현숙이 서울에 방문했을 당시 한창 모 재벌 회장과 연예인 모 양과의 스캔들로 언론에서 대서특필하고 있었고 사람들의 입에 소문들이 무성하게 오르내릴 때였다. 현숙은 나에게 물어본다.

"모 재벌 회장과 모양의 스캔들이 사실이라니? 아무리 바쁜 사람이라도 사람들은 잠을 자야 하니까."

어느 날 아침, TV에서 차인태 아나운서가 연예인 모 양을 초대 손님으로 앉혀 놓고 이런저런 이야기로 화두를 이끌어 가면서 그녀의 화려한 연기 활동을 TV에 비추어 주었다. 모 회장과의 스캔들이 사실인지 물어보는 질문에 대해 절대 그런 일은 없고 사실무근이라고 부정하는 그녀를 앞에 놓고, "앞에서 뭐라고 하네요."라고 말하면서 보여 준 차인태 아나운서의 몸짓을 내가 보고 들은 대로 현숙에게 이야기해 주었다. 항상 재벌들과 연예인들의 스캔들은 언론에서 대서특필되었고, 사람들은 방송되어진 온갖 스캔들을 재미로 이야기를 하기 때문에 서슴없이 이야기했다. 이런 이야기가 또 다른 비극이 시작되는 화근이 되리라고는 전혀 생각을 하지 못했다. 그런 이야기가 오고간 후 며칠이 지났다. TV에 나온 차인태 아나운서의 긴장된 모습은 순간 나를 긴장시켰다. 예감이 좋지 않았다.

현숙이 서울에 다녀간 이후 9월, 올림픽을 개최하기 직전부터 피부로만 느끼고, 느낌으로만 파악하고 있던 나에 대한 불합리한 탄압의 강도가 높아갔다. 이러한 경직된 사회적인 분위기가 나는 도저히 이해되지 않았다. 권력을 유지하기 위해 수많은 젊은이들이 반민주적, 반국가적이라는 낙인이 찍힌 후 희생되어 왔고, 권력의 정체성을 세우기 위해 사람들을 소모품으로 희생시키는 경우들을 보아왔다. 그러나 고지식하고 선량하게 살아온 내가 이 사회에서 이러한 희생자가 될 것이라는 것은 상상조차 해 보지 않았다. 그날그날 나의 언행과 그동안 살아온 나의 행적을 방송 내용의 문장 속에 포함시켜 중계하면서 비꼬고 비웃고 모욕한다. 매일 TV를 들으면서 나의 감정은 굳어져 갔고, 나를 사회에서 매장시키려는 무언의 압력을 느끼게 된다. 계속 반복되어지는 언론의 탄압과 횡포는 지긋지긋했다. 이 상황을 뛰쳐나가 버릴 수는 없는 것일까? 만나는 사람들에게 나의 억울함을 조금씩 호소해 보았지만, 모두가 모르는 일이라고 부정하고 그들의 관련을 부정했다. 그리고 더욱 웃음거리로 취급했고, 이러한 그들의 태도는 나의 가슴에 더 큰 상처를 남기곤 했다. 침묵하기로 한다.

금빛 물고기
불빛 아래
작은 어항 속에서 물고기가
쉬지 않고 허우적거린다.
난 식물 인간이 된 것처럼
움직이지 못하고 있다.
얼마나 무모한 일들인가?
인간에게 중요한 일은 무엇인가?
사람마다 추구하는 것이 다를 것이다.

가을이 깊어 간다. 믿고 싶지 않은 사실들 속에서 김 교수와 아무런 진전 없이 지지부진하게 반복되는 만남과 헤어짐에 지친 나는 점차 그와 헤어질 결심을 굳히고 있었다. 미국에 있는 현숙에게 전화를 걸었다.

"이젠 김 교수와 헤어지기로 결정했어."

도중에 전화가 끊겨졌다. 성진에게 전화를 걸어 점심을 약속한다. 점심을 먹으며 나는 성진에게 이야기한다.

"김 교수를 향한 나의 마음이 정리되었고 마음의 안정을 찾았어. 그와 헤어질 거야."

그날 6공화국과 5공화국과의 단절이 발표된다. 섬뜩한 느낌이 들었다. 노트에 '섬뜩하다'는 단어를 적는다. '섬뜩하다'는 말이 TV 속에서 나온다.

'아니, 이럴 수가……'

그동안 의아스러워했던 일들을 확인시켜 준다. 내 전화는 누군가가 도청을 하고 있고 도청자에 의해 현숙과의 전화가 끊겨진 것이다. 그리고 내 전화의 도청자는 국가 기관이다. 그들은 본격적으로 나를 도청하고 감시하고 있다는 것을 내게 알려 주고 있었다. 그리고 내가 쓰고 있는 글까지도 읽히고 있다고 암시를 해 주었다. 도저히 이해할 수가 없었다.

'왜, 나를? 언제부터? 무엇 때문에? 개인의 인권과 사생활을 이렇게 모욕하는 것일까? 이들은 나를 놓고 코미디를 연출하는 것인가?'

'우리의 소원은 통일, 꿈에도 소원은 통일—' 언제부턴가 우리는 잘려진 한반도의 통일을 염원하여 왔다. 그러나 우리는 남북으로 갈린 채 다른 이념 아래서 생활하여 왔고, 권력자의 눈에 거슬리면 간첩, 반공 혐의로 매장되어 희생된 사람들이 많이 있었다. 과거에는 종교에 의해 권력의 힘이 좌우되었고,

힘으로 약한 나라를 침범해 영토를 식민지화했고, 강대국 미국의 민주주의와 소련의 공산주의 사상의 대립으로 세계는 힘의 평형을 유지하며 나누어져 왔지만 오늘날에는 경제력에 의해 힘이 좌우된다. 파워 게임이다. 목사는 나를 따르라, 정치인은 내 말이 옳다, 언론인은 내 말을 들으라고 하면서 욕구, 욕망, 인간들의 성취욕을 하늘 아래서 끝없이 펼쳐 놓는다.

나는 점점 세상과 괴리되어 간다.

3년간 침대 속에서 나올 줄 몰랐다. 계절이 지나는지, 낮인지 밤인지 의식 없이 불안한 마음으로 암흑 같은 생활을 하면서 3년을 보낸다. 뒷머리가 으스러지도록 아프다. 눈물이 쉬지 않고 쏟아진다. 커튼 사이로 보이는 빛과 형광등 불빛을 의지하면서 살아왔다. 누렇게 뜬 얼굴로 사람을 너무 의식하기도 하고, 사람에게 완전히 무관심해지기도 한다.

미래를 꿈꾸면서 실기실, 도서관, 체육관을 왕복하면서 3년 동안 규칙적인 생활, 착실한 생활을 하면서 원하던 학교 졸업장을 받았다.

"나 해냈어!"

큰 기쁨이었으나 축하해 주는 사람도 나의 감정을 받아 줄 사람도 아무도 없었다. 대학원을 졸업한 나는 앞으로의 진로를 개척해 나가야 하고 가치있는 삶을 추구하기 위해 계속 노력하며 삶을 진행시켜 나가야 했다. 서울에 있는 대학교수 공채 모집에 이력서를 제출했다. 그러나 내가 쌓아 올린 모든 나의 삶의 결실이 물거품처럼 부서져 버린다. 나는 나의 것이 아니었다. 이리 짓밟히고 저리 휘둘리고, 나를 향해 쏟아지는 터무니없는 비난은 무서웠고, 나는 재생 불가능하도록 공포스러운 탄압을 받고 있다.

봄날의 햇살처럼 가을 아침 햇살이 강하게 내리비친다. 차가운 바람에 떨어지는 낙엽들은 쌀쌀한 가을을 재촉한다. 사람에게는 각기 자기 보호 본능이 있고 이것은 사람들마다 다르게 나타난다. 살기 위해서 상대를 죽이려 하기도 하고 상대를 매도하기도 한다. 무서운 현실을 경험한다. 그렇게까지 하지 않아도 되는 것을 무서운 맹수들처럼 할퀴고 상처내고 싸운다. 권력과 돈의 힘으로 인간을 매도할 수는 있어도 인간성과 인간 내면의 세계를 매도할 수는 없다.

예술은 정치나 상업과는 다른 분야이다. 권력이나 재력으로 뒤바꾸어 놓을 수 있는 예술가들은 많이 있지만 절대적 가치와 정신적 힘을 표현하고 독창적인 창조의 세계를 만들어 내는 소수의 예술가는 권력이나 재력의 힘으로 바꿀 수는 없다. 나에 관한 숱한 거짓 소문이 만발한 가운데 사람들은 나를 비웃고 학대하고 무시하며 횡포를 그치지 않는다. 사실을 거짓이라고 부정하는 사회에서, 거짓을 거짓이라고 말하면 믿지 않았고, 거짓을 거짓이라고 부정하는 일은 무모한 일이 되고 만다. 그러한 허황된 소문들이 전혀 사실이 아닐 때는 그들은 나를 어떻게 대우할 것인가? 무슨 말을 할 것인가? 빗방울이 떨어진다. 어둠 속에서 오열을 참지 못하고 엉엉 소리내어 울부짖는다. 몽롱해진다. 서럽고 서러웠다. 내가 왜 이런 상황 속에서 살아가야 하는지 의심스러웠다.

"하나님, 진실이 밝혀지도록 도와 주십시오."라고 기도하면서 침묵한다.

김정진 씨는 남편이 경찰대학 총장으로 있다가 퇴임하고 일본 대사관에 파견되어 근무를 하고 있어서 일본에 살고 있다. 잠시 서울에 다니러왔다고 하면서 고모와 나를 후암동에 있는 그녀의 집으로 초대한다. 그녀는 고모와 죽마고우였다. 고모 집에서 만나 인사를 하게 되어서 알게 되었다. 일본에서 생활하면서 자주 고모에게 전화를 걸어 안부를 물으며 친분을 다지는 여인이었다. 그날 그녀와 고모는 잡담을 하였지만 미묘한 분위기가 감돌았다.

"내 집 앞에 내가 소유하고 있는 건물이 하나 있는데 지하실이 교회로 사용되고 있어. 그 사람들을 내보내고 너에게 화실로 쓰라고 제공하려고 하는데 어떻게 생각해?"

"그렇게 하지 마세요. 제가 화실로 쓰기에는 부적절한 장소입니다."

그녀는 가증스럽다는 태도로 나를 대하면서 불쾌한 감정을 감추려고 노력하는 흔적이 역력했다. 무서운 전율을 느꼈다.

'왜 나를 초대했을까?'

며칠 후 영국에서 만났던 김북경 목사의 사모, 씬시아의 소개로 후암동에 살고 있는 성 전도사 댁을 방문했다. 나를 대하는 모든 사람들의 태도가 예사롭지 않았고 거리마다 전철역마다 내가 가는 곳곳에는 경찰과 사복 경찰들이 쫙 깔려 있었다.

"털어야 먼지하나 나오지 않는 선량한 사람을 감시하게 위해 이렇게 수많은 경찰이 동원되다니⋯⋯."

모두가 무서운 사람들이었다. 마치 내가 스파이가 된 것 같은 억눌리는 스릴을 느꼈다.

일상을 꾸려 나가다

　성진 언니의 소개로 아이들을 모아 그림 지도를 한다. 아직 확실한 직장을 구하지 못하였기 때문에 용돈이라도 벌어야 할 것 같아서 시작했다. 티없이 맑고 건강하고, 거침없이 발표하고 표현하는 아이들은 하나하나 다른 성격과 특징들을 가지고 있었다. 자유스러운 분위기를 조성하여 아이들을 가르치고 언행을 지켜본다. 선생이라는 권위의식보다는 그 아이들 곁에서 함께 웃어 주고, 함께 생각하고 느끼면서 아이들이 즐거운 기분으로 그림을 그릴 수 있도록 이끌어 준다. 아이들은 선생님에 대한 신뢰도가 높았다. 연령에 따라 집중력의 시간이 달랐고 남자 아이들과 여자 아이들의 관심과 태도, 노는 모습에 차이가 있고 개인차가 나타나고 각자 다른 성격이 선명하게 구분

된다.

지금 자라나고 있는 어린아이들에게는 무슨 말이든 하면 받아들이고 흡수하고 믿는다. 아이들 나름대로의 세계가 있고 성격과 인격이 있기에 판단력의 오차를 주고 싶지 않았고 편견을 주고 싶지 않았다. 어린아이들이지만 그들을 존중해 주면서 그들의 수준에 맞도록 지도한다. 어떤 아이는 예쁜 것, 고운 것, 틀리는 것을 두려워하면서 말끔하게 정돈되어진 것만을 그리려 한다.

"여기에는 이 색이 더 잘 어울리는 것 같은데."

"아녜요."

아이는 우선 반대 의사를 피력한다. 그리곤 스스로 깨닫게 되면 말없이 색을 고친다.

"오늘은 우리 이것을 그려 볼까?"

"아녜요. 어려워요."

먼저 부정을 하다가 다시 긍정을 하고 그리기도 한다. 직관은 가변적이었다.

저학년일수록 상상력이 풍부하고 자유스러워 끊임없이 새로운 그림들을 그렸고, 고학년의 아이들은 상상력이 제한되고 고정 관념의 울타리가 쌓여지고 있었다. 아이들의 생각을 이끌어 내도록 연상 작용으로 생각의 연결 고리를 이어 주면서 상상화를 그리도록 했다. 일상 생활에서의 주제를 제시해 주고 그리라고 하기도 하고, 과일, 꽃, 사물들을 배열해서 정물화를 그리도록 했다. 구체적인 방법으로 설명하고 가르쳤다. 창의적인 표현력은 지적인 관찰에서부터 시작된다.

첫 단계로는 아이들의 시각으로 사물의 모양과 색을 자세히 관찰하여 보이는 대로 객관적인 표현을 하도록 훈련시켰다. 빛의 변화에 따라 색의 변화를 관찰시키고 색이 변화할 때 물체에 나타나는 변화와 달라지는 느낌을 경험하도록 한다. 음영을 찾아 나타내고 원근법을 사용해 입체감과 공간을 나타내고 고유의 색채를 화면에 옮겨 본다.

다음 단계로는 물체를 보는 주관적인 시각을 훈련시켜 개성적인 느낌과 분위기를 표현하도록 한다. 사물의 배치와 구성에 따라 달라지는 영상적인 변화를 경험시켰다. 그리는 원칙, 법칙을 무시하고 규칙에서 벗어난 표현 방법을 스스로 개발하여 개성적인 표현을 하도록 했다. 미술 재료들을 익숙하게 사용할 수 있도록 재료의 기술적인 방법을 가르쳐 주어 그리려는 소재를 표현하면서 물리적이고 기술적인 제약성을 최소화시켰다. 색의 배열에 따라 그림의 느낌이 달라지고 색의 배합에 따라 만들어지는 다양한 색들을 경험시킨다.

제한된 도화지 위에 손으로 그려진 형태는 아이들의 성격을 반영하고 있었고, 곱게 정제되지 않은 자연스럽고 재미있는 형태를 만들어 갔다. 재능이 있는 아이들과 평범한 아이들이 구분되어진다. 미술에 재능이 있는 아이들은 빠르게 변화하고 실력이 향상되었고 평범한 아이들은 그림을 그리면서 즐거운 시간을 보낼 수 있었다. 최대한 아이들의 의사를 존중해 주었고, 애정을 갖고 인격을 존중해 주면서 동등하게 대해 주며 사기를 북돋워 주면서 함께 어울려 편한 관계로 지도한다. 선생이란 직업은 고된 일이었고 아이들을 좋아하니까 가르칠 수 있는 것 같았다.

교육은 가르치는 사람이나 배우는 사람이나 서로를 존중해야 한다. 아이들 사이에서 마이클 잭슨의 춤 브레이크 댄스가 유행하더니 다시 찰리 채플린 댄스를 좋아한다. 어른들은 아직 분별력이 없는 아이들이 어른들처럼 행동해 주기를 바라지만 아이들은 어른이 아님을 좋아한다.

아파트에 사는 요즘 아이들은 집 안에서 숨바꼭질 놀이를 한다. 베란다가 마당이 되고, 옷장 속, 욕조, 침대 밑이 숨는 장소가 된다. 내가 어렸을 적엔 장독대 뒤, 나무 뒤가 숨는 장소였다. 뛰어다니면서 소리를 지르고 다녀도 떠드는 소리를 탓하는 사람이 없었고, 넘어져 다치기는 했지만 동네를 뛰어다니며 놀았다. 지금은 아이들이 집 안에서 뛰어다니다가 창틀을 넘어

가고, 벽 옆에 놓아 둔 장독단지를 발판으로 밟다가 고추장 항아리를 깨기도 한다. 항아리가 깨져 조각나고, 애써 담아 놓은 고추장이 엎어지고, 어른들은 속상해서 아이들이 조심하지 않는다고 야단친다. 아이들의 잘못이기만 할까? 맘껏 신나게 뛰어놀아야 하는 아이들이다. 답답한지 방안에서 유리창을 열어 놓고 소리를 지르기도 한다.

사랑이라는 '환상'에 갇히다

사랑이라는 '환상'에 갇히다

과거가 있었기에 오늘이 있고, 또 미래가 펼쳐진다. 나의 지나온 삶을 어떻게 지워 버릴 수 있겠는가? 후회를 한들 무엇이 달라지겠는가? 힘든 유학 생활을 끝마치고 서울에 귀국한 나는 외롭고 지쳐 있었다. 나와 삶을 함께 살아갈 좋은 남자를 만나 화목한 가정을 가꾸면서 살아가려는 꿈을 설계하면서 금욕적인 생활을 해 왔다. 집요하고 끈질기게 사랑을 고백하고 요구하던 그 남자를 사랑하게 되면서 나는 나의 빛을 잃게 된다. 처음에는 나이 차이가 많이 있고 대화의 공통점을 찾지 못해 결혼이란 생각할 수도 없다고 생각했고 이루어질 수 없는 일이라고 그의 사랑을 강력히 거부했었으나 점차 그의 적극적이고 끈질긴 구애에 차가운 마음을 녹여 갔고, 그의 사랑을 받아들이면서 결혼을 할 수도 있다고 생각을 바꾸었다.

김 교수와의 육체적인 결합의 결과는 머릿속으로 계산할 수 없는 것이었고, 이성적인 판단이나 논리적인 사고와는 거리가 먼 상상할 수 없는 것이었다. 그가 나의 육체에 남겨 준 자극은 지워지지 않았고 시간이 지나갈수록 점점 육체적인 욕망으로 빠져들게 한다. 몸과 마음은 그에 대한 생각으로 가득 채워지게 되었고, 중독된 듯이 그를 맹목적으로 찾고 기다리게 되었다. 인색하고 부당한 대우에도 그의 애무를 받고 싶었고 만나고 싶었다. 사람은 사랑을 하면 꽃이 피어나듯 생기가 돌고, 꿈을 꾸고, 더 풍요로와진다고 하는데 나는 풀려지지 않는 수수께끼 같은 어려움과 복잡한 미로 속으로 빠져 들게 되었고 정신적인 갈등이 심해졌다. 몸에 열이 오른다. 잠들지 못하고 침대 속에서 허우적거린다. 이성적이고 도덕적으로 생각하여 그와 헤어져야 한다고 결정하고 만나지 않고 있었다. 그는 전화를 걸어 계속 만날 것을 요구하면서 성적인 표현을 하면서 나의 감정을 자극한다.

"정규야, 만나고 싶어. 벌써 나를 잊은 것은 아니겠지. 난 너만을 사랑해. 그만 화 풀고 다시 만나. 내 속마음을 그렇게도 모르겠어? 잘해 줄게. 조금만 기다려 줘."

"싫어요. 그런 소리 수없이 들었어요. 당신은 거짓말만 해요.

아무것도 믿을 수 없어요."

그의 목소리만 들어도 신체의 리듬이 바뀌고 예민하게 반응이 되었고, 그가 나에게 애무를 하고 몸이 겹쳐 있는 듯한 환상을 느끼면서 그의 체취 속에서 벗어나지 못하고 있던 나는 만나지 않겠다고 거절하면서도 그의 전화를 기다리고 있었다. 또 그의 전화가 왔다.

"너의 집 앞으로 가서 기다리고 있을께. 나올 때까지 기다린다."

그의 가슴에 안기면 모든 감정을 잊어버릴 수 있었고 안정되고 평안한 기분이 들고 따뜻했다. 그 남자에게 순결을 바쳐 사랑을 하고 있었다. 그의 성적인 열정은 나를 흥분시켰고 나의 육체는 그의 육체를 갈망하게 되었다. 그런데 그는 부인이 살아 있었고 매일 부인에게 사랑을 고백하는 가정에 충실한 남자다. 모순적인 현상에 조금씩 감정을 정리해 간다. 붙잡을 수도 없고 잡혀지지 않는 허상이다. 마음이 허탈하고 쓸쓸해진다. 내가 힘들어하는 만큼 그는 힘들어하지 않고 있었고, 내가 쩔쩔매는 것을 보면서 그는 웃고 있었다. 내가 그처럼 웃을 수 있었으면…….

"형식이 뭐 그리 중요하다고 그래?"

가정이라는 틀이 없는 육체적 욕망은 나의 정서를 불안정하게 만들었다.

"나에게는 가정이라는 형식이 중요해요."

"이것을 사랑이라고 생각해 줘."

"이건 사랑이 아녜요. 이건 성적 욕구일 뿐입니다."

그가 이끄는 대로 끌려다니면서 투정부리고 품 속에 안기고 장난치면서 사랑을 느끼는 시간을 더 이상 연장시키고 싶지 않았고, 계속 끌려다니면서 3류 소설의 주인공으로 전락할 수 없었다. 그가 자유롭게 생각하고 행동하며 만나듯이 나는 그와의 관계가 자유롭지 못했다. 만날 때의 감정과 헤어질 때의 감정이 다르고 헤어지면 남남이 되어야 하는 상황을 용납하기 힘들었고 싫었다. 사회가 타락하지 않고 건전하게 유지되기 위해서는 형식의 틀 안에서 의무와 책임을 다해야 된다는 일반적이고 보편적이고 보수적인 관념을 가지고 살아오면서, 나의 미래를 책임지기 위해 스스로를 제약하면서 금욕적인 생활을 하는 나에게 어느 교수는 "너 혹시 성적으로 문제가 있는 여자는 아니니?"라고 물어본 적이 있었다. 그토록 금욕하며 살아온 나는 한순간에 별 것 아닌 여자가 되고 말았다.

6월 어느 날, 방배동 어느 한식집에서 갈비를 먹으면서, 김영국 교수 댁을 방문해야 한다고 하면서 김 교수는 나에게 이런 질문을 했다.

"평양에서 대통령을 오라고 하면 어떻게 하지?"

"나 같으면 가겠다. 평화적 통일을 실현하기 위한 일이라면 가야지."

"그러나 죽음을 당하면 어떻게 해?"

"세계의 언론이 있는데 함부로 할 수는 없어. 그러나 신중히 해야지."

이런 대화가 오고 간 후 대한민국의 북방정책이 발표되었고, 노 대통령의 UN 연설이 곧이어 발표되었다. 상기되고 흥분된 모습의 노 대통령이 TV에 나와서 UN 총회에서 북방정책을 발표하고 오겠다고 말하는 장면이 나의 뇌리에 생생하게 기억된다.

미장원에서 머리를 자르고 조선일보 미술관에서 전시하고 있는 독일 표현주의 작품들을 관람하고 나왔다. 나의 집에 도청 장치가 되어 있다니……. 아무도 나에게 이야기를 해 주지도 않았고 눈치조차도 주지 않았다. 모든 사람들이 나의 뒤통수를 후려치고 있었다. 혹시 내 옷이나 몸에 도청 장치가 붙어 있는지 옷을 털면서 속속이 뒤져 보고 집안을 샅샅이 찾아 보았지만 아무것도 발견할 수 없었다. 모든 사람들, 친구들과 가족들까지도 나를 감시하고 색안경을 끼고 나를 의심하고 따돌리고 밀고자가 되었고, 모든 언론 기관들이 총동원되어 나를 범죄자로 만들고 무서운 괴물로 만들면서 공포 분위기를 조성해 가고 있었다.

"무엇 때문에 왜 나를 이렇게 매장하려고 하는지 알 수가 없다. 한번 나를 매장시키려고 시작했기 때문에 나를 회생 불가능하게 만들려는 의도인가? 비열하고 비겁하게 얼굴을 나타내지 않고 나를 매장시키려고 하는 배후 인물은 도대체 누구일까?"

나의 생일이라고 성진이 점심을 먹자고 한다. 자그마한 가방을 선물로 주어서 고맙게 받았다. 그 가방을 들고 외출을 하는데 조금만 걸어가면 가방 끈을 연결한 단추가 자꾸 뚝- 떨어져 가방과 끈이 분리되었다. 불량품이라서 나에게 준 모양이었다.

"이런 선물은 주지 않아도 되는데……."

혼자 중얼거리면서 쓰레기통에 넣었다.

외환은행에 20만 원을 입금시키려고 들어갔다. 은행 여직원이 컴퓨터 키보드를 두들기더니 "지금 이 컴퓨터가 다운되어 작동하지 않고 있어요. 컴퓨터가 다시 작동하면 입금 내역을 기록해 드리겠습니다."

입금 내용을 영수증으로 떼어 준다. 느낌이 이상했다. 은행 안의 다른 컴퓨터들은 다 작동하고 있었는데 내 구좌를 입력하니 기계가 다운됐다고 하니 이상한 일이었다.

나를 둘러싸고 있는 야릇한 기류와 모호한 장벽을 느낀다.

그 후부터 나의 주민등록번호를 기록하는 서류를 제출할 경우나 주민등록번호가 기록되어 있는 곳에서는 꼭 나의 신분증을 제시하도록 요구받는다. 나에게 가해지는 모든 탄압에 침묵한다. 그냥 나의 생활 패턴대로 살아가면 된다고 생각하고 생활하다가도 이유없이 가하는 이러한 폭력에 맥없이 쓰러지고, 친구들은 물론이고 가족들까지 나에게 의심스러운 시선을 보내고 경계를 하기 때문에 나의 삶은 비참했다. 나는 세상과 점점 더 멀어진다.

1988년 12월, 서울 거리에 첫눈이 내린다. 차가운 날씨다. 크리스마스 연말이다. 술렁거리는 사람들의 움직임이 나에겐 그다지 와 닿지 않는다. 오늘 그리고 내일 또 내일이 연결되어지면서 연속적으로 삶이 이어진다. 춥고 외롭다. 혼자의 생활에 익숙해져 있으면서도 사람이 몹시 그립다. 사람들로 가득한 잠실역 지하도를 걷는다. 많은 인파 속에는 각기 다른 행동과 표정의 모습들이 모여 있다. 한때는 인파 속에 휩쓸려 밖에서 무슨 일이 발생하는지 관심 없이 그들과 함께 어울려 몰려다녔다. 지금은 그 인파 속을 지나가면 무서운 느낌마저 든다.

사람들은 모두 목청껏 이야기한다. 옛 친구를 만나도 옛 우정이 되살아나지 않고 서걱서걱 껄끄럽다. 사람들을 만나고 나면 석연치 않은 느낌만이 남는다. 그들은 내가 말한 단 한마디의 말도 빼놓지 않고 입으로 전하고 있었고, 그들끼리 말을 맞추어 갔다. 아침에 눈을 뜬다. 그대로 깨어나지 않고 잠들어 버렸으면 좋겠는데 아침이 되면 또 눈을 뜨고 새날을 맞는다. 지금 이 사회의 사람들이 왜 나를 짓밟는지 도저히 내 머리로는 이해할 수 없었다. 조각가는 흙을 주물러 인간 조각품을 만들고, 하나님은 인간을 주물러 만들어 놓았다. 그런데 나는 내 동족에 의해, 내 친구와 가족에 의해 윌리엄 드 쿠닝의 조각 작품처럼 찌그러져 버린다. 추구하고 땀흘려 얻은 것들을 잃어버리고 짓밟힌다. 성진과 현숙을 만난 이후 더욱 탄압이 심해지고 살아가는 일이 더 힘겨워졌기 때문에 그들에게 전화를 걸어 사실을 확인해 보려고 한다.

"넌 뭔가 알고 있지?

"난 아무것도 몰라. 무슨 일이 있다고 그래. 너 혹시 과대망상증 아니니?"

강력히 부정한다.

"난 지금 미행과 도청을 당하고 감시받고 탄압을 받고 있어. 사람들은 나를 꺼려하고 외면해. 내가 왜 이런 시련을 당해야 되니?"

"네가 뭔데? 누가 너를 미행하고 감시한다고 그러니? 있을 수도 없고 있어서도 안 되는 일이야."

모든 사실에 부정만을 할 뿐이었다. 내가 겪은 간단한 사건들을 조목조목 설명했다.

"보기보다는 센스가 있구나."

성진이 너무도 가볍게 대답한다.

깨끗한 겨울 밤거리를 심호흡을 하면서 걷는다. 기온이 상쾌했고 비온 후의 겨울 밤거리가 깨끗했다. 조용하고 넓은 밤거리에 나를 계속 따라다니며 걷는 사람이 있었다. 다른 사람들이 느끼는 삶의 쾌락이 나에게도 삶의 쾌락이 되는 것은 아니다. 삶의 철학이 다르고 살아온 길이 다르기 때문에 추구하는 삶의 가치도 다르다. 이제는 누가 누군지 잘 모르겠다. 만나는 사람들이 무슨 생각을 하면서 나를 쳐다보고 이야기하는지 알수가 없다. 아무런 말없이 그들의 말을 듣기만 하는 것이 상대를 이해하는 데 더 나은 것 같다. 나를 향한 그들의 생각을 확인하지 않는다. 사람들은 외부적인 모습과 조건만을 보고 선입관과 고정 관념에 끼워 맞추어 평가하고, 퍼즐을 끼워 맞추듯이 사회의 전통적인 통념에 의해 이 사람은 이쪽에, 저 사람은 저쪽으로 끼워 맞춘다. 그 속에서 난 나대로의 상象을 만들어 나간다.

나는 예술가이다. 영혼을 키우고, 인간의 삶을 탐구하고, 삶을 예술로 승화시키기 위해 고뇌하면서 살아왔다. 쾌락이 나에게는 생활화되어 있지 않다. 나에게는 진실이 있다. 이 사회는 진실이란 아무 쓸모 없는 단어이고, 현실의 중요함을 주장한다. 권력과 재력에 눈이 먼 사람들이 강조하는 현실은 이 사회에서 그 어떤 것보다도 권력과 재력만이 실력 행사를 할 수 있다는 것이었고, 권력가와 재력가들을 옹호하며 모든 불합리한 사건들을 현실이라는 단어로 덮어 씌우고 있다. 그렇지만 절대적 현실은 없다. 현실은 상대적으로 변화해 간다. 사실을 거짓이라고 하고 거짓을 사실화하면서 감추고 들추면서 사건들을 폭로한다.

화랑들을 찾아가 슬라이드를 보여 주면서 전시를 의뢰하였지만 그들은 거절한다.

뉴스에서 북방정책을 추진하면서 소련이 한국에서의 미군 철수를 요구한다고 발표한다. 아직은 이르다. 북한 바로 옆에 중국, 또 옆에 소련, 그들은 언제든지 적대국이 될 수 있다. 이제껏 그래왔으니까. 그러나 미국은 너무 멀리 있다. 북방정책이 이 사회를 들뜨게 하고 있는 듯하다. 또 북방정책을 반대하는 사람들도 많이 있었다. 우리는 극단적으로 수십 년 동안 북한의 남침을 경계하고 대비하면서 정치를 해 왔다. 국민의 정서가 혼란스러우면 북을 상기시키면서 사람들을 전쟁의 두려움으로 몰아가고 사회 분위기를 어수선하게 만들었다. 지금은 급진적으로 북방정책을 펴 나간다. 과학자가 연구할 수 있고, 문화인이 창작활동을 하고, 학생들이 공부할 수 있고, 상인들이 마음놓고 장사하고, 농어민이 농삿일과 어업에 종사할 수 있는 사회구조가 되어야 하고, 그것을 받쳐 줄 수 있는 경제력과 사회의 정의와 질서가 있어야 한다.

대통령의 선거 공약이었던 중간 평가는 여야 간의 큰 논쟁으로 번져 갔고, 7시 저녁 뉴스에 중간 평가를 실시하겠다는 보도가 있었다.

'대통령의 중간 평가? 대통령의 인기도 측정? 대통령이 연예인인가? 무능력한 사람이 대통령이 되었나? 인기는 올랐다가 떨어져 내릴 수도 있고 내려갔다가 다시 올라갈 수도 있다. 인기에 좌우되는 대통령을 우리가 원하는 것은 아니다. 임기 중 무엇을 어떻게 수행하느냐가 더욱 중요할 것이다. 선거 공약으로 내세웠던 중간 평가지만 지금 그것이 중요한 것은 아닐 것이다. 실질적인 난제들이 산적해 있는데, 그런 일에 낭비를 해야 할까? 우리가 O · X로 현 정국을 가늠해야 하는 것일까? 내 생각으로는 중간 평가의 의미를 이해하기 힘들다. 지금 사람들은 이상한 기류 속에 있는 것 같다.'

노트에 나의 생각을 기록했다. 2시간 후, 9시 뉴스에 중간 평가는 당 외에서 떠도는 이야기일 뿐이고 중간 평가는 하지 않을 것이라고 보도를 정정한다. 나는 깜짝 놀랐다. 계속 나의 언어들이 노출되는 것 같다고 생각을 했었지만 확신을 할 수 없었기에 이상하다고만 생각을 하고 있었는데 나의 글까지 도청되고 있었다. 가슴이 터질 것 같이 답답했다. 삭막하고 무서운 세상이다. 자기 자신만이 자기 자신의 보호자라는 사실이 슬펐고 사람들과 대응해 나가는 것이 너무 힘들었다. 나의 인권을 찾고 싶었지만 내가 받고 있는 부당한 탄압을 모두가 묵인하고 부정하고 이야깃거리로만 만들고 있다. 이러한 사회적 기류를 언론은 1988년을 살아가는 사람들의 대중적인 심리 현상으로 이끌어 가고 있었다.

1988년 12월 31일, 1년이 또 지나간다. 공백의 날들로 괴로워하면서 보낸 한해가 서서히 저물어 간다. MBC의 차 아나운서는 나를 조롱하는 듯한 억양으로 88년의 인물을 한 명씩 TV 화면에 소개하고 있었다.

그랬다. 세상이 온통 나를 조롱하고 있었다. 그리고 나의 일거수일투족은 낱낱이 감시당하고 나의 인권은 철저히 유린당하고 있었고, 이로 인한 깊은 비애감이 나를 엄숙해 오던 시절이었다.

1년이라는 단위로 설날, 정월 대보름, 추석, 크리스마스, 연말이라는 명절들이 틀림없이 찾아와 우리의 규칙적인 생활에 변화를 가져다주고 사람들은 설레임과 즐거운 기분으로 명절을 맞는다. 봄, 여름, 가을, 겨울의 기본적인 계절의 변화와 기온의 변화가 있기에, 사람들은 사계절의 변화에 따라 체감의 변화를 느끼고 가슴속에서 피어오르는 감정 굴곡의 변화에 따라 달라지는 생체 리듬의 곡선과 함께 추억을 더듬으며 살아간다. 이러한 변화가 없다면 일관된 작업과 노동으로 번복되는 우리의 생활은 1년 365일이라는 시간이 무료하고 지루하게 느껴지기만 할 것이다. 눈으로 보고, 피부로 느끼고, 숨쉴 때마다 느껴지는 기초적인 변화는 사람들의 기본적인 신경을 자극한다.

새해를 맞이하여 사람들은 새로운 마음의 각오를 하고 계획을 세운다. 신년 특집으로 개인, 사회, 국가들의 포부와 희망과 기대를 논하면서 새해에는 지난해보다 좀더 나은 일들이 생기기를 모두가 바라면서 새날을 맞이한다. 아이들은 이렇게 키워야 하고, 정치가는 이렇게 정치를 해야 하고, 사람들은 이렇게 살아가야 하고, 사회는 이렇게 되어야 한다는 주장을 한다. 그들의 입장과 안목, 생활 환경에서 서로를 평가하고, 그들의 틀 속에 사건들을 끼워 맞추며 이야기를 전개해 나간다. 그들이 아는 범위 속에서 그들의 관점에서 그들의 시각으로 논평하고 주장하고 찬반 논리를 펴 나간다. 사람들은 모이면 시국을 논한다. 우리 민족이 정녕 올바르고 좋은 민주사회를 이룩할 수 있는지? 우리의 미래의 역사가 어떻게 펼쳐질지? 과격 운동권 학생과 노조의 파업이 사회 발전에 어떤 악영향을 미치게 될지 우려한다. 그러나 서로의 반응이 시큰둥하면 곧바로 그 주제는 잊어버리고 화제는 바뀐다. 남과 북의 문제가 거론된다. 또 화제가 바뀐다. 모두가 정치가가 되어 한마디씩 한다. 대화의 소재는 단편적이고 다양한 주제들로 이루어진다.

대한극장에서 '마지막 황제'를 심야 영화로 관람을 했다. 파란만장한 푸이의 삶을 다룬 영화였다. 중국과 일본, 소련의 관계는 전쟁을 통해 서로의 이해 관계가 얽혀 있는 나라들이었다. 푸이는 황제의 꿈을 버리지 못하고 일본의 이용물이 되고 있는 줄 모르고, 만주 땅에 침입한 일본군을 도와서 정복당한다는 이야기로 전개되었다. 'You are blind'라는 주변의 반대에도 그는 상황을 파악하지 못했다.

나는 내게 말한다. 'I am blind.'

상처 입은 나의 생활은 극도로 제한되었고, 대부분의 시간을 침대 위에서 빈 공간을 응시하면서 잠자고 깨어나고 하면서 그렇게 보냈다. 방구석에 작은 캔버스를 펼쳐 놓고 커튼 사이로 들어오는 빛과 형광등 불빛으로 공간을 밝히고 푸석한 얼굴로 쪼그리고 앉아서 작업을 해 나가고 있었다. 그동안의 작업을 모아 전시회를 개최하기로 결정했다. 몇몇 화랑을 다니면서 기획전을 부탁하려 했으나 모두들 고개를 설레설레 흔들며 거절했다.

작품성보다는 작가의 배경과 사회적 신분을 더 중요시하고, 작가보다는 작가들의 사생활에 더 관심이 많은 화랑가 사람들이다. 아직 나의 예술 세계가 확립되지 않은 과정이었기에 생각을 바꾸어 대관전을 하기로 결정을 하고 조선일보 미술관에 대관 신청서 양식을 제출했다.

밤이 깊었다. 비가 내리고 있나 보다. 자동차 바퀴 소리가 '차-ㄱ' 하고 들려 온다. 찬비가 내리고 바람이 분다. 추워질 모양이다. 끊이지 않고 몰아닥치는 악몽 같은 현실 속에서 외로움과 불행을 견디어 내면서 살아가고 있다. 두려움과 추위가 엄습해 온다. 지금은 길가의 돌멩이처럼 이리저리 발에 차이며 밟히고 지내고 있지만 언젠가는 현대 미술을 이끌고 나가는 역량 있는 작가로 평가를 받게 될 것이라는 나 자신을 믿으면서 피할 수도 없고 물리칠 수도 없는 몸서리쳐지는 지금의 고통을 견디어 낸다. 산다는 것이 이렇게 지겨울 수가 있을까? 이러한 암흑 생활을 얼마나 더 지탱할 수 있을까? 내가 얼마나 우습게 보이고 무력해 보이면 이러한 무모한 짓들을 거침없이 자행하는 것일까? 그들이 만들어 낸 상황 속에서의 몸부림은 나를 더 다치게 할 것이고, 사람들은 그것을 더 즐길 것이라는 것을 알고 있었다. 이 역경을 쓰러지지 않고 딛고 일어나야 한다. 혼자 독백을 하지만 맥없이 부서진다. 도대체 나를 어떻게 하려는 것인가? 나에 대한 폭언과 세상의 냉소에 대해 아무도 잘못된 일이라고 막는 사람이 없었고, 가까이 지내던 친구들도 하나씩 거짓 악성 소문을 내면서 등을 돌린다.

독일은 군대 모집을 위해 애국심보다는 실리를 내세우면서 군대 입대를 요구한다고 한다. 국가들은 평화를 이야기하지만 평화 유지를 위해 계속 군사력을 증가시킨다. 소련의 페레스트로이카(개혁)와 글라디노스트(개방) 정책이 추진되고 소련은 분열되어 가고 있다. 세계는 새로운 힘의 균형을 찾아나가고 있다.

이처럼 분열되어지는 나도 새로운 균형을 찾을 수 있을까?

유홍준 선생을 찾아갔다. 유선생은 아시아문화재단에서 소개를 시켜 주어 만나게 되었다.

"읽을 만한 책을 한 권 권해 주세요."

선생은 책꽂이에서 책 한 권을 꺼내어 나에게 건네 준다.

"魯迅의 《아Q정전》인데, 이 책을 빌려 줄 테니 읽어 보세요."

이 책의 내용은 어둡고 무거웠다. '광인일기' 중에서 '사람을 잡아먹는다' 는 구절을 읽으면서 끔직스럽고 구역질이 나려고 했다. 내가 사는 일도 힘들고 고통스러운데 무거운 내용의 책을 더 읽고 싶지 않아 덮어 두었다.

오늘날에는 정신적으로 사람을 잡아먹는다. 사람들은 상대가 약해 보이면 그 위에 군림하려고 한다. 약한 사람들 위에 서서 자기들의 인권을 요구한다. 그러기에 동등한 대우를 받기 위해서는 경제적, 정치적, 군사적, 문화적 차원의 힘을 계속 키워 나가야 한다. 언론의 보도 내용과 실제로 진행되고 있는 사실성의 근사치는 얼마나 될까? 오히려 시류의 밖에서 보면 중심이 보이고 전체가 보이기도 하고 그 시류를 이끌고 나가기도 한다. 논리와 지식을 바탕으로 나의 모습을 그릴 수 있을 때 목표를 세우고 성취의 당락에 관계없이 그 안에서 일을 추진할 수 있다.

과거에는 사회의 비판이 쉬웠다. 독재 정권 아래에서 야당의 역할은 몸싸움만으로도 충분히 국민의 지지를 받을 수 있었고 반대만 하면 국민들은 그들을 추종했다. 여당은 국가를 통제하면서 그들 자신들을 위해서만 정치를 해도 국정이 진행되었고 통솔되었다. 이제는 국가 의식을 가지고 통솔해야 한다. 대학생들의 데모가 심각하다. 겪어야 하는 과도기적 상황을 다 겪어야 우리 나라가 안정되고 선진화되는 것인가? 뛰어넘어 갈

수는 없는 것인가? 장애물을 뛰어넘지 못하고 장애물을 부수어 가면서 극복해야만 하나? 한 계단 올라서서 보면 자신들의 어리석음을 깨달을 것인데 그 테두리 안에 있기 때문에 벗어나지 못하고 있다.

독재에 대한 저항과 자유민주화의 토착을 위한 학생들의 데모는 국민들의 지지를 얻게 되었다. 사회인들은 그들의 생존 때문에 그들의 의사를 피력하지 못했고 학생들의 혈기를 후원하여 학생들의 희생으로 사회 개혁의 발판을 마련했다. 우리의 조상과 선조들이 만들어 놓은 역사이다. 우리는 그 속에서 또 역사를 만든다. 우리의 후손들, 자라나는 아이들에게 희망을 심어 주고 올바르게 키워야 한다. 원칙적이고 공식적인 진리를 터득하게 하고 융통성을 알게 하고, 크고 넓은 세상을 일깨워 주어야 한다. 세계는 빠르게 돌아가고 변하고 있다. 그러나 나는 아무것을 할 수 없는 공포 속에서 분노의 전율을 느끼며 움직일 수가 없었고 숨이 막혀 온다. 머리가 터지도록 벽에 머리를 처박고 싶었다.

두 번째 전시회 준비를 하기 위해 슬라이드를 작성하고, 팸플릿을 인쇄하고, 평론을 받고, 번역하고, 액자를 맞추고, 홍보를 한다. 아직 나의 작품들은 껍질을 깨지 못하고 표현에 어려움을 겪고 있는 것을 알고 있다. 이번 전시 작품들은 많이 정리된 선과 색채와 조형 언어를 구사하여 장식적인 효과를 나타내었고, 쾌활한 색채와 리듬이 있는 즐거운 화면 구성으로 달콤한 감각의 느낌을 주었다. 화면 내부의 형상들을 단순화시키면서 공간을 간결하게 처리했다. 8년간의 미국 생활을 마치고 귀국한 후 곧바로 첫 개인전을 가진 이래 만 3년 만에 두 번째 개인전이다. 첫 번째 개인전에서는 거칠고 힘있는 필치로 원색의 강렬하면서 거센 열기가 가득했고 정돈되지 않은 느낌의 작품들이었지만, 이번엔 단순한 색면 공간 속에서 정돈된 이미지를 만들고 있었다.

평론가 이일은 서평에서 '이정규의 회화에 있어 순수 이미지와 색면 공간만이 전부는 아니다. 거기에는 어떤 사연, 바로 꿈이 있는 것이다. 그 꿈은 오랜 세월 동안 화가의 내면 속에서 마치 고독을 가꾸듯 가꾸어진 것이며, 그것이 화초와의 대화를 통해 스스로 엉그는 그러한 꿈이다.

거기에서는 갈망과 아쉬움, 사랑과 외로움, 추억과 바램이 함께 숨쉬고 있고, 그것들이 한데 어울려 서로 교감하며 때로는 은밀하고 때로는 다감한 꿈의 알레고리의 세계를 펼쳐 보이고 있는 것이다. 그 알레고리는 결코 서술적인 것일 수는 없는 것이다. 그리하여 근작은 그 화면 처리가 대담하게 단순화되고 있으며, 그 속에서 이미지와 색면이 다채로운 색채와 함께 독특한 회화적 패러다임을 형성하고 있는 것이다'라고 말한다.

KBS의 이동식 기자가 와서 전시장을 카메라에 담아 갔고, 나의 작품들은 〈르포 60〉에 방영되었다.

현숙이 미국에서 서울로 귀국했다. 나는 그녀를 다시 만나게 되어 무척 반가웠다. 4년 동안 나의 일들이 아무런 진전 없이 계속 미궁으로 빠져 들어가고 거짓 소문들이 난무하고 아무도 나를 인정하려고 하지 않고 모두들 나를 외면하고 멀리하는 상황이었기에 현숙을 반갑게 만났다. 현숙이 나를 외면할 것이라고 생각하지 않았다. 필라델피아에서는 그녀가 나를 찾아와 도움을 요청했을 때마다 보호하고 도움을 주었듯이 그녀만은 나의 어려움을 이해해 주고, 나의 올바른 모습을 증언해 줄 것이라고 믿었다. 그녀와 나는 서로 많은 시간을 함께 공유하는 생활을 하면서 보고 듣고 이야기하고 이해하고 서로서로의 소중함과 중요성을 알고 있다고 생각했다. 그러나 그것은 나의 착각이었다. 그녀도 나의 이야기를 들으면서 나에게서 멀어져 갔고 거짓 소문을 내기 시작한다.

더 이상 어느 누구와도 내 세계에 대해 어떤 교감을 느낄 수 없었다. '나는 이렇게 격리되어 가야 하는 걸까?'

삶이란 무엇인가 72.7×60.6㎝ oil on canvas 1995

■ ■ ■
왜? 왜? 왜? 라고 문제를 제시하는 의문들과 호기심은 사람을 한곳에 머무
르지 않고 계속 발전시키게 하는 기초적인 질문이다. 중년 여인이 풀밭 위의
나무에 기대어 서서 먼 하늘을 응시하며 생각에 잠긴 모습과 함께 빨간 리본
과 계란을 '?' 모양으로 구성한다.

■ ■ ■

여인과 장미 50×72.7㎝ oil on canvas 1995

장미는 사람에게 행복감을
전해 주는 꽃으로 장미의 달
콤한 향기는 몸과 마음의 피
로를 해소하며 활력을 주기
도 하고 밝고 유쾌한 기분으
로 이끌어 준다. 중년 여인
의 살짝 주먹쥔 손 위에 한
송이의 장미꽃이 살며시 향
기를 불어넣어 준다.

서명하다 91×72.7㎝ oil on canvas 1995

자신이 하는 일에 대해 책임지겠다는 의미로 하는 서명은 반드시 본인이 자신의 필체로 자기의 이름을 문서에 써 넣는다.

무거운 짐을 들고 빨간 신호
등 앞에 멈추어 서 있는 나
를 그린다. 고통스럽고 힘든
삶을 살아가는 나는 사회의
탄압과 통제 앞에서 무기력
하게 정지되어 있다. 삶의
멍에를 메고 고개를 숙인 채
맥없이 서 있는 나를 표현하
고 있다.

자화상 · 빨간 신호등 116.7×91㎝ oil on canvas 1996

축배 162×130.3㎝ oil on canvas 1996

■　■　■
술에 독이 들어 있지 않았다는 것을 보이기 위해 하나의 잔에 든 술을 둘로 나누어 잔을 부딪치는데 이것이 축배의 스타일이 되었다. 지금은 술을 마시는 자리에서 화기애애한 분위기를 고조시키기 위해 '건배' '위하여' 등의 구호를 외친다. 조국의 통일과 세계평화를 위하여 개인의 행복과 건강을 기원하면서 축배를 든다.

■　■　■

빨간모자 72.7×60.6㎝ oil on canvas 1996

머리부분이 높고 챙이 있는 빨간모자를 눈썹 아래까지 눌러쓰고 얼굴을 가
린 중년의 여인이 나른한 오후의 기지개를 펴면서 그 나른함을 즐기고 있다.

잃어버린 꿈 91×91㎝ oil on canvas 1996

많은 현대인들은 살아가면서 무기력해지고 생활에 권태를 느끼고 꿈을 잃어
가면서 살아간다. 피로에 지친 여인이 의자에 앉아 얼굴을 팔에 기대고 잠시
낮잠을 자는 모습 뒤에 TV가 배경으로 놓여 있다. TV화면은 프로그램이 다
끝난 다음 치지지직 소리를 내며 전파만을 받고 있는 상태로 기계적인 공백
상태를 나타낸다.

봄이 오는 소리 162×130.3cm oil on canvas 1996

봄이 되면 차가운 대지에 부드러운 연녹색의 새싹이 돋아나고 새 생명이 움
튼다. 나뭇가지를 물들이는 연두색은 얼은 마음을 따뜻하게 녹이는 아름다
운 힘이 있다. 유리창을 빠끔히 열고 앞에는 수줍은 듯 혓바닥을 살짝 내밀
면서 미소지으며 오른쪽 팔을 위로 들어 흔드는 소녀와 뒤에서 활짝 웃는 소
녀가 봄이 오는 소리를 즐겁게 맞이한다. 집 앞에는 철쭉꽃이 화사하게 활짝
피어 아이들의 환호에 대답한다.

역사는 흐른다 · 만남 162×130.3㎝ oil on canvas 1996

한국의 노태우 대통령과 미국의 부시 대통령과 소련의 고르바초프 대통령이
전시회장에서 만나는 장면을 그렸다. 피카소가 그린 누드 여인의 초상화가
걸려 있는 미술관을 배경으로 코믹한 배경을 설치한다. 두툼한 외곽선 처리
로 여인의 상체의 특징만을 묘사한 여인의 누드는 성적인 충동을 자극하지
않고 누구에게나 친근하고 즐거운 느낌을 준다. 그림 속의 유방을 입의 위치
에 배치하여 명랑하고 쾌적한 분위기의 배경을 설정한다.

역사는 흐른다 · 대화 162×130.3㎝ oil on canvas 1996

한국의 노태우 대통령과 소련의 고르바초프 대통령이 강당 좌석에서 만나
대화를 하는 모습을 확대하여 그린다. 미소 띤 얼굴에는 긴장감이 있고, 고
르바초프 대통령은 투박하고 두툼한 손을 의자 등받이에 기대어 편안한 자
세를 취한다.

첨단 과학과 생명 공학의 발
달로 사람들은 신의 영역이
라고 생각했던 분야에 도전
한다. 사람의 모습을 만들고
움직이게 하면서 창조 놀이
를 한다. 생각을 하게 할 수
있을까? 생명을 넣을 수 있
을까? 젊은 조각가가 작업
실에서 흙을 빚어 사람의 형
태를 만든다. 그리고 다시
석고를 떠서 기계와 연결시
켜 움직이는 작동을 하게 한
다.

창조 놀이 65.2×53cm oil on canvas 1996

소모되는 일상

화려한 말들의 잔치

사과와 튜울립 | 91×116.7㎝ oil on canvas 1993

아름다운 소녀에게 젊은 왕자와 용감한 기사와
돈 많은 상인의 아들이 찾아와 청혼을 하면서,
결혼을 하면 "나의 왕관을 그대에게 주겠소."
"대대로 내려오는 좋은 칼을 주겠소."
"황금을 전부 주겠소." 제안을 했으나
소녀가 대답을 하지 않자 모두 떠나가 버린다.
기가 막힌 소녀는 병이 들어 죽었다.
꽃의 여신인 플로라는 소녀의 넋을
꽃송이는 왕관 같고, 잎새는 칼과 같고,
황금빛 구근을 가진 튜울립으로 피어나게 한다.

심술궂은 세상의 소리

"월세로 아파트를 얻으세요."

김 교수가 독립된 나의 공간을 마련해 주었다. 새로운 각오로 작업을 시작한다. 그의 책임 없는 행동을 비난하며 마음속으로 슬퍼한다. 돌이킬 수 없는 삶의 일부분을 영화 필름을 가위로 잘라 버리듯이 없앨 수는 없었고 마음속에 묻고 떠나가야 한다.

50을 바라보는 경험 많은 남자에게서 나와 같은 순수한 사랑을 바란다는 것은 어리석은 생각이었다. 육체적인 욕구를 풀고 나면 떠나가는 그의 사랑의 의미와 나의 사랑의 의미 사이에는 커다란 차이가 있었다. 가치관의 공통점을 찾을 수가 없었고, 아무것도 채워지지 않는 만남이다. 헤어지려고 수없이 마음 먹고 결정했지만 찾아오는 그를 거절하지 않는다.

아무도 나에게 올바른 동반자가 되어 주지 않는다. 나의 삶은 내 자신의 눈을 통해 실제적인 상황을 직시하고 여러 가지 가능성을 생각하면서 판단을 내려야 한다. 피상적이고 추상적이 아닌 자기의 현실적 삶의 문제는 자신의 시각으로 판단하여 헤쳐 나가며 결단을 내리고 풀어 나가야 한다. 작업에 몰입한다.

장마비가 밤새 쏟아진다. 번갯불이 번쩍인다. FM에서 흘러나오는 음악을 벗삼아 적막한 밤을 지새운다. 커피를 저녁에 마셔서일까? 잠들지 못하는 밤이다. 낮에는 매미의 울음소리가 한여름을 과시하듯 퍼져 나간다. 밤에 문득문득 잠에서 깨어난다. 마음은 슬프고 무거웠지만 작업 공간이 있다.

"그래, 가슴을 활짝 펴고 지금부터 새로 시작하는 거야! 파아란 하늘을 쳐다봐. 희망을 잃지 말아. 나의 잘못은 아무것도 없어. 내가 할 수 없는 일에 매달리지 말고, 말장난에 휘말리지 말고, 내가 해야 하고 할 수 있는 일을 하자."

쏟아지는 태양, 퍼붓는 빗줄기, 마지막 여름을 부른다. 사람들은 자유, 인권, 인류애라는 좋은 어휘로 포장을 하고 서로의 욕구를 충족시키기 위해 싸운다. 다투면서 즐거워한다. 아이들은 그들의 의사를 받아들여주지 않으면 억지를 부리기도 하고 소리를 지르며 울기도 한다. 어른들은 그러한 아이들을 야단치며 통제하면서 어른들도 마찬가지로 폭언과 폭행을 한다. 그러나 그러한 어른들을 말리는 사람은 없다.

선혜가 옥잠화 한 다발을 가지고 찾아왔다. 뱀의 혀처럼 낼름거리듯 하얀 길쭉한 꽃봉오리 사이로 뽑아져 나온 꽃술은 특이했고 하얗게 싱싱하게 옥잠화는 피어났다. 우산처럼 넓고 큰 파란 잎은 더욱 싱싱함을 뽐내 보인다. 답답함을 잊어버리도록 활짝 꽃이 피어난다.

한 인간의 삶에 대한 연구는 많은 이야기를 만들어 낸다. 나를 매개체로 이용하여 수없이 진리, 사회 여론, 충고, 격언, 조롱 섞인 비아냥거림들을 만들어 내면서 이 시대의 세기말적인 무료함에서 새로운 21세기로의 도전과 미래를 향한 방향을 찾으려 한다. 이용하다가 필요 가치가 없어지면 소모품처럼 휴지 버리듯 휴지통에 버려질 것이다. 나는 오랫동안 신경이 곤두세워져 있었고, 긴장감으로 온몸이 굳어져 있었다.

맴- 맴- 거리던 매미 소리가 찌륵찌륵 귀뚜라미 소리로 변한다. 가을이로구나. 산산한 바람결이 살랑거린다. 사랑이란 인간에게 무엇을 제공할까? 사랑하고, 사랑하고, 또 사랑을 한다. 그러나 채워지지 않고 또 원한다. 육체? 정신? 욕구? 미워했다가 그리워하고 미워했다가 보고 싶어한다. 헤어지겠다고 결심을 했다가도 그가 찾아오면 반가이 맞는다.

눈부신 햇살, 계속 퍼붓는 빗줄기에 진한 녹색의 가로수들은 생기를 얻어 싱싱해 보인다. 비온 후의 깨끗한 공기, 밝은 햇살, 서울 도심지의 정경은 유럽의 어느 도시처럼 맑고 쾌청해 보인다. 젊은이들의 발걸음이 빠르게 오고가고, 아침의 밝은 햇살에 모두가 새로운 희망을 안고 그들의 일터로 떠난다.

현숙과 경화가 내 생일이라고 점심을 함께 먹자고 한다. 이대 앞 레스토랑에서 만나 점심을 먹었다. 현숙은 나에게 생일 선물로 금목걸이를 주었다. 받기가 부담스러웠지만 나도 그녀에게 그만한 선물을 해 준 적이 있어서 고맙게 받았다. 그런데 그들과의 만남도 여전히 어색하고 편안하지 못한 묘한 느낌이었다. 헤어진 후, 현숙과 경화는 서로 입을 맞추어 나를 향해 거짓 소문을 만들어 내면서 전달하고 있었다. 내가 거짓 소문들에 휩쓸려 고통을 겪고 있다는 것을 아는 사람들이 내 앞에서 웃으면서 점심 사 주고 선물 주고 뒤돌아서서 내 뒤통수를 후려갈기는 격이다. 나의 불행 앞에서 북치고 장구치며 너의 불행은 나의 행복이라는 의미였다. 현숙과 경화에게 전화를 걸었다.

"사실대로 이야기해 줘. 잘못된 상황을 파악하고 있으면서 왜 또 무슨 거짓 악담으로 소문을 내고 있는 거야? 이번 일은 짚고 넘어가야겠어."라고 항변했다.

"너의 착각이고 오해야. 그런 일은 없어. 너 좀 이상해졌어. 정신병원에 한 번 가 봐. 난 너에 관한 이야기를 한 번도 입 밖에 낸 적이 없어. 나를 의심하면서 어떻게 친구라고 생각하고 만나고 있니?"

이제까지 모든 사람들이 나에게 말하는 것처럼 대꾸한다.

"누가 너를 도청하고 미행한다고 그러니? 언론이 너를 학대해? 그런 터무니 없는 소리 하지마."

모든 사람들이 똑같은 이야기를 한다. 내가 가는 곳마다 안기부 요원들이 좇아다니며 침을 뱉는다. 그것을 보는 길 가는 사람들은 따라 침을 뱉는다. 소리 없이 눈물이 양 볼을 타고 흘러내린다. 이러다간 내가 말라죽거나 미쳐 버릴 것 같다. 나는 억울하고 분했지만 나에게는 대응할 수 있는 힘이 없었다. 침묵으로 모든 것을 인내하고 참았다.

현숙의 전화를 받는다.

"어제는 대식씨와 싸웠는데 밤에 집에 들어오지 않아서 화가 치밀었는데 글쎄 집 앞에 차를 주차시켜 놓고 차안에서 자고 집에 들어오질 않은 거야. 시어머니가 밑반찬을 만들어 주고 집안 살림을 맡아서 해 주셔."

이런저런 이야기를 하다가 이상한 사회적 기류에 대해 신경이 쓰이는지 나의 생각을 물어본다.

"사건들이 터지고 나면 곧 다른 사건으로 가려져 먼저 사건들은 사람들의 기억에서 잊혀지고 마는데 이러한 언론의 태도가 언제까지 계속될까?"

"그들은 계속할 거야."

그들이 생각하고 있는 나와 나의 본질이 다르기 때문에 점차 흥미를 더 느껴 나에게 족쇄를 끼울 것을 예감하고 있었다.

"그러면 어떻게 될까?"

나는 '역사가 되겠지.'라고 생각을 했지만 역사라는 말이 겸손하게 느껴지지 않아서 "전설이 되겠지."라고 대꾸했다.

"전설의 고향! 에그머니나, 아이 무서워라!"

그리곤 전화를 끊었다. 그녀의 반응에 나의 겸손한 태도를 후회했지만 크게 신경 쓰려고 하지 않았다.

며칠 후 외출을 했다. 여기저기에서 길 가는 사람들이 "에그머니나, 아이 무서워라."라고 내뱉는다. 놀라왔다. 어떻게 이렇게 빨리 말들이 확산되는지 놀라웠고 움찔했다. 집에 돌아와서 현숙에게 전화를 걸었다.

"네가 어떻게 나에게 이럴 수 있는 거야? 책임 없는 말을 함부로 하지 말아줘."

그녀는 울면서 대꾸한다.

"내가 너를 얼마나 아끼고 위하고 있는데 무슨 섭섭한 말이니? 너에 대해 한마디도 입밖으로 꺼내어 말하지 않았어. 네가 정 이렇게 나를 믿지 못하겠으면 나와 절교하면 되잖아. 나는 다른 친구를 사귈 수도 있으니까 내가 싫으면 나와의 관계를 끊어. 나 현대 주식을 샀어. 네가 이제는 부담스러워. 정현이는 나를 배신했지만 난 너를 배신해. 내가 살기 위해선 이렇게 할 수밖에 없어. 한번 사귀었던 사람과 헤어지고, 또 새로운 사람을 만나는 거야. 한번 사귀었다고 그 관계가 계속되는 건 아니야."

그녀는 모든 사실들을 부정하고 내가 이제는 필요 없다는 의사를 노골적으로 표시한다.

"그렇게 사는 거 아냐. 다른 사람들에게는 나에게 한 것처럼 하지마."

전화를 끊고 마음의 정리를 한다.

"네 화살에 맞아 쓰러지려고 너를 가까이에서 도와 주고 이끌어 주지 않았어."

나는 혼자 중얼거렸다.

국가가 나를 매장시키고 있고 대한민국 안에서 나를 위해 올바른 증언을 해 주는 사람은 아무도 없었다.

나의 글까지 읽으면서 도청하고 있는 언론을 향해 이제 그만 탄압을 중단해 줄 것을 애원하는 글을 노트에 적었다.

"이젠 그만 괴롭히세요. 내가 아무런 죄 없는 선량한 사람이라는 것을 알고 있잖아요. 제발 멈춰 주세요. 당신들이 계속 나에게 탄압을 가한다면 나를 부당하게 탄압하고 있는 상황에서 나의 의견이 국정에 반영되어 6공화국의 어지러운 정국의 돌파구를 마련하게 된 사건들을 기록하여 공개하겠어요."

이런 글을 적으면서도 공개한 후에 불어닥칠 여파가 무섭고 두려워서 공개하는 것을 결정하지 못하고 망설이고 있었는데 틀어 놓은 라디오에서 경고 메시지가 들린다.

"이미 다 알고 있는 사실인데 네가 그 글을 공개한다고 너에게 무슨 변화가 생길 것 같아?"

언론은 나에게 공개할 것을 유도하고 있었다. 사실들을 전시회 팸플릿에 함께 인쇄하여 공개하기로 결정하고 전시회를 앞두고 팸플릿을 작성하여 발송한다. 첫날은 청와대와 미국의 백악관과 소련의 크레믈린궁에 보냈다. 그날 저녁 TV에서 방송한다.

"너는 지금 흥분하고 있어. 네가 할 수 있는 일과 할 수 없는 일을 구분해서 해."

그곳에는 나의 팸플릿이 보내지지 않았다는 것을 알려 주었다. 다음날 뉴욕 타임즈에 팸플릿을 보냈다. 그 후의 일은 신에게 맡기기로 했다. 내용은 다음과 같다.

"여기에 나는 역사적인 사건의 진실이 밝혀지기를 바라면서 이 글을 적는다. 우리는 내일의 일을 예상하기는 하지만 어떤 일이 어떻게 발생될지는 아무도 확신할 수 없다. 다만 나는 변함없이 내가 추구하는 나의 예술과 함께 진실된 삶을 살아간다.

나는 85년 미국 펜실베니아대학원에서 공부를 마치고 서울에 도착하면서부터 여러 측면에서 많은 어려움을 겪어 나가야 했다. 한국 사람과 사회를 너무나 몰라 그들과의 관계에서 두꺼운 벽을 느끼고 있었다. 그러면서 나는 주변의 사람들로부터 의심을 받기 시작했다. ― 누구라는 것을 알고 있지만 이 글에서 밝히지는 않는다 ― 나와 친분이 있던 사람들, 내가 믿고 있던 사람들로부터 나의 모든 것이 이 사회 속에서 왜곡되게 표현되어지고 있었고, 나는 매장되어 가고 있었다. 서울의 사회구조 속에서 많은 억누름을 당하고 무언의 압력을 느끼고 있다가 88년부터 본격적으로 내가 알 수 있도록 전화의 도청과 미행이 시작되었다. 간첩, 도둑의 거짓 누명을 쓰고 형용하기 어려운 상황들을 겪어 나가야 했다. 친인척이나 친구들에게 내가 도청과 미행을 당한다는 이야기를 전하면 그들은 나를 정신병자로 몰았고 나를 조롱거리로 만들었다. 이러한 상황에서 말을 하면 할수록 더 위협을 느끼게 되어 침묵으로 견디어 내었다. 어느 누구도 이러한 문제를 해결해 주려 하지 않았고, 더욱 나에 대한 거짓 악담들을 소문내었다. 난 무서웠다. 모두가 무서웠다. 나의 삶이 위협받는 듯한 극악한 상황이 계속되었다. 나에 대한 정밀조사가 정부에 의해 시작되었고, 나는 침묵으로 온갖 치욕과 아픔을 견디어 내었다.

88년 6월 어느 날, 난 김 교수와 점심을 먹으면서 그의 질문을 받았다.

"평양에서 대통령을 오라고 하면 어떻게 하지?"

"나 같으면 가겠다. 자유 민주주의의 실현과 평화적 통일을 실현하기 위한 일이라면 가야지."

"그러나 죽음을 당하면 어떻게 해?"

"세계의 언론이 있는데 함부로 할 수는 없어. 그러나 신중히 해야지."

이런 대화가 오고간 며칠 후 북방정책이 발표되고 노 대통령의 UN 연설이 있었다.

88년 10월 어느 날 내가 친구에게 전화를 걸어 김 교수와 헤어질 것을 결정했다고 이야기를 하는 도중 전화가 끊겼다. 그리고 그날 5공화국의 청산이 발표되었다. 전화가 도청되고 있었다.

난 일기를 가끔 쓰곤 한다. 간첩 누명을 쓰고 집에 도청 장치가 되어 있었다는 것을 알고 있었지만 내 일기까지 읽혀지고 있다는 것을 알게 된 것은 계속 내가 쓰던 일기의 내용이 TV를 통해 전달되어졌기 때문이다. 나의 살아온 행적과 언행이 여러 각도에서 주관적으로, 사람들 마음대로 평가되고 해석되어 사회 전반에 은유되고 있었으며, 신문과 TV, 라디오를 통해 발표되어져서 나에 대한 조사가 어떻게 진행되어지고 있다는 것을 추적할 수 있었다. 처음에는 믿지 않으려고 했지만 의문을 떨쳐 버릴 수 없었다.

88년 12월 어느 날, TV 7시 뉴스에서 대통령의 선거 공약이었던 중간 평가를 하겠다는 발표를 하는 것을 듣고, 난 일기장에 '중요한 것은 대통령이 임기 중에 국정을 어떻게 다스리고 수행하는 것이지 중간 평가는 불필요한 것이다.'라고 적어 놓았다. 그 후 2시간 후 9시 뉴스에서 중간 평가는 정가에서 도는 이야기일 뿐이라고 보도되었다. 그리고 중간 평가는 취소되었다. 그러면서도 나는 계속 억압을 당했고 이루 말할 수 없는 모욕적인 일들을 경험했다. 인간이 인간 위에서 얼마나 잔인해질 수 있는지 알게 되었고, 허위적인 인간들의 모습을 보게 되었다. 내가 감당하기에는 너무도 큰 충격이었다.

고통스러운 감시 생활이 수년 간 계속되었고, 나의 모든 활동이 제한되어졌다. 그러나 그 상황 속에서 나의 의견으로 대한민국 6공화국의 주요 정책들이 발표되었음을 여기에서 밝힌다. 그리고 나의 언행과 사고와 삶이 현실 사회의 정치, 경제, 사회 등 많은 분야에 연계되어지고, 나의 정신과 사상은 현 사회를 크고 작게 개선시키고 있다. 지금 나는 보호와 감시를 받고 있다. 항상 하나님은 나의 마음과 행동을 보고 계신다고 생각하면서 살아왔기 때문에 사람들이 나를 주시한다고 나의 생활에 변화를 주지는 않는다. 그러나 무서움과 책임감을 느낀다. 나의 희생으로 조국의 발전과 번영이 이룩되고 세계 평화를 유지하는 데 나의 지식과 지혜가 쓰여진다면 내가 고통스럽고 피곤해도 견디어 나갈 것이다.

"나는 예술가이다. 자유롭고 싶다."

1990년 12월

역사의 여운

세 번째 개인전 준비를 한다. 껍질을 깨려는 오랜 방황과 노력 끝에 점차 작업에 관한 윤곽이 잡히기 시작한다. 대학에서 아카데믹한 작업을 하다가 대학원에서 추상파 경향의 작업들을 접하면서 다양하고 왜곡된 표현 방법을 모방하고 여러 가지 형태로 변형을 시도하면서 배우고 경험하고 버둥거리던 일들이 모두 얽혀지고 융화되어 작업은 발전되어 갔다.

회화 작업을 하면서 예술적 감각과 영감을 체험하게 되고 시각과 관념의 이해의 폭이 넓어지면서 작업에 대한 나의 주관이 확실해져 가고 예리해진다. 오랜 기간의 산고 끝에 독자적인 회화 세계가 정립되어 가고 개성적인 표현 기법이 형성되어 가고 있었다.

전시장을 대관하려고 갤러리 현대에 문의하자 이미 대관 예약이 다 되어 있었고 빈 시간은 1991년 1월뿐이었다. 91년 1월 17일부터 열흘 간의 일정으로 갤러리와 계약을 하고 전시회를 준비했다.

흩어져 있는 책들, 쌓여 있는 먼지, 물감 냄새와 기름 냄새로 눈이 시다. 구역질이 날 것처럼 매슥거린다. 방이 온통 기름 냄새로 쩔어 있고 숨쉬기가 고통스럽다. 외로움에 미칠 것 같아 몸부림친다. 방황하듯 여기저기 전화를 해 보지만 아무런 위로가 되지 않는다. 다시 정신을 가다듬고 붓을 잡기 시작했다. 인간에 대한 회의를 느끼고 이제는 나의 노여움을 식혀 가면서 작업에 몰입한다. 나의 몸 속에서 지쳐 괴로워하고 있는 영혼을 자유롭게 풀어 주기 위해 작업에 몰입한다.

태양이 떠오르고 아침 햇살이 밝게 내리쪼인다. 인간이란 헛소리에 눌려 괴로워하고, 추우면 떨고, 따뜻하면 포근해 하고, 더우면 벗어 버린다. 나의 몸 속에서 작업을 향한 욕망이 꿈틀거리며 솟아나 다시 붓을 잡고 나의 예술 세계를 추구한다. 언제 어떻게 쓰러지게 될지 모르지만 잃어버린 시간을 빨리 포기하고 지금부터 다시 시작한다. 뜨거운 눈물이 흘러내린다. 허상을 만들면서 살아온 자신의 무력함을 깨닫는 것이 인생인가?

내가 그어 놓은 테두리에서 벗어나면 살 수 없을 것 같았지만 이렇게 생매장을 당하면서도 살아갈 수 있다는 것을 경험한다. 그러나 모든 것을 다 잃어도 촛불이 다 타서 꺼질 때까지 나의 예술을 포기할 수 없다. 그것은 나의 존재를 의미하는 일이고, 내가 할 수 있는 일이고, 내가 해야 할 일이다.

 1991년 1월 17일, 차가운 아침, 전시회장으로 갔다. 뉴스에서 오랫동안 끌어오던 미국과 이라크와의 긴장 상태에서 미국이 걸프전을 시작했다는 뉴스가 발표되었다. 전쟁의 여파가 우리 나라에 어떻게 불어올지 어수선한 분위기였다. 언론은 긴장 상태로 걸프전을 방송했고, 나의 전시회는 방문객이 없었고, 언론들은 나의 전시를 비난하고 통제하였고 냉담한 반응을 보였다.

 그러나 세 번의 전시회를 통해 나의 회화적 기량이 발전해 나가고 있는 것을 느낄 수 있었다. 외로이 작업을 하면서 자연과 환경 파괴와 도시화로 인간성과 정신이 메말라 가는 현대인들의 정신적 방황에 삶의 가치를 일깨우려고 한다. 인간들의 모습과 상황들, 삶의 내용과 내적 감정, 인물 속에 함축된 정신 세계를 조형 언어로 표현하고, 우리의 정서와 본능, 인생, 현대인의 이야기들을 표현하기 시작했다.

열린 마음으로 우리의 환경과 사람들의 모습을 보면서 아름다움을 찾아내고 그 속에 내재되어 있는 이미지를 구사한다. 권력과 폭력으로 끌고 가는 이 시대의 시류 속에서 온건한 인간애와 예술로 사회에 조화시켜 나가려 한다.

인간의 감정과 고뇌의 모습을 왜곡된 형태와 추상적인 이미지로 표현하지 않고 사실적인 표현으로 추상적인 표현 이상의 추상성을 내포할 수 있다는 것을 깨달은 후부터 다시 구상 이미지로 돌아갔다. 동시대의 시대 정신을 이끌고 가려면 더 많은 연구와 지식이 필요하고 성숙되어야 하는 필요성을 느낀다.

세 번째 개인전에 부쳐 평론가 이일은 이렇게 평했다.

'화면에 등장하는 대상(주로 인물)은 그 자체로서 화면을 지배하고, 또 자신이 건네야 할 메시지를 완벽하게 소유하고 있는 것이다. 그리고 그 대상이 건네주는 메시지, 그것은 다름 아닌 인간적 상황이다. 일상적인 소재를 다루고 있으면서도 그것은 결코 서술적이거나 순전히 재현적인 화법으로 다루고 있는 것이 아니다. 설화적인 주제가 가능한 한 압축되어 있고, 그리하여 생활의 한 정경 또는 현실의 한 단면이 하나의 독립된 삶의 현장의 축도 또는 독립된 현실의 초상이 되고 있는 것이다. 그리고 이는 다름이 아니라 이정규의 현실을 바라보는 시각의 변화의 소산이 아닌가 생각된다.

　현실 그리고 인간을 바라보는 이정규의 시각을 두고 일종의 '객체화' 된 시각이라 부를 수 있을지도 모른다. 인물은 인물대로 각기 주어진 조건 아래서의 한 전형으로 환원되고 있는 것이다. 그리고 그 전형화된 인간상, 그 익명의 인간상은 인간 존재에 대한 근원적인 이의제기의 표상일 수도 있으려니와, 또 한편으로는 오늘날의 인간 풍속화일 수도 있는 것이다. 인간과 현실에 대한 그와 같은 냉철한 객관화된 시각, 이정규는 그것을 역시 냉철한 방식으로 화면에 옮겨 놓고 있다. 다시 말해서 화사한 일체의 회화적 효과를 거부하고 모든 대상을 그 기본적 요소로 압축하고 있는 것이다. 그리고 그것을 통해 이 여류화가는 삶의 허실의 베일을 벗겨 버리려 하고 있는 것인지도 모른다.'

　전시회장은 한산했다. 언론에 홍보를 부탁했으나 아무도 협조해 주지 않았다.

　전시회가 끝나고 난 후, 아침에 일어나면 하루 종일 작업에 매달렸다. 집안 청소도 하지 않아 먼지가 쌓여 나갔고 아침, 점심, 저녁 세 차례의 식사는 간단히 끼니를 채우는 정도로 처리했다. 움직임과 운동의 부족으로 온몸에 기가 빠지고 힘이 없어진다. 마음 한구석에는 현실을 이겨 내려는 의지가 있었지만 5, 6년간의 고립된 생활과 정신적 학대와 모욕을 받으면서 나는 지칠 대로 지쳐 있었다. TV와 라디오를 하루 종일 틀어 놓고 언론이 어떻게 여론을 이끌어 가고 국민들을 어떤 방향으로 세뇌시키는지 촉각을 곤두세우면서 지냈다.

어느 날 저녁 TV에서 에밀레종소리를 틀어 준다. 에밀레종은 신라 때의 동종인 성덕대왕 신종을 말하는데 봉덕사종이라고도 부르고 경주 박물관에 보관되어 있다. 어느 종도 흉내낼 수 없는 장중하고 맑은 불가사의한 종소리를 낸다고 한다. 에밀레종을 만들 때 한 여자 아이를 넣어 신종을 주조했다는 전설이 있고, 종을 치면 어린아이가 엄마를 부르는 애절하고 신비한 소리가 종 속에 깃들어 있다고 해서 에밀레종이라고도 불린다. 1천2백여 년 전에 만들어진 종의 표면에는 오늘을 사는 우리의 염원과 같은 '종소리와 더불어 나라가 평화롭고 민중은 복락을 누리기를……' 이라는 발원이 새겨져 있다. 조롱당하고 희롱당하고 학대를 받으면서 모멸감과 수치심에 사로잡혀 있던 나는 에밀레종소리를 들으면서 무서운 공포감에 떨었다. 미국에서 나를 지도해 준 교수에게 편지를 보낸다.

"제발 이런 공포스러운 게임을 중단하게 해 주세요."

그 후부터 엄청난 시련을 겪게 된다. 7월 17일 제헌절 아침

박 국회의장이 KBS에 나와 아나운서와 대담을 하면서 "이것은 역사입니다. 그러나 공개적으로 몰락되어 가는 것을 보여줄 것입니다."라고 힘주어 강조했고, 군대까지 동원되어 나를 향해 총부리를 겨누고 있었다. 그들은 나를 죽이겠다고 말하면서 죽으라고 자살을 권유했다. 국가 발전에 기여한 나에게 죽음을 요구하는 정신적 공포와 죽음의 음모가 가해지고 있었다.

언론에서 동생 명규의 생활을 공개한다. 나 혼자의 생활도 감당하지 못하고 괴로워하면서 지냈기에 누구에게도 신경 쓰지 못하면서 집 안에서 은둔 생활을 하며 지냈는데 내 머리로는 생각조차 할 수 없고, 있을 수 없는 명규의 타락한 삶이 공개된다. 나는 부들부들 떨고 있었다. 밤새 잠 한숨 못 자고 공포와 불안에 시달리기도 하고 악몽에 시달린다.

명규는 뉴 잉글랜드대학에서 1년 반 동안 같이 생활하였고 서로를 아끼며 사랑하는 동생이다. 필라델피아로 내려온 이후에 그녀의 결혼 생활이 순탄하지 않아 남편과 별거 중이었을 때 한 번 그녀를 방문했었다. 새 남자 친구와 동거를 하고 있었는데 내 눈에 비친 그는 명규와는 전혀 다른 아이였고 성실함이나 신뢰성을 느낄 수 없어 명규를 맡길 수 없다고 생각되어 그와의 재혼을 절대 반대하고 헤어질 것을 권유했었다. 그녀도 동의했고 그와 헤어졌다. 내가 서울에 귀국한 후, 다시 전 남편과 재결합하겠다고 하면서 남편과 함께 서울을 방문했었다.

　누구나 한때 실수를 하거나 잘못된 삶을 살다가도 후회하고 거듭나고 다시 올바른 삶을 추구하기 때문에 대학 시절 우등생이었고 모범생이었던 그녀의 탈선은 전혀 생각조차 하지 못하고 있었다. 명규는 나와는 달리 고등학교부터 외국인 학교를 다녀 영어를 능통하게 구사해서 미국에서 공부하고 생활하며 살아가는 데 어려움이 없었다. 탄압을 받으며 집 안에서 뒹굴면서 6년째 연금 생활을 하고 있는 동안에 그녀는 미국에서 가끔 전화를 걸어와 부모들과 전화 통화를 했다.

　"결혼 생활은 어떻니?"

　"댄과는 이혼했어. 남자 친구들을 사귀고 있는데 아직 결혼할 상대는 구하지 못했어."

　"생활은 어떻게 하고 있니?"

　"시청에 취직해서 일하고 있어."

　"잘되었구나."

　그녀와의 전화 통화 내용을 의심해 보지 않았다.

　그리고 얼마 후 명규에게 연락이 왔다.

　"한국 유학생과 결혼하게 되었어."

　"결혼 축하해. 잘살아야 된다."

　명규가 한국 유학생과 재혼을 하게 되어 부모가 결혼식에 참석하러 미국에 다녀왔었다. 그런데 이게 무슨 날벼락 같은 소리인가? 뉴스에서 공개되는 그녀의 타락한 생활은 내 머리로는 상상조차 할 수 없는 일이었다. 방송을 들으면서 나는 울부짖었다. 뼛속까지 저려오는 아픔을 견디어 내기가 힘들었고, TV와 라디오의 스위치를 켤 수도 없었다. 모든 비난은 나를 향해 쏟아졌고 모든 불행의 원인은 나에 의해 제공되었다고 하면서 나를 살인자로 몰아세웠다. 공포스러웠고 절망적이었다. 나를 향해 욕설과 저주를 퍼부어 대는 TV와 라디오의 스위치를 켠다는 것은 지옥의 문을 여는 것과 같았다. 싸늘한 죽음의 그림자가 나를 뒤덮는다. 언론의 살인적인 압력에 무릎을 꿇었다. 공포에 떨고 피곤함에 지쳐 생각의 기능조차 마비되었고, 초죽음의 상태가 되어 쉬지 않고 계속 터지는 비극을 더 이상 감당할 수가 없었다. 온몸이 떨려 걸음을 옮길 수가 없었다.

언론은 나에게 계속 자살할 것을 권유한다. 공포 속에서 일기장을 불태우고 마음의 정리를 하면서 자살을 결심하고 준비한다. 칼을 집어 들고 배에 가져다 댄다. 팔이 떨려 찌를 수가 없었고 빨간 피를 보기가 무서웠다. 목을 맬 생각을 했지만 무서워서 움직여지지 않았다. 절망감 앞에서 마음이 평온해졌다. 독한 위스키 한 병과 소주 한 병을 슈퍼마켓에서 구입해서 단숨에 꿀떡꿀떡 마셨다. 통증에 비명을 지르며 울부짖다가 기절

한다. 뱃속의 체액까지 다 토해 낸 후 탈진한 상태로 깨어났다. 집안을 뒹굴며 토한 음식 찌거기가 집안 구석구석 널려져 있었고 쾌쾌한 냄새가 코를 찔렀다.

집 안 구석구석을 청소하는 동안에 오늘까지 나에게 일어난 일들이 주마등처럼 머릿속을 스쳐 지나갔다. 그들의 행위에 대한 윤곽을 그릴 수 있었다. 내가 모르고 있는 가족들의 문제들과 상황을 파악하고 있는 그들은 나에게 공개하도록 유도한 후 단계적으로 탄압을 강화한다. 명규 문제를 사건화하면서 나를 살인자로 몰고 나 스스로 자살하도록 압력을 가한다. 역사적 사실들을 은폐하기 위한 일이었다. 나는 그들을 대항해 싸우지 않는다. 예술 작품만을 계속한다.

언론을 통해 전달되는 명규의 삶을 자세히는 모르지만, 대강 알게 되어서 명규를 서울에 다녀가라고 서울로 초청했다. 그녀는 한국 유학생과 재혼을 해서 아이를 낳아 키우면서 살고 있다고 들었고 만나 본 지 5, 6년이 지났기에 서울에 다녀가라고 했다. 언론을 통해 그녀의 생활을 전해 듣고 그녀가 어떻게 변해 있을지 만나기가 무섭고 두려웠다.

명규는 아직 한 살이 되지 않은 딸과 서울에 왔다. 함께 지낼 때 알고 있던 순수하고 착하고 온순하고 명랑한 명규가 아닌 다른 성격의 사람이 되어 있었고, 말도 거칠어지고 마음도 거칠어져 있었다. 할 수 있다면 세탁기에 넣어 빨고 싶었다. 서울에 한 달 간 체류하고 돌아갔다. 나는 김빠진 맥주처럼 밋밋한 기분이 되었고, 건조한 느낌이 들었다.

옛 동료들과의 짧은 해후

옛 동료들과의 짧은 해후

　조금씩 작품세계가 확립되어 간다. 예술가는 평생 작업을 하면서 이룩되어지는 결실이다. 젊은 시절에는 마음이 앞서가고, 뛰어다니면서 서두르고 빨리 완성하려고 재촉했었다. 몸과 마음이 다른 박자로 움직이고 시행착오를 연발하면서 다녔는데 중년에 들어서니 숨을 쉬듯 편안한 마음의 여유를 찾게 되고 급하게 서둘러지지 않는다. 성취하려는 욕구보다는 진행하면서 발전하고 향상시키려는 안정된 상태가 된다. 예술가로서 눈을 뜨기 시작한다.

　나에 대한 조롱과 비웃음은 여전하다. 명규가 서울을 다녀간 후 그녀의 건강이 걱정이 되었고 생활이 궁금하여 매달 한 번씩 전화를 걸어서 그녀의 근황을 물어보았다. 몇 번 전화를 하는데 신호만 울리고 받는 사람이 없어 마음이 불안해지기 시작했다.

"병이 악화되어 생명에 지장이 생긴 것은 아닌가?"

나의 상상력은 죽음의 그림자로 채워지고 불안해서 견딜 수가 없었다. 김 교수와 상의를 했다.

"명규에 대한 불안한 감정을 떨쳐 버릴 수가 없어요. 살고 있는 모습을 확인해야만 정신적으로 안정이 될 것 같아요. 2주 동안 미국에 다녀오게 해 주세요."

"미국에 가서 동생도 만나 보고 갤러리들도 둘러보고 오도록 해요."

미국에 다녀오라고 승낙을 해 주었다. 여권을 신청하고 유학생 비자를 방문 비자로 바꾸어 미국 입국 비자를 받아 비행기표를 구입하고 서둘러 미국으로 출발했다. 출발 전날 다시 명규에게 전화를 걸었더니 전화를 받는다.

"어떻게 된 거니? 며칠 동안 전화를 했는데 아무도 받지 않아 걱정이 되어서 너의 집에 가 보려고 비행기표를 구입했어. 네가 죽어 가고 있는 줄 알았어."

"며칠 동안 친구 집에서 놀다가 집에 늦게 돌아왔어. 잘 지내고 있으니 걱정하지 말아. 보스톤 공항으로 마중을 나갈께."

목소리를 듣고 가슴이 덜컹 내려앉았다. 살아 있다는 것이 확인되어 안심하고 미국으로 출발할 수 있었다. 날씨는 비교적 온화했다. 환기가 충분히 되어지지 않아 후덥지근하고 숨이 막힐 듯한 김포공항 청사를 빠져나와 비행기에 탑승을 한다. 김 교수가 환송해 주었다.

비좁은 서울을 빠져나오니 넓은 대자연의 파노라마가 펼쳐진다. 하늘을 날면서 내려다본 지구촌은 군데군데 인구 밀집 지역에 도시가 형성되어 있었고 마을을 이루고 있었지만 아직 광활한 대자연을 간직하고 있었다.

보스톤 공항에서 마중 나온 명규의 가족을 만나 그녀의 집에서 짐을 풀었다. 내가 우려했던 것과는 다르게 남편과 두 딸을 데리고 안정된 가정 생활을 해 나가고 있어서, 마음속에 쓰라린 아픔은 있었지만, 그동안 가슴을 조이며 했던 걱정을 떨쳐버릴 수 있었다. 상상해 보지도 못한 일들이었다. 가슴을 치며 울부짖어도 변하는 것은 없다. 명규의 안정된 가정 생활을 보고 안심이 되었고 마음에 여유가 생기게 되어 옛 교수들과 친구들에게 연락을 했다.

펜실베니아대학을 졸업하고 7년 만의 여행이었다. 옛 교수들과 옛 친구들은 변함없이 그 자리에서 나를 반겨주었다. 명규가 차를 태워 주어서 뉴 잉글랜드대학에서 만났던 교수들, 버밍함 교수 댁을 방문하고, 월쉬 교수 댁에서 하달 교수를 함께 만났다. 펜실베니아대학에서 만났던 친구들은 모두 멀리 떨어져 흩어져 살고 있어서 직접 만날 수는 없었고 전화 통화만을 하고 안부를 전했다. 조소과의 존이 대학교수가 되어 있었고 작가 활동을 하는 친구들은 없었다. 학창 시절 팸과 리즈가 실기실에서 열심히 작업을 하고 교수들의 주목을 받아서 작품 활동을 계속할 것이라고 생각했었는데 졸업 후에는 평범한 주부가 되어서 아이들을 키우고 있었다.

한국은 지금 한창 전환기를 맞아 하루하루가 다르게 급변하고 있다. 미국은 경제적 불황으로 다소 침체되어 있는 분위기였지만 안정된 바탕 위에서 큰 변화는 없었다. 90년도에 들어서면서 불어닥친 경제적 불황으로 사람들은 걱정을 하면서도 검소한 생활에 익숙해져 있는 미국인들의 생활은 별로 변한 것이 없었다. 20대 후반에 미국에서 대학생으로 생활하면서 그 사회를 보고 체험했던 것과는 또 다른 시각으로 미국이라는 나라가 나의 눈에 비추어졌다.

4년 동안 미국에서의 학교 생활은 중요하고 가치있는 삶의 경험이 되었고, 예술적 개념과 삶의 의식과 가치를 배우게 되었다. 거대한 대륙은 사람들의 사고와 성격과 생활 방식에 영향을 끼친다. 자유스럽고 풍족하고 선진 과학으로 생활화된 그들의 모습이 부러웠다. 그들은 나의 건조하고 메마른 가슴에 사랑의 씨앗을 심어 주었는데 그 싹은 나무로 성장하기도 전에 짓밟혀 다시 메마르고 삭막한 가슴으로 미국을 찾아왔다. 어느 나라든지 국민들은 정치가들을 신임하지 않는다. 때마침 선거 유세 기간 중이었는데 그들은 스스럼없이 정치가들의 바보스러움을 비난하고 있었다.

웰리버 교수 댁에 전화를 걸었다.

"미국에 살고 있는 동생 집을 방문하러 왔는데 교수님을 찾아뵙고 싶어요. 대학원 입학 때부터 교수님께서 살고 계신 링컨 빌에 한번 방문하고 싶었고, 어떻게 작업을 하고 계시는지 보고 싶었습니다."

"얼마 전 내 아들이 방콕에 갔다가 살해당했어. 아무도 만나고 싶지 않아. 그렇지만 너를 거절할 수는 없구나. 찾아와도 좋아."

그는 쾌히 승낙했다. 마음이 기쁘고 설레었다. 보스톤 공항에서 비행기를 탔다. 20명 정도 타는 작은 비행기였는데 마치 자가용 비행기를 타는 것처럼 탑승객은 나 혼자였다. 록랜드 공항에 도착하니 웰리버 교수가 나와서 기다리고 있었고 따뜻하게 맞아 주었다. 그는 메인주의 링컨 빌의 넓은 지역을 사들여 그의 공원을 만들고 그곳에서 살면서 작품을 한다.

그곳은 광대한 산림이 펼쳐져 있는 산림지역이었고, 겨울에는 폭설이 내려 쌓이고 혹독한 추위가 찾아와 사람들이 생활하기에 불편한 곳이었다. 링컨 빌에는 녹지 않은 눈이 그대로 쌓여 있었고, 그가 그린 그림에서 보아서 익숙해진 자연의 파노라마가 펼쳐진다. 도시 문명을 떠나 산림지역인 메인주를 선택하고 오랜 세월 동안 인적이 드문 산속에서 그림을 그리면서 살아온 그의 체취가 자연 속에 배어 있었다. 나무, 숲, 바위, 산, 강, 눈 덮인 자연, 선명한 파란 하늘과 구름, 모두가 그의 그림 속에서 보았던 낯익은 자연 경관들이었다.

그의 친구인 예일법과대학 명예교수 부부는 고령임에도 불구하고 차를 몰고 코넥티커트주에서 메인주까지 올라와서 하룻밤을 함께 이야기하면서 보냈다. 저녁을 먹기 위해 레스토랑에 들어서니 뽀얀 연기가 많은 사람들을 둘러싸고 있었고 북적거렸다.

"메인은 바닷가재의 본고장이야."

내가 좋아하는 바닷가재의 본고장이 메인이라는 이야기를 듣고 망설이지 않고 말했다.

"저는 바닷가재를 먹겠어요."

레스토랑의 여자 주인이 와서 모두에게 친절하게 인사를 하고 갔다.

"이 레스토랑 주인인데 동성 연애자야. 내가 입은 이 스웨터 어떠니? 입으면 참 따뜻해. 내 부인이 사 준 거야."

너무나 편하고 격의 없는 일상적인 이야기로 대화를 이끌고 나갔다. 집으로 돌아와 거실에서 포도주를 마시면서 펜실베니아대학에서 경험하고 느꼈던 이야기를 나누고 동기들의 근황을 이야기했다.

"학교에서는 교수님의 타바코 냄새만 맡아도 긴장되고 어려웠는데 오늘 만나 뵈니 너무나 편합니다."

"그 타바코는 이젠 끊었어. 건강이 좋지 않아 병원에 입원했더니 의사가 끊으라고 하더군. 건강을 생각해야 될 것 같아서 입에 물고 다니지 않아. 그런데 병원에서 침대에 몇 시간씩 눕혀 놓고 링겔 주사를 놓아 답답해서 견딜 수가 있어야지. 그냥 입원실을 걸어나와 퇴원해 버렸어."

"하하하."

모두 웃었다.

"대학을 졸업하고 서울에서 작업한 작품들의 슬라이드를 준비해 왔어요. 평가도 듣고 싶고 앞으로의 진로를 상의하고 싶습니다."

"어디 가져와 봐라."

그동안 작업해 온 작업들의 슬라이드를 보여 드렸다. 그는 슬라이드를 보면서 "It is real. It is not hype. It's better than others." 라는 세 문장으로 평을 하시면서, "넌 네가 무엇을 하고 있는지 아는 녀석이야. 일본, 도오쿄에 있는 말보로 갤러리에 소개해 줄 테니 서울 가기 전에 동경에 들러서 그곳에서 전시를 할 수 있도록 미야모토 관장과 상의를 해 봐라."

즉시 동경에 있는 말보로 갤러리 관장인 미야모토 씨에게 전화를 하신다.

"내가 가르친 한국 서양화가 이정규를 동경에 보낼 테니 만나서 슬라이드를 검토하고 전시를 기획해 보세요."

뛸 듯이 기뻤다. 웰리버 교수는 화가로서 성공한 원로 작가였다. 넓은 공간의 작업실을 돌아보고 작업 현장을 둘러보니 그의 모습이 더욱 선명해졌다. 최근의 작품들을 보면서 70, 80년대가 그의 전성기였음을 알 수 있었다. 70, 80년대의 작품들은 자연을 향한 도전적인 열기가 강렬하고 힘차게 느껴졌는데 근작들은 그의 나이를 반영하고 노쇠함을 알리듯이 단순화되고 힘이 약해져 있었다. 그는 트랙터를 몰고 다니면서 길에 쌓여 있는 눈을 치우고, 무거운 미술 재료를 들고 다니면서 야외 스케치를 하고 끊임없이 일을 하며 생활한다. 닭을 키우고 밭을 일구어 채소를 직접 가꾸면서 생활을 하고 있었고, 집 안에는 오래되고 소박한 가구들로 채워져 있었다.

개인적으로는 힘든 역경과 불운을 헤쳐 나가면서 살아온 사람이었다. 세 번의 결혼을 해야 했고, 집에 불이 나서 많은 것을 태워 버리기도 하고, 정년 퇴임을 앞두고 쓰러져 병원에 입원해야 했다. 아들이 4명 있는데 이번에 장성한 아들이 태국에서 살해당하는 슬픈 소식을 듣게 되었고, 헐리우드에서 배우 수업을 받고 있는 큰아들과 보스톤에서 학교를 다니는 아들이 있었고 지금의 부인 쉴라는 펜실베니아대학에서 가르친 제자인데 나이 차이가 15세 정도 되었고, 그들 사이에는 외모가 웰리버 교수를 많이 닮은 초등학교에 다니는 아들이 있었다. 하룻밤을 자고 다음날 그의 가족들에게 작별인사를 하고 메인을 떠나왔다.

"교수님, 실망시켜 드리지 않겠습니다. 장수하셔야 해요. 감사합니다."

내가 화가가 되기 위해 대학에서 공부할 때는 일상성을 초월하여 작업을 하는 작가들의 독특하고 도전적인 삶의 형태를 보면서 멋있다고 느꼈고 동경하고 감탄하고 부러워했는데, 내가 작가가 되어 작업을 하면서, 예술을 위해 삶을 바치는 화가들의 삶을 보니 힘겹고 외롭고 쓸쓸해 보였다. 나에게 정신적, 예술적인 영향을 주고 경제적 지원을 해 주고 작가로서의 기초를 다지게 해 주신 웰리버 교수에게 마음 깊이 감사한다.

뉴 햄프셔로 돌아와 명규와 작별을 한다.

"살아 있는 동안 너를 위해 행복하게 살아야 한다."

구체적으로 명규가 어떻게 살아왔는지는 전혀 모른다. 그녀가 결혼해서 두 딸과 함께 가정을 이루고 살아가고 있다는 것만으로도 고맙게 생각되었다. 명규가 보스톤까지 배웅을 해 주어서 보스톤에서 비행기를 타고 뉴욕으로 갔다. 햄프톤 베이에 살고 있는 프랭크와 존를 방문했다. 겨울이어서 한적한 도시가 되어 있었다.

프랭크는 내게 다정하게 말한다.

"무료함은 견딜 수 없는 일이야. 뉴욕의 카톨릭대학에서 공부를 하고 카톨릭 부제로 일하고 있어."

존은 편안한 웃음을 띠며 말한다.

"학교에서 상담원 자격증을 따서 빈민층의 사람들과 병자들을 돌보고 상담을 해 주는 일을 하고 있어. 지금은 그림 그리는 일은 쉬고 있어."

"둘 다 벌써 머리카락이 희끗하네요. 그동안 세월이 많이 흘렀군요."

그들을 만나 옛 추억에 잠기기도 하고 가족들과 친구들의 소식을 전해 들었다. 존의 집에 머물면서 햄프톤 제트니(Hampton Jetney:고속 버스)를 타고 뉴욕을 왕래했다. 그들에게 많은 신세를 졌다.

아시아문화재단에 들려서 랄프와 사라를 오랜만에 만났다. 랄프가 관장으로 있었고, 사라가 부관장으로 일하고 있었다. 향긋한 커피향이 나는 따뜻한 커피를 마시면서 미국에서의 일정을 이야기하고 반갑게 맞아 주는 그들에게 고마움의 인사를 했다. 아시아문화재단은 그전보다 더 견고한 조직이 되어 있었고 록펠러 재단과 함께 사무실을 쓰고 있었는데 뉴욕 중심에 위치한 빌딩은 방문객을 압도했다. 뉴욕에서 살고 있는 펜실베니아대학에서 만났던 샤터, 나가자토, 버카르트 교수를 방문하고 반갑게 만나 인사를 했다.

샤터는 "웰리버 교수의 영향력이 강력했던 미술대학은 웰리버 교수와 잉그만 교수의 정년 퇴임으로 많은 변화를 겪어 가고 있고, 이제는 그때의 학교 분위기를 재현할 수 없어. 나는 대학에 강사로 나가면서 작업을 하고 있는데 침체된 화랑가의 영향으로 작업에 진전이 없어. 나가자토 교수가 미술대학에서 학과 진행을 맡아 활발하게 참여하고 있지."

나가자토 교수는 "새로 취임한 학과장은 능력이 부족해. 학교 시스템이 많이 바뀌었고 사무직원들도 모두 바뀌었어. 불만스러워."

변화된 학교 분위기에 대해 걱정과 우려를 표시하면서, 가르치는 학생들에 대해 이야기하고 뉴욕 화랑들의 상황을 이야기한다.

할아버지가 된 버카르트는 여전히 장난기 어린 표정이었다.

"나는 녹차를 좋아하는데 너도 녹차 좋아하니? 녹차 마시겠어?"

"예, 저도 좋아해요. 제가 타 드릴까요?"

모두가 반가웠고 좋은 교수들이었다.

학교를 다니면서 뉴욕을 방문했을 때는, 57번가와 소호 지역의 화랑가를 둘러보면, 활발하게 움직여지는 미술시장의 동향과 흐름을 볼 수 있었는데, 이번에는 경제적 불황 때문인지 방문객의 눈에 비추어진 화랑가는 침체되어 있는 조용한 분위기였고 활기가 없었다. 80년대에 화단을 이끌어 오던 유명 화랑들이 문을 닫기도 하고, 새 화랑이 생기고, 80년대 초에 활발한 활동을 하던 작가들의 이름조차 찾아볼 수 없는 경우도 있었고, 새로운 작가들이 등장하고 또 사라지고 하는 뉴욕의 미술시장을 둘러보았다. 아쉽게 느껴지는 짧은 시간의 방문이었다.

뉴욕을 떠나 서울로 돌아오는 길에 통과 사증으로 일본 동경을 방문하게 되었다. 동경의 나리타 공항에 도착했지만 일본말을 전혀 모르면서 처음 일본을 여행하는 경우였기 때문에 공중 전화 사용하는 법도 몰랐고, 전철 티켓 사는 법, 전철 타는 법, 공항에서 동경까지 가는 방법을 몰라 헤매면서 공항에서 긴 시간을 지체하고 공항을 빠져나왔다. 미야모토 집에서 저녁을 먹기로 약속을 했는데 공항에서 너무 늦어져서 곧바로 숙소로 향했다. 웰리버 교수의 소개로 동경에 있는 말보로 갤러리에서 미야모토 관장과 하타나카씨를 만났다. 미야모토 관장은 슬라이드를 보면서 말한다.

"작업들이 다양하고 작품성이 좋습니다. 우리 갤러리에서는 말보로 갤러리와 계약을 맺고 뉴욕과 런던에서 전시하고 있는 작가들의 작품들만을 취급해 전시하여 왔고, 아직 일본 작가들의 작품도 선정해 전시해 본 경우가 없습니다. 신인 작가를 발탁해서 전시해 본 경험이 없어서 지금은 어떠한 약속이나 확답을 줄 수가 없습니다. 좀더 생각해 보고 결정하겠습니다. 계속 연락을 하면서 기다리세요."

동경의 공기는 서울의 공기와 달랐다. 동경의 독특하고 아담한 정취가 있었다. 그녀는 프란세시코를 소개해 주었다. 이탈리안과 미국인 사이에서 태어난 그는 유창한 일어를 구사했고 한자를 쓰기도 했는데 일본에서 사업을 하고 있는 잘생긴 청년이었다. 저녁에는 시간이 남아 프란세시코와 긴자 거리를 산책했다. 사람들과 차들이 많이 있었지만 도시는 깨끗했고 낮게 느껴지는 하늘 아래의 형광 불빛의 조명은 거리의 분위기를 아늑하게 했다. 강행된 여행으로 몸은 몹시 피곤했으나 그들의 친절한 대우로 편하게 동경에서 이틀을 보냈다.

서울 김포공항에 도착하니 서울이 낯설게 보였다. 김 교수가 마중을 나와 주어서 고마웠다. 3월의 아지랭이가 피어나고 햇살이 제법 강하게 내리쬐었다. 짐을 풀지도 않은 채 잠이 들었다.

눈을 떠보니 서울인지 미국인지 동경인지 잠시 어리둥절했다. 아무렇게나 벗어 놓은 옷에 다시 팔다리를 끼워 넣어 입고, 의자에 앉아 오랫동안 멍하니 하늘을 쳐다보기도 하고, 빈 공간을 응시하기도 한다. 계속되고 있는 모든 비판의 소리들을 귓전으로 흘려보내면서, 서울에서의 나의 모습으로 다시 돌아와 작업을 하면서, 가슴으로 통곡하고 이 모든 상황들을 묵묵히 받아들인다. 시간에 끌려 하루를 보내고 축 늘어지는 육신을 추스린다.

이 넓고 광활한 지구상에서 극히 제한된 일부분의 땅 위를 무거운 발걸음으로 맴돌면서 살아간다. 수없이 많은 겉도는 이야기들, 생존을 위한 화려한 치장들, 선과 악, 행과 불행, 고통과 쾌락, 모든 것이 공존하고 얽혀서 평형을 이루며 사회가 지속되어 가듯이 모든 행위의 예술은 공존되어야 한다. 창작에 대한 순수한 열정, 어쩌면 이 말은 바보스러움과 통하는 것인지도 모른다.

웰리버 교수는 'crazy'라는 단어로 화가를 표현했다.

"crazy 해야 작품 생활을 할 수 있다."

잊혀질 듯하면 찾아오는 김 교수와의 생활 패턴에 익숙해져 간다. 그는 가족이나 친척들, 개인적인 생활에 대한 이야기는 전혀 하지 않는다. 인색하고 자기 위주의 독단적인 태도를 보이는 그에게 분노를 느끼고 화내고 미워하고 싫어서 매번 다투면서도 그가 찾아오면 그의 품속으로 빠져 들어간다. 그의 성적인 열정과 육체는 내 삶의 한 부분을 차지하고 있었다. 사랑이라고 생각했던 것이 성적인 열정에서 비롯된 육체적 욕망에 불과한 것이라는 것을 깨닫고 괴로웠지만 만남이라는 삶의 굴레에 얽혀 살아가고 있다.

생매장되어 가는 나를 사랑해 줄 사람은 아무도 없다. 그가 나에게 어떤 존재인지 생각하지 않기로 했고, 내가 그에게 어떤 존재가 되는지 알려고 하지 않는다. 그에게 부인이 살아 있다는 사실을 확인한 다음 심리적으로 혼란스러워 김 교수와의 불확실한 관계를 청산하고 불균형한 생활을 정리하려고 했지만 그는 나의 요구를 묵살하고 계속 찾아온다. 처음에는 육체적 욕구를 참기 어려워 그를 찾았지만 이제는 성욕이 생기면

이를 깨물면서 순간의 성욕을 견딜 수 있었다. 육체적 욕망 속으로 빠져 들지 않으려는 정신적 갈등을 이겨 내고 받아들이면서 그에 대한 강한 육체적 열망과 분노는 사라지고 언제든지 나를 찾고 떠나도록 허용한다. 그를 거부하지도 않고 거절하지도 않고 그와 나와의 관계를 묶지 않기로 마음을 정리하고 비운다. 가정을 설계하며 그렸던 꿈이 산산조각이 난 지금, 그가 내곁에 있던 없던 그리 중요하지 않다. 내겐 내가 가꾸어 가야 할 예술가로서의 삶이 남아 있다. 사회의 거대하고 무서운 힘으로 조작된 나의 모습은 상처로 얼룩지고 무기력하고 나약해진다. 숨 막히는 삶의 여건을 바꿀 수도 없고 탈출할 수도 없다.

"하나님, 저는 자식을 간절히 원하고 있습니다. 제 자식을 낳아 키우고 싶습니다. 임신하게 해 주세요. 새 생명을 주세요. 생명의 빛을 주세요. 희망을 주세요."

간절히 끊임없이 기도한다.

모든 누명이 벗겨지고 모든 소문들이 터무니없는 헛소문들이라는 것이 판명되었지만 집단으로 한 여자를 학대하고 탄압하면서 아무도 미안함도 죄의식도 느끼지 않고 잘못되었다고 말하는 사람도 없다. 오히려 희열을 느끼면서 힘주어 강조하고 타성에 젖어 습관적으로 계속 폭언과 욕설을 퍼붓는다. 말을 위한 말을 하고 생각 없이 말을 하고 뜬소문의 이야기를 하면서 서로의 말 속에 머물지 않고 지나간다.

혼자 빈 공간에서 작업을 하면서 지내다보면 머리가 터져 버릴 것 같고 질식할 것 같아진다. 빈 공간에 소음을 내기 위해서 TV를 켠다. 전파를 타고 들리는 음성들은 기계소리로 들리고 계속 듣고 있으면 머리가 아파지고 뽀개질 것 같다.

우산과 고양이 65.2×53cm oil on canvas 1996

병적인 범죄 심리와 공포 분위기를 검은 고양이로 상징한 E.A 포의 단편소설이 있다. 어둡고 우울한 분위기의 무대적인 배경에서 검정 고양이와 검정 우산이 그들의 그림자와 함께 포옹을 하면서, 서로 쫓아다니며 장난을 하고 있는 모습을 표현했다.

실타래를 풀다 116.7×91㎝ oil on canvas 1997

어른들이 엉클어뜨려 놓아 복잡하게 얽혀 있는 문화, 정치, 사회 문제들의
실타래를 여자아이가 인내심을 가지고 집중하면서 천천히 풀어 간다. 기독
교의 상징으로 쓰이는 십자가를 실패로 삼아 고난과 어려움을 풀어 가는 모
습을 상징한다.

가위로 자르다 72.5×60.5㎝ oil on canvas 1997

프리기아의 고르디움에 밧줄로 단단히 동여맨 전차가 있었는데 '매듭을 푸는 사람은 천하를 정복할 것이다' 라는 전설이 있다. 알렉산더 대왕이 칼로 내리쳐 이 매듭을 잘라 풀었고, 이 이야기를 전해 들은 소아시아의 나라들이 항복을 했다고 한다. 검은 장막을 가위로 자르면서 어둠을 깨며 여명을 기다린다.

자화상 · 악몽 72.7×60.6cm oil on canvas 1998

거미줄 같은 그물에 얽어매여 있는 작가는 버둥거리지만 버둥거릴수록 조여
드는 압력을 느낀다. 작가는 자신의 감각과 통찰력으로 일반적인 통념에 빠
져들지 않고 살아가고 있지만 피할 수 없는 이 사회의 조직에 의해 끌려간
다.

주변에 있는 물건을 이용하
거나 몸짓으로 묘기를 부리
기도 하고 가능한 과학적 연
기로 불가능하다고 생각되
는 현상을 보여 주는 마술은
관객에게 즐거움을 선사한
다.
"아브리카다브라."

수리수리 마수리 앗 60.6×72.7cm oil on canvas 1998

풍선을 소재로 그린다. 사람
들은 자기의 모습을 과장되
게 이야기한다. 허풍을 떨기
도 하고 사실을 알면서도 큰
소리로 다른 주장을 하면서
왜곡하기도 한다. 그러한 사
실들을 은유하여 사람이 풍
선을 입에 물고 팽팽하게 불
고 있는 모습을 그린다.

풍선을 불다 53×65.2cm oil on canvas 1998

통제하다 116.7×91cm oil on canvas 1998

개인의 생존을 위해, 안정된 가정을 지키기 위해, 혼란스러운 사회 질서를
유지하고 정권을 유지하기 위해, 국가의 존립을 유지하기 위해 스스로를 통
제하고 통제당한다. 철문을 배경으로 제복을 입은 두 명의 전투경찰이 무장
을 하고 서 있다.

피에로는 시키는 대로 코메
디를 하면서 살아가는 슬픈
어릿광대이다. 인생은 희극
적 코미디일까 비극적 코미
디일까?

소년과 피에로 60.5×72.5㎝ oil on canvas 1998

검정 주머니를 두꺼운 줄로
묶는다. 은폐하고 숨기기 위
해 주머니에 집어넣어 매듭
으로 묶는다.

묶다 53×65.2cm oil on canvas 2000

터무니없는 거짓 누명을 쓰
고 탄압을 받으면서 17년을
살아왔다. 모든 일상의 욕망
을 털어버리고 마음을 비운
다.

마음을 비우다 91×116.7㎝ oil on canvas 2000

나는 깨어 있는가 65.2×53㎝ oil on canvas 2000

눈을 게슴츠레 뜨고 누워 있는 여인은 꿈을 꾸고 있는지 깨어 있는지 잘 모르는 듯한 표정으로 아무 생각이 없어 보인다.

할로인 데이 65.5×53㎝ oil on canvas 2001

할로인 데이는 미국인들이 가면과 특징적인 의상을 입고 즐기는 명절이다.
아이들은 한턱내지 않으면 장난치겠다고 외치기도 하고 호박을 뚫어 등을
밝히면서 즐기기도 한다. 두 남녀가 가면을 쓰고 의상을 갈아입고 사형을 집
행하는 모습을 그렸다. 배경으로는 망령의 모습을 한 인간의 조각품과 하늘
에 이르게 하는 사다리를 놓아 두었다.

꼬마 마법사의 여행 162×130.3㎝ oil on canvas 2001

나의 딸이 해리 포터 시리즈를 재미있게 읽고 있어서 호기심에 나도 읽어 보
았더니 맑고 깨끗하게 처리된 문장과 경쾌한 단어들과 표현력이 흥미로웠
다. 그 책을 읽은 후에 천진난만하게 웃으면서 재미있는 환상의 공간을 빗
자루를 타고 나는 꼬마 마법사를 떠올리며 그리게 되었다.

오렌지를 비닐 봉투에 넣어
정물화를 그린다. 상점에서
오렌지를 사면 비닐 봉투에
담아 준다. 비닐을 보면 질
식할 것 같이 갇혀 있는 느
낌을 받는다.

오렌지 53×65.2㎝ oil on canvas 1997

나는 자유로운 예술가이고 싶다
불합리한 세계, 흔들리는 혼의 노래

난꽃 | 72.7×91cm oil on canvas 1997

난의 잎은 항상 푸르고
청초한 아름다움과 선명한 자태를 뽐낸다.
난은 열매를 맺지 않다
영양분을 향기로 발산하기 때문에
은은한 향기를 지니고 있어
우리를 즐겁게 한다.
개성이 강하면서 우리에게 신비로운 느낌을 갖게 한다.
꼿꼿한 자태로 한 달을 넘게 피는 난은
겸손한 사람을 대하듯
마음을 차분하게 해 준다.

나는 화가다

영감이 떠오르고 작품의 소재가 결정되면 작업을 시작한다. 작업에 집중하고 몰입한다. 몸이 몹시 쇠약해져 2시간 정도 작업을 하고 나면 정신이 분산되어지고 초조해지고 산만해져서 휴식을 취해야 한다. 육체는 힘들어지고 편안함을 요구하지만 작업은 성숙되어 가고 원숙해져 간다. 주제가 선명해지고 회화에 힘이 생기고 나의 색채를 찾아간다.

10년간의 은둔 생활을 하는 동안, 소련이 분열되면서 동서의 냉전이 종식되고, 세계 질서가 미·소 중심의 구도에서 탈피하여 21세기를 향해 새롭게 형성되고 급속하게 변해 가고 있다. 한국의 위상도 많이 높아졌고 세계로 세계로 빠른 발걸음을 내딛고 있다.

나는 작업에 몰두하는 일밖에는 아무것도 할 수가 없었다. 엉엉 숨죽여 울면서 통한을 가슴속에 묻고 설움을 삼켜 가며 작품 속에 오열을 묻었다. 나를 스쳐 지나가는 모든 것들은 기억 속에 흔적을 남긴다. 흔적들은 실체의 흔적이다. 영화를 보면 각 장면마다 제시하는 광경이 있고 기억에 남는 순간을 창출하는 것처럼, 내가 살고 있는 현실 공간에서 벌어지는 삶의 모습과 순간적인 감정, 정신적 상태들을 동시대에 존재하는 인물, 물체, 공간형태로 작품 속에 표현한다. 하나의 관념을 생각해 내고 그 관념으로부터 연상되는 구체적 이미지를 찾아 구성하고 재현한다.

두툼한 모직 자켓을 입고 슈퍼마켓에 들어간다. 어제도 그랬듯이 오늘도 장바구니를 들고 야채를 고른다. 냉이, 달래, 봄나물들이 즐비하게 널려 있다.

"아! 봄이로구나."

봄의 내음을 맞으며 가슴속에서 꿈틀거리는 변화를 느낀다. 마음의 감정 상태에 따라 생활의 리듬이 달라지기도 한다.

정치권에서의 변화와 개혁, 정권 교체는 사람들에게 새로움을 느끼게 하고 기대감을 갖게 한다. 각 세대마다 전통적으로 내려오는 공통적인 양식 속에 다른 유형의 개성들이 있고, 그 속에서 자연스럽게 형성되어지는 새로운 기류는 새로운 문화를 만들어 간다. 그 시대마다 직면해야 하는 사회적 문제들이 다르고 그 시대가 요구하는 인간상이 있다.

미인의 평가 기준도 시대에 따라 변화한다. 풍성한 젖가슴과 엉덩이, 폭신폭신하게 살찌운 몸매를 선호하던 시대에서, 풍성한 가슴과 잘록한 허리를 동경하던 시대가 지나가고, 오늘날에는 운동으로 단련된 근육과 후리후리하고 가는 몸매를 원한다.

시대마다 새로운 사조를 논하고 사회를 지배하는 이념이나 지도 방식이 바뀌어진다. 경제 성장과 과학의 첨단화로 현대 문명이 발전하여 외형적인 모습이 빠르게 바뀌어지고 생활이 변모한다. 인간의 기본적인 의식 생활과 본질, 성 문제, 정신문화가 물질문명과 균형과 조화가 이루어져야 사회가 평형을 유지하며 안정된 발전을 하게 된다. 과학 발전에 의해 필연적으로 생성되어지는 물질문명이 그 사회 속에서 사람들과 조화와 균형을 이룰 수 있도록 연결시키는 예술이 필요하다. 무한한 정신 세계를 표현하는 예술은 인간 존재의 소중한 정신적 모습과 서로 동질감을 느낄 수 있게 하는 삶의 가치를 전달한다.

미친 듯이 그림에 몰입하면 마치 대단한 일이나 하는 것처럼 무아지경에 빠지게 된다. 그것이 끝나면 허탈감에 몸부림친다. 끊임없이 노력하며 힘들게 생산하는 예술적 가치는 나에게 무슨 의미가 있는 것일까? 자기 완성을 위한 노력? 인간의 본질

탐구? 개인의 삶에 물질적 생산의 가능성을 부여해 주는 것도 아니고 경제적인 논리로는 실현되지 않고 계산되지 않는 생각하고 느끼는 감각적인 정신문화이다. 사회 속에서 수많은 사람들이 그들의 역할을 해 가면서 이 사회가 구성되고 형성되어 움직여지듯이 예술은 사회에 극히 일부분을 차지하는 영역일 뿐이다.

사람들은 일상적인 생활 속에서 자극과 변화를 요구한다. 서울의 거리는 놀랄 정도로 변해 가고 있었다. 역사가 오래된 유럽의 고색 찬연한 건축물들은 없지만 높이 솟아올라 가는 고급스런 현대식 건물들이 경제의 번영과 함께 급속히 늘어가고 있었다. 반면, 생활은 혼란스러워진다. 어디를 가든지 부르는 것이 가격이 되고 거짓말과 속임수로 장사를 하고 장사꾼들은 그들의 물건에 책임을 지지 않는다. 사람들의 실리 선택 앞에서는 윤리, 도덕, 정의는 말뿐이고 퇴색된다. 비싼 옷을 입고 비싼 집에서 사는 사람들은 서민들 앞에서 우쭐대고 만족해 한다. 사람들은 같은 것을 배우고 같은 말을 구사하지만 그것을 이해하는 심성이 다르고 실천하는 모습과 능력이 다르다. 사람들은 일방적으로 이야기하고 요구한다. 나는 오랫동안 깊은 잠을 잔다. 사회의 부패와 모순은 역사가 시작하던 때부터 있었고, 재력과 권력이 사람들을 지배하고 약한 사람들을 징검다리로만 이용하는 사회에 영혼과 정신문화가 필요하다.

고대 그리스 로마 시대에는 수많은 신들이 등장하는 전설적 신화로 가득 채워져 있고, 우리의 옛 조상들은 맹목적으로 돌이나 나무를 향해 소원을 빌기도 했다. 연약한 인간들은 보이지 않는 힘에 의해 전개되는 삶을 합리적인 종교적 교리를 바탕으로 인간의 정신 세계와 윤리 의식을 일깨우는 종교를 선택하여 삶의 목표를 이끌어 가고 절대적 힘으로부터 보호받기를 바란다. 하늘을 찌르는 듯한 오만보다는 하늘을 두려워할 줄 아는 인간이 되라는 종교와, 인간의 의식과 정신을 자극시키는 예술은 인간이 존재하는 한 계속 존재할 것이다.

인고를 겪어 가며 죽음의 고비를 넘기면서 타인들과의 시시비비가 없어지고 나만의 세계 속에 파묻혀 고통을 이겨 낸다. 사람들과 만나고 부딪치면서 작고 사소한 감정에 얽매여 발생되는 사건, 사고, 싸움에 무감각해진다. 사람들은 싸움을 좋아한다. 언성을 높이고 온갖 욕설을 퍼부으면서 상대를 괴롭히면서 스트레스를 풀기도 하고 상대방의 비명소리에 쾌감을 느낀다. 사고는 순간적으로 발생하고 그 순간은 인간의 운명을 바꾸어 놓기도 한다.

언론은 여론을 형성해 나가고 개인의 생각이나 판단력은 여론에 빠져들게 된다. 언론은 대중들의 감성과 이성, 판단력, 생각의 오류까지 조정하고 지배하고 제시한다. 그러나 언론의 초점과 기류는 언제든지 바뀔 수 있다. 언론의 내용을 참고하고 반영은 하지만 절대적인 신뢰를 해서는 절대로 안 된다는 것을 경험한다. 어떠한 상황에서든 사실과 거짓에 대한 현실의 모순과 대립을 부정할 수 있고, 그보다 높은 단계에서 긍정하며 살아가는 나의 삶의 지표가 있어야 한다. 나를 향해 침을 뱉는 것이 역겹고 싫어서 외출을 하지 않고 살아왔다. 사회는 급진적으로 변화되어 갔고 긴장감 속에서 빠른 성장을 해 나가고 있지만 나의 신체는 퇴화되어 가고 있었다.

움직임이 느려지고 한쪽 뇌가 쇠퇴해 가고 게을러지면서 조금씩 사그러져 가고 있었다. 침대 위를 뒹굴면서 시간을 보냈고, 죽음의 고비를 넘긴다. 40을 바라보면서 느려진 발걸음을 한 발자국 앞으로 끌어당기고 힘겹게 내딛으며 쓰러질 것 같은 육신을 이끌고 간다. 근육이 풀리고 뼈에 힘이 없어지고 굳어간다. 죽어 달라는 압력을 받으며 죽은 듯이 침대 위에 누워 움직이지 않고 오랜 시간을 무의식 상태로 식물 인간처럼 살아왔다. 황폐해진 정신은 여기에서 밟히고 저기에 내던져진다. 나의 삶이 어떻게 진행되어지든 이 사회가 어떻게 존속되어지든 태양은 떠오르고 자연의 계절은 바뀌어 가고 우주 공간 속에서 지구는 규칙적인 회전을 계속한다.

　사람들의 마음속은 무엇으로 채워져 있을까? 일률적인 집단
화에 밀려 살아가는 사람들, 그들에게는 연민이나 사랑이 잠재
한다고 믿는다. 수없이 사랑을 논하고 사랑을 강조하고 자신을
사랑하라고 일깨운다. 사랑은 기초적인 공동체를 형성하는 기
본적인 요소이고 악순환되는 현실적인 사회에 꺼져서는 안 될
불씨이기 때문이다. 사랑을 바탕으로 인간 관계가 유지될 때,
인간성의 완성과 진리를 비웃는 사회를 건강하게 유지시킬 수
있는 근원이 된다고 생각한다. 가정교육과 학교 교육, 도덕적
인 윤리관과 이성적인 사고와 사랑의 이론은 단지 자아를 가리
기 위한 고상하고 숭고한 의미의 탈에 불과한 것이 되는 사회
에서 아이들은 성장한다. 아이들은 어른이 되어 가면서 개인
이익을 얻기 위해 감정적 폭력과 파괴와 거짓으로 욕구를 채우
고 소유하고 욕망을 성취하고 자유를 얻으려고 한다.
　삶의 고통, 고독, 회의를 깊이 느끼며 사는 사람들은 삶에 대
한 허탈감과 허무감을 느끼며 가슴속으로 파고드는 아픔과 고
독, 고통을 알기 때문에 인류애를 느끼고 사랑을 논하고 아름
다움을 추구하고 표현한다. 점차 메마른 풍토가 되어 가는 현
실 속에서 인간 존재의 긍정적 의미를 추구한다. 가식적인 사

람들의 웃는 모습과, 탈 속에서 삐죽이 내민 얼굴들, 우리 시대의 부정부패를 보면서 한때는 절대적 진리인 사랑을 외면하고, 거짓되고 이중적인 사회의 모습과 인간들의 모습을 냉소적, 비판적으로 바라보면서 허무적인 시각으로 비웃었지만 사회가 복잡해지고 혼잡해질수록 삭막해지면 삭막해질수록 그 속에서 아름답고 인간다운 모습을 지탱해 나가야 하는 것이 절대적으로 필요하다는 것을 깨닫는다.

시대마다 문화와 경제, 이념의 가치가 변화하고 그 생활 수준에 따른 의식 구조가 달라진다. 선악을 구분하는 가치관도 변화된다. 지금, 이 광포한 시대는 자신의 모습은 잊고 상대방의 슬프고 약하고 잘못된 모습을 보며 비난한다. 사람들은 감정을 발산시켜야 한다. 그러나 비좁은 사회에서 비명을 지르면 미친사람으로 몰리게 된다. 청소년들은 공공장소를 찾아가서 팝 가수들과 록 그룹 가수들의 발광하는 듯한 춤과 노래의 현란함 속에서 허락된 광적인 환호성을 지르며 좋아하고 미친 듯이 춤을 추며 감정을 해방시킨다. 그러한 제한된 공간 속에서는 흥분된 감정으로 어떠한 비명소리를 질러도 뭐라고 탓하는 사람은 없다. 성적인 흥분과 자극을 주기 위한 언어와 유희적 동작에서 맹목적이고 성적인 쾌감을 즐기기도 한다. 항문이 짜릿할 정도의 긴장감과 불안감을 주기 위한 공포와 괴기적인 영화를 보면서 파괴적이고 자극적인 쾌감을 느끼고, 비극적인 슬픔과 고통, 즐거움과 쾌감을 전달해 주는 매체들을 통해 순간의 심리를 만족시키고 감정을 소화하고 감정의 배설을 자유롭게 하여 감정을 해방시켜 정신을 정화시킨다. 심심하고 무료한 감정에 변화를 준다.

반면 삶의 경험과 지식을 기반으로 순수하고 진지한 삶을 반영하는 정적이고 조용한 예술적인 표현과 인간의 심리적인 갈등, 물질 세계와 상상의 세계에서 펼쳐지는 사랑과 아름다움, 거칠음과 파괴적인 성질을 표현한 예술은 많은 사람들의 영혼에 누적될 수 있는 삶의 소리가 되고 정서에 좋은 영향을 끼치는 문화로 즐거운 휴식이 된다. 그 시대의 사회상과 역사의 흐름을 대변하고, 그 시대의 심리적 현상과 정신적 의식과 가시적 현상을 표현하는 예술인들이 필요하다.

첨단 과학의 발전으로 기계화, 물질화, 정보화되어 가는 사회에서 생활의 편리함과 진보적인 삶을 위한 필요한 물건들을 발견하고, 발명하고, 더해 가고, 어제의 과학 기술은 골동품이 되어 간다. 매일 새로운 첨단 과학 제품의 발명품이 등장하여 우리들을 놀라게 만든다. 빠르게 회전되고 변화되어 가는 사회 속에서 사람들은 빠르게 따라가면서 정신적 긴장감과 중압감과 위기감을 느끼고 숨막히는 감정을 내뱉듯이 언어로 표출한다. 사람들은 점점 고립되고 울타리를 쌓아가지만 개인의 사생활은 쉽게 노출된다.

지금도 고전 문학들이 읽혀지고 우리의 정서에 영향을 끼치고 있듯이 기본적인 삶의 형태, 생각, 철학은 과거에 기초를 두고 있다. 시대가 변하면서 물리적인 의식 구조가 변화하지만 인간들의 정신적인 삶은 제한되어 있고 한계가 있다. 거리를 꽉꽉 메우는 사람들, 매일매일의 보편적이고 기계적인 삶 속에서 새로운 것, 더 편한 것을 찾고, 물질적, 정신적, 육체적 욕구를 느낀다. 이러한 인간의 욕구는 영원하고 채워지지 않는다. 가슴속에 아무리 채워도 채워지지 않는 욕망의 빈 구석을 채울 수 있는 그 무엇이 필요하다. 성취하기 위해 경쟁하며 바쁘게 뛰어니면서 여유 없는 생활을 하다가도 한순간 공허함을 느끼게 된다. 잠시 편안한 마음으로 즐거운 휴식을 취하고 싶어진다. 예술은 인간들에게 즐거운 정신적 휴식처가 되어 주며, 인간의 정신과 감성을 충족시켜 주고, 공감할 수 있는 정서와 감수성을 제공하고 새로운 다른 감정을 느끼게 한다.

예술이 나를 구원할거야

공포스럽고 혼란스러운 심리적 상태에서 나의 작업은 계속된다. 삶의 과정 속에서 과거를 돌아보며 교훈을 얻고 오늘을 살아가면서 내일을 생각한다. 처음에는 그림을 그리는 것을 좋아해서 시작했고, 그린다는 행위에 즐거움을 가지고 그렸다. 보기 좋은 그림, 아름다운 그림을 그리고 싶었고 좀더 잘 그리고 싶어서 그렸다. 아기들이 태어나 엄마의 모습을 보고 흉내 내고 모방하고, 선생님과 친구들을 보면서 따라하고 동화되면서 사회성이 생기고 자아를 형성하는 데 영향을 받듯이 다른 예술가들의 예술 세계를 이해하고 터득하고 전문 교육을 받으면서 나의 예술 세계가 펼쳐진다.

복합적이고 불합리하고 거대한 집합적인 사회의 경제적, 사회적 상황은 그 시대의 풍습과 관습을 변화시키고 사람들은 이러한 집단적인 환경에 반사적인 반응을 하게 되며 생각과 의식에 변화를 갖게 된다. 이러한 시대의 사회적 조건 속에서 일반적으로 사람들이 한번쯤 삶의 가치와 의미를 생각하듯이 예술가들은 예술의 가치가 무엇인가? 왜 예술을 하는가? 무엇을, 어떻게 그려야 하는가를 생각한다.

예술은 그 시대의 문명사회에 영향을 주고받으며 문화를 형성한다. 모든 것을 소유하고 있는 자연을 관찰하여 그 속에서 색, 선, 형태, 빛, 구성, 구조, 운동감, 질서, 균형의 다양한 이미지와 감각을 발견하고, 우리 자신들의 모습, 느낌, 생각과 경험한 감각과 정신을 바탕으로 색채와 형태를 사용하여 새로운 주관적이고 예술적 이미지를 창조하여 사람들의 삶의 존재의 의미를 표현하고 물질 사회에 정신 문화를 만들어 낸다.

작가는 표현의 한계를 넘는 회화적인 기능공이 되어야 표현하고 싶은 감각적인 예술 세계를 표현할 수 있고, 표현을 하기 위해서는 재료들이 가지고 있는 물질적인 제약을 최소화할 수 있도록 재료의 성질을 충분히 파악해야 한다. 물감의 물리적 성질을 알고, 물감의 농도를 조정하여 색채가 주는 효과를 파악하고, 붓을 자유롭게 사용하여 선과 색면을 자유롭게 처리하는 기술을 익혀야 한다. 캔버스의 성질을 알고 물감과 붓을 다양한 기법으로 사용하여 처리하면서 캔버스와 물감이 만들어 내는 표면 재질의 변화를 경험한다. 작가에게는 화면 공간을 어떻게 구성할 것인지 본능적인 미적 감각이 있어야 한다. 곱고 부드러운 정제된 작업이 아니라 끊임없는 자유로운 연습과 시도에 의해 자신만의 독창적인 기술을 연마하고 계발하여 개성적인 표현 기법을 터득해야 한다. 개성적인 표현 기법과 독창적인 조형 언어를 찾아 관념과 대상의 이미지와 예술적 의미를 선과 색채, 형상으로 표현하여 나타낸다. 선, 색채, 형상으로 표현된 이미지는 의미의 전달뿐만이 아니라 마음을 움직일 수 있는 정서적인 힘이 있어야 하고 감동, 충격, 느낌이 있어야 한다. 쾌활하고 즐거운 감각의 색채를 사용하고 리듬감 있는 구성을 하면서 주관적이고 심리적인 표현을 하고 형상 속에 생명력을 불어넣는다.

동시대를 살아가는 현대인들의 의식 세계, 사람과 사람 사이의 긴장된 감정 표현, 사람들의 뒤엉킨 모습, 서로의 간격을 유지하면서 살아가는 인간들의 모습을 나의 주관적인 시각으로 관찰하여 은유하기도 하고, 회화적 이미지에 정신적 의미와 관념적인 상징성을 포함하여 그린다. 화면 내부의 형상들을 단순화시키고 자연과 환경과 현대 문명의 패턴을 단순화하여 절제된 상황으로 배경을 설정하고 시각적인 공간을 간결하고 평면적으로 처리한다.

내가 살고 있는 동시대적인 사회적 상황에서 생각과 의식 세계의 영감을 얻기도 하고 새로운 감각과 감정, 지식을 얻게 되는데 이러한 요소들을 나의 예술적 감각으로 화면에 표현한다. 나는 여전히 억압받고 자유롭지 못한 삶을 살아가고 있지만, 나의 예술은 사회적, 종교적 관습과 전통적 관념에 빠져들지 않고 고정된 개념과 원리를 탈피하여 생각을 자유롭게 하고, 외부적인 사회 구조 속에서의 경험에서 새로운 사실성을 발견하여 경험적 세계에서의 영감과 반응을 현대적 감각으로 캔버스 화면 위에 표현하며, 사람들의 정신적 의식 세계를 통하여 얻은 새로운 경험들을 예술적 언어로 표현하고 나의 의식 세계를 새롭게 정립하면서 예술 세계를 펼쳐 간다.

레오 스텐버그 교수는 미술사 강의 첫 시간에 이런 이야기를 했다. 학생들을 데리고 이탈리아에 체험 학습 여행을 갔었는데 피렌체 아카데미 미술관에 소장되어 있는 미켈란젤로의 거대한 다비드 조각상 — 망태를 메고 서서 옆을 똑바로 응시하면서 돌을 쥐고 막 던지려는 순간의 건장한 나체 청년상 — 을 보는 순간 한 여학생이 "I want one!"이라고 소리를 쳤다고 한다. 그와 같이 감상하는 사람들에게 한순간 카타르시스적인 감동을 주어 감탄사를 외치게 할 수 있는 충격이나 힘이 작품 속에 내재되거나 잔잔한 감정을 전달할 수 있는 감각이 표현되어 있어야 한다. 캔버스의 평면 공간에서는 무엇이든지 그릴 수 있다. 무엇을 어떻게 그려야 하는지는 작가의 선택이고 작가 자신에게 맞는 개성적이고 독창적인 표현을 해야 한다.

허탈하고 건조하고 황폐해 가는 우리들의 삶 속에 미소가 번지고 생활에 자극을 주고 생각을 제시하는 내용의 작품 구상을 한다. 화면 위에 외부적으로 선명하게 표현되어 있는 시각적 이미지는 관객에 의해 쉽게 전달되어 감상하며 즐길 수 있도록 하고, 화면 속의 보이지 않는 내면에 함축되어 있는 예술 세계와 추상적 의미와 상징적인 의미는 감상자와 정서적인 공감대가 형성되어 이해되고 자극받기를 바라면서 작업한다. 자연과 인간의 실질적인 모습들 속에서 추상적 개념을 찾을 수 있고, 사람들의 정신 세계의 영역을 발견하게 된다. 일상생활 속에서의 정신적 빈곤과 단조로움을 메꾸어 줄 수 있고 정신적 가치를 전달할 수 있는 작품을 구상하기도 하고, 이 사회에서 분출되는 에너지를 그대로 표현하기도 하면서 현대인들에게 흥미를 자극하고 정신과 의식 세계에 반사적인 충동과 영향을 주고, 사회에 통합될 수 있는 예술의 완성을 위해 멈추지 않고 계속 노력하며 연구하고 변화시키고 작업한다. 뿌옇던 시야가 밝아지고 어둡고 탁한 색채가 밝고 맑은 색으로 변화한다. 그동안 해 놓은 작품들을 다시 보면서 미흡하게 보이는 부분들을 다시 손질한다.

살면서 느끼고 경험하고 공감한 것들을 주관적인 눈으로 관찰하고 탐구한 내용을 주제로 선택하여 노트에 기록해 둔다. 그리려는 주제가 정해지면 주제와 연상되는 이미지의 영상을 구상한다. 카메라로 인물의 동작과 표정을 찍어 연필로 대강 스케치하며 구상한다. 주관적인 이미지를 개성적인 표현기법으로 캔버스에 옮겨 표현한다. 내가 살면서 만난 다양한 성격과 개성있는 사람들이 작품 속 모델이 되고, 이들의 개성적인 성격과 감정을 표현하고 순간적인 동작을 포착하여 작품 소재로 사용한다.

사람들의 모습을 호기심 있게 관찰하여 해석하고 분석하여 사회와 인간들 사이에서의 마찰과 긴장감을 표현하고, 대상을 자세하게 관찰하면서 사실적이고 객관적인 형태를 익히면 주관적인 시각으로 재구성한다. 객관적인 서술성을 배제하거나 과장시키고 축소시키면서 강조할 부분과 삭제할 부분을 찾아내어 수정하고 조작하여 대상을 제한시키고 재구성하여, 내가 표현하려는 주관적인 의도와 추상적인 가치를 선명하게 나타낸다.

나의 작업에 중요한 색은 레몬 옐로(lemon yellow), 로우 시에

나(raw sienna), 번트 움버(burnt umber), 카드늄 레드(cadmium red), 바이올렛(violet), 퍼머넌트 바이올렛(permanent violet), 카드뮴 그린(cadmium green), 비리디안(viridian), 카드뮴 오렌지(cadmium orange), 코발트 블루(cobalt blue), 망가네즈 블루(manganese blue), 화이트(white), 블랙(black)이다. 물감의 농도는 웰리버 교수에게서 배운 걸쭉한 농도의 물감을 사용한다. 채색한 물감이 마르기 전에 덧칠을 하면서 표면과 색채의 변화를 관찰하고 표면이 구덕구덕 마른 후에 덧칠을 하고 완전히 마른 후에 덧칠을 하기도 하면서 색이 변화되는 효과를 관찰한다. 흙으로 차곡차곡 쌓아가면서 조각품을 빚어 가듯이, 물감을 차곡차곡 덧칠하면서 형상을 만들어 가고 형태의 조직과 구조, 움직이는 패턴의 흐름에 따라 힘이 있고 편한 붓질을 한다. 밀착된 색채는 단단한 형상으로 완성되고 입체감 있는 안정된 형태를 만들어 간다. 세부적이고 섬세한 표현을 거부하고 전체적인 덩어리의 구조를 맑고 조화된 색채의 단순한 색면으로 처리하여 형체를 구분하고 생명력을 부여한다.

인물들의 동작과 표정으로 심리적인 상태와 추상적인 관념을 표현하고 주관적인 개성과 감정을 나타낸다. 현실과 현대인들의 삶을 분석하여 재현하기도 하고, 연상되는 이미지를 이끌어 내어 조작하고 변형하면서 삶의 근본과 본질의 문제를 다루었다. 인간의 심리적인 본질과 존재 의미와 체험한 감정 그리고 내적인 상상력의 세계를 표현한다. 배경은 중심 주제가 선명하게 나타나도록 공간의 특징만을 내세워 제시하고 단순하게 처리하면서 호흡할 수 있는 여유 있는 공간으로 구성한다. 새로움에 도전하고 상상력을 키워 진실되고 아름답고 조화로운 창조적이고 새로운 이미지를 펼쳐 나간다.

우리의 일상생활과 모두에게 익숙하고 공통된 세속적이고 평범한 삶의 모습을 주제로 재현하기도 하고, 부모와 자식 간의 사랑을 주제로 〈모정〉〈아버지와 아들〉, 휴식을 취하는 〈풀밭 위의 여인〉, 심리적인 〈갈등〉〈그리움〉, 〈시간과 공간의 제한〉을 받고 사는 사람들, 더러움과 잘못을 〈은폐〉하려는 모습, 사다리를 타고 천국을 찾아가는 〈하늘을 향해 올라가는 소년〉, 밝은 태양을 향한 〈어둠으로부터의 탈출〉, 〈뜨거운 감자〉〈할로인 데이〉〈꼬마 마법사의 여행〉〈산책〉〈탁상공론〉〈기도하다〉〈이야기하다〉〈휴식〉〈신문을 읽다〉〈그네〉〈미소〉〈빨간 모자〉〈누워 있는 여인〉〈앉아 있는 여인〉〈섹시한 포즈〉〈축배〉〈미소〉, 그밖의 울적한 모습, 늘적지근한 모습 같은 다양한 사람들의 표정과 몸짓과 모습들을 표현한다.

다나를 모델로 〈원죄〉〈탄생〉〈꽃이 피다〉〈꽃이 떨어지다〉〈죽음〉을 주제로 하여 운명 시리즈를 그린다. 여인의 쭈그리고 엎드린 모습은 고뇌하는 인간의 모습을 상징하기도 하고 자궁 안에서의 태아의 모습을 연상시킨다.

캔버스를 이등분하여 두 화면으로 만들어 두 가지의 이미지를 표현한다. 한 화면 안에서 두 가지의 이미지는 작품 주제의 뜻을 지향시키고 강조한다.

단순하고 감각적인 것을 그리기도 한다. 그림을 보는 순간 "아! 예쁘다. 곱다. 좋다."하고 일상의 미적 쾌감을 느낄 수 있는 꽃, 과일과 같은 정물을 그린다. 우리가 꽃을 좋아하는 것은 꽃에 의미가 있어서도 아니고 가치가 있어서도 아니다. 꽃의 색채는 선명하고 강렬하지만 넘치지 않고 불타지 않고 마음속에 흡수되어 여운을 남긴다. 아름답고 예쁜 꽃은 자꾸 보고 싶어진다. 단순한 일상적인 미적 쾌감을 느낄 수 있다.

아름다운 감각의 선명한 색채와 향기를 가지고 있는 꽃들은 금방 시들어 버린다. 꽃들이 시들기 전에 완성하려고 마음이 급해지고 서둘러진다. 꽃의 단아한 모습과 곱고 감미로운 색채, 생기있는 느낌을 표현하려고 자세히 관찰하고 꽃의 섬세함이 주는 감정을 색채로 캔버스에 옮긴다.

표면적이고 자극적인 표현, 미사여구의 화려한 장식품이 아닌, 내면의 진지한 모습을 파헤쳐 인간다움을 지탱해 갈 수 있는 미적 가치를 추구한다. 새로운 생각과 상상력으로 끊임없이 의식 세계를 발전시키고 변화를 이끌어내기 위해 연구하고 예술적 표현과 창의력의 한계성에 도전하며 창조적 표현을 시도한다.

모든 상처에서 자유롭기를 꿈꾸며

순결한 생명과의 조우

복숭아 50×60.6㎝ oil on canvas 2000

복숭아를 좋아하는 한무제에게
서왕모가 복숭아 30개를 바쳤는데
신하인 동방삭이 그중 3개를 훔쳐 먹고
서왕모가 오는 것을 보자
병풍 뒤에 숨는다.
서왕모는 이 복숭아는
땅에 심을 수 없는 하늘의 복숭아로
한 개를 먹으면 천 년을 산다고 했다.
동방삭이 훔쳤다는 복숭아 3개를 그린다.
달콤한 맛의 복숭아는
고운 외과선과 고운 색을 가진다.

생명의 신비를 체험하다

커다란 구렁이가 다락방에 나타나 깜짝 놀라 깬다. 돼지가 웅덩이에서 허우적거린다. 평소에 꾸지 않던 많은 색다른 꿈들을 꾸다가 잠에서 깨어난다. 산부인과 병원을 찾아간다. 정기적으로 초음파 검사, 피검사, 소변 검사를 하고 혈압을 재고 체중을 잰다. 모든 생리 작용과 순환기는 정상이고 깨끗하다. 골반이 커지느라고 엉덩이가 많이 아팠고, 배가 부쩍 불러지면서 뱃속에서 조용하고 미미한 아기의 움직임이 느껴졌다. 곧 꼬물꼬물거리는 태동을 느끼게 되었고 마음이 평화롭고 편안해진다. 어느덧 임신한 지 20주가 되었다. 태아의 신음소리를 들려준다. 뱃속의 아기에게 속삭인다.

"너를 임신하고부터 절망적인 엄마는 다시 희망을 갖기 시작했어. 너를 얼마나 원했는지 아니? 매일 하나님께 너를 갖게 해 달라고 기도했단다. 어느 누구보다도 한점 부끄럼 없이 살아온 당당하고 떳떳한 엄마란다. 세상에 태어나면 너의 몫을 다하면서 슬기롭게 살아가야 한단다. 현실 사회를 살아가려면 너의 의지가 분명히 있어야 한다. 외부의 어떤 위기 사항이 생기더라도 흔들리지 않고 지킬 수 있는 자아가 있어야 돼. 사람의 직관은 쉽게 변하고 감정의 변화가 많아 유동적이란다. 사회에는 많은 제약들과 장애물들이 있고 요구하는 조건들도 자주 바뀌게 된다. 삶을 실현시키기 위해서는 욕구를 충족시킬수 있는 실력과 정신력과 시시비비를 파악할 수 있는 판단력을 필요로 한다.

남들에게 나의 모습을 자랑하지 않고도 타인들로부터 인정받을 수 있는 인격과 실력이 있어야 된단다. 모두가 뒤섞여 살아가는 세상이야. 경계하고 투기하고 억압받는 속에서 의연히 살아갈 수 있어야 돼. 이성으로 감정을 지배할 수 있어야 하고 절제할 줄 알아야 하고 낭비해서는 안 되고 너의 영역을 지켜야한다.

건강하고 똑똑하게 자라 주겠니? 사람들의 투정과 투기를 포용해야 하고, 너의 존재를 항상 잊지 말고 사람들과 원만하게 지낼 수 있어야 돼. 무엇이 너에게 중요한 것인지 파악하고 선택을 잘해야 해. 그렇다고 한 번의 실수나 실패가 종말을 나타내는 것은 아냐. 경험 속에서 더 나은 길을 선택할 수 있어. 잘못된 것을 알았을 땐 주저 말고 고쳐야 돼.

사람 냄새가 나는 사람이 되기를 바란다. 올바르게 자라다오. 네가 자라고 있다는 것이 엄마에겐 커다란 희망이고 모든 것이기도 해. 사람은 좋은 환경 속에서 배부르고 편안한 생활을 할 땐 사람들의 바닥에 감추어진 본성이 드러나지 않는단다. 좋은 면, 선한 면, 아름다운 면만이 나타나 유토피아로 착각할 수도 있지. 하지만 환경이 바뀌고 욕구가 생기고 삶에 이익과 손실을 선택해야 할 때는 감추어진 파괴적 본능이 나타난단다. 왜냐하면 성취하기 위해서 자신 이외의 다른 요소들을 희생시키려고 하기 때문이야. 욕심이 생기면 상황 판단이 흐려지고 시야가 좁아지게 되고 잘못된 것을 알면서도 자기 주장을 강요하면서 힘의 원칙으로 다스리게 된다.

성취하기 위해서는 공부를 하고 지식과 지혜를 쌓아서 자신을 다스리고 상대를 파악해서 위기를 대비할 줄 알아야 선택된 삶을 살 수 있어. 위기에 처했을 때는 나를 위해서 존재해 주는 것은 아무것도 없다는 것을 알아야 된다. 너 자신을 과신해서도 안 되고 타인을 의존해서도 안 되고 믿어서도 안 돼. 사람들의 충고를 선별해서 들을 줄 알아야 한다. 그 충고 안에 함정이

들어 있을 수도 있거든.

우리는 항상 도전을 받게 된다. 이 사회는 사람들에 의한 경쟁 사회이고 경쟁이란 건전한 선의의 경쟁만이 아니고 억압하고 투기하면서 무서운 경쟁을 하기도 해. 무지와 억지에 의한 도전과 폭력에 의한 도전은 무서운 거야. 사람에게는 감정이 있기 때문에 막을 수 없는 일이고 감정을 어떻게 다스리느냐에 따라 인격의 차이가 나타나게 되지. 그렇지만 투기를 받을 때나 투기를 느낄 때는 그 자리를 피해서 서로가 잊혀져야 피해를 입지 않게 돼. 내가 절제한다고 해서 상대방도 절제하는 것은 아니거든.

스스로의 영역을 지키면서 독립된 삶을 살고 사람들과 원만하게 어울려 지내야 돼. 나와 연결되어 있는 끈들이 다 끊겨졌을 때 생명선을 지키기 위해 어떻게 대비할 것인가를 예비해 놓아야 해. 네가 자라면서 만나는 사람들을 소홀히 대하지 말아라. 언제 어디서 어떤 조건 아래에서 다시 만나게 될지 모르는 일이고 그들이 어떻게 성장하여 어떠한 위치에 서서 너에게 어떤 영향력을 끼치게 될지 모른다.

너의 위치에 따라 사람들은 너에게 다르게 대우한단다. 자신을 겸손히 생각하고 상대를 이해하고 중요하게 여겨라. 그러나 비굴해서는 안 되고 누구에게도 해를 끼쳐서는 안 된다. 물론

너 자신이 채워져 있고 능력이 있어야 가능한 일이지. 너에게 너무 잘 대해 주는 사람이나 해를 끼치는 사람을 경계해라. 사람의 속마음을 읽을 수는 없거든. 부끄러워할 줄 알고 노력하고 도전하고 올바른 이상을 찾아나가야 한다.

가훈은 '수신(修信)'으로 정하자. 항상 몸과 마음을 닦으면서 살아가야 해. 건강한 신체로 지성과 덕망을 갖추고 예술을 이해하는 올바른 사람으로 자라다오. 이제부터 깨끗하고 하얀 백지 위에 너의 발자국을 찍어 가면서 너의 모습을 만들어 가는 거야. 쌓아가는 세월 속에 너의 삶과 인생이 있는거야. 엄마 품을 떠나서 접하게 되는 사회는 사랑과 아름다운 음률의 시를 읊어 주지는 않아. 엄마는 네 곁에서 네가 올바르게 자라서 살아갈 수 있도록 보호하고 사랑하고 힘껏 이끌어 줄께."

이번 여름은 무더위 없이 지나간다. 8개월째로 접어든다. 하루가 다르게 몸이 무거워지면서 움직임이 힘들어지고 손발에 부기가 생긴다. 부드럽고 온화한 몸짓으로 꼬물거리는 움직임을 느낄 때마다 나의 축 늘어진 마음은 생기를 느끼고 어머니가 되어 간다는 감격을 느낀다.

새로 태어날 아기를 위해 출산 준비물을 사고 집 안을 구석구석 정리하고 먼지를 닦고 그동안 신경 쓰지 않던 집안 청소를 조금씩 하면서 새로운 생명의 탄생을 기다린다. 엉덩이가 무겁고 조금만 서 있어도 허리가 아파온다. 탱탱하게 불어난 배 주변은 다 갈라지고 따끔거리고 가려웠고, 배꼽 주변은 갈색으로 변하고, 엄청나게 커진 유방은 무겁게 축 늘어져 배를 누르고, 젖꼭지는 진한 밤색으로 변해 있었다. 가끔씩 눈두덩에 경련이 일어나고, 손과 발이 부어 힘을 쓸 수가 없고, 손이 저려온다. 기다림이 지루해지기도 하고, 곧 태어날 아기의 생각에 설레이기도 하고 불안하기도 하다. 날씨는 완연한 가을이다. 산산한 체온을 느낄 정도의 기온, 따뜻하고 부드러운 체감을 느낄 정도의 햇살이 비친다. 사람들에게 활력을 주는 날씨다. 앉으면 철근 같은 무게감이 느껴 오고 팔다리에는 모세혈관이 피부 겉으로 나타난다. 앞으로 한 달 후면 아기가 탄생한다는 기쁨을 마음속으로 간직한다. 계속해서 조용하게 뱃속에서 아기가 발로 배를 톡톡 차고 뱃속이 답답한지 꿈틀거림의 강도가 커진다.

"아가야, 보고 싶구나."

배가 많이 갈라지고 그 부위가 가려워 바셀린을 바른다. 아랫배가 탱탱해지고 사타구니가 무거워지고 배의 무게에 눌리기도 하고 가려움과 따끔거림에 괴로워한다. 출산 예정일 2주일 전. 부쩍 많이 배출되는 불순물로 불쾌감이 가중되고 가렵고 짜증스럽다. 배가 많이 내려앉아 있었고, 배가 빠질 것처럼 땡겨 오지만 진통은 시작되지 않는다. 아침에 배가 포만 상태에 이른 듯 2번 가진통을 느꼈다. 입원 준비를 해 놓고 하루하루 출산일을 지루하게 기다리면서 집안 정리를 하고 몸을 조심스럽게 다루고 있었다. 자연 섭리에 따라 정상 분만을 하고 싶었는데 예정일이 지나도록 아기가 나오지 않자 담당 의사가 '뱃속의 아기가 크고 산모가 노산이므로 제왕절개 수술을 하는 것이 산모와 아기의 건강에 좋을 것'이라고 해서 제왕절개 수술을 받기로 결정했다.

병원에 입원하기로 한 전날이다. 아침에 일어나 집안 정리를 하고 있는데 갑자기 뱃속에서 무엇인가 터지는 듯하더니 물이 쏟아져 내렸다. 이게 무슨 증상인지 몰라 출산백과를 펼쳐보았더니 이슬, 진통, 파수 그리고 양수가 터진 것이다. 병원에 전화를 건다.

"아직 진통은 시작되지 않았지만 양수가 터졌는데 어떻게 해야 합니까?"

"입원 준비를 해 가지고 병원으로 나오세요."

초조한 마음으로 세면도구와 옷을 가방에 챙겨 넣고 택시를 타고 급히 병원으로 달려가 입원 수속을 한다. 진통이 시작되었고 분만실에 들어가 고통을 견딘다.

"힘을 주세요. 힘이 모자라니 힘을 더 주세요."

"허리가 삭는 것처럼 아파요."

산도를 늘이기 위해 간호원이 다리를 벌리게 하고 배를 밀면서 힘을 주게 한다. 아픔을 참기가 고통스러웠다. 건조한 실내 공기와 양수의 배출, 자궁 내의 출혈과 아픔, 식은땀으로 온몸이 얼룩지면서 목이 타고 입이 바싹바싹 말라 간다. 탈진을 막기 위해 수분을 공급하는 링겔 주사를 맞는다. 식은땀과 함께 오한이 나기도 하고 토할 것처럼 매슥거린다. 간호원은 출산을 돕기 위해 힘을 주라고 얘기하면서 계속 내진을 한다.

"머리가 보입니다. 힘을 더 주셔야 합니다."

지루한 통증이 계속된다.

옆방에서도 비명이 계속 들려온다. 얼마나 시간이 지났을까? 출산실로 옮겨진다. 아침에 집에서 나왔는데 저녁이 된 것 같다. 의사가 들어와 출산을 시작한다.

"힘을 주세요. 좀 더, 좀 더."

물컹. 무언가 빠져나온 듯하다.

"힘을 더 주세요."

물컹. 또 한 차례 덩어리가 빠져나왔다.

"으-앙-."

아기의 첫 울음소리가 들린다. 고통이 점차 사그라진다. 또 한차례 물컹하고 태반이 빠져나온다. 출산에 걸리는 시간은 10분 정도밖에 걸리지 않았는데, 참으로 놀라운 경험이었다. 간호원이 아기를 나에게 안겨 준다. 딸이었다.

"하나님, 귀한 생명을 주셔서 감사합니다. 사랑스런 아가야, 난 너의 엄마란다. 탄생을 축하한다. 고맙다."

눈을 감은 채 울음을 그친 아기를 품에 안는다. 신비스러웠고 평화스러웠다.

처음 임신했다는 것을 알았을 땐 아침에 일어나면 '정말 배가 불러질까?' 의아해 하면서 배가 불러지는 것을 확인해야 했고, 점차 배가 불러지면서 태동을 느끼면 '아기가 뱃속에서 잘 자라 줄까? 아기가 정말 나올까? 아기는 건강하고 정상적일까? 어떻게 생겼을까? 아들일까 딸일까? 나는 정상적인 여자일까?' 조심스럽게 스스로 되묻곤 했다.

아기를 향한 나의 마음은 평온했지만 외부적인 탄압으로 비극적이고 불행한 생활을 하고 있던 나의 정신적 심리 상태는 극도로 긴장되어 걱정과 불안이 겹쳐져 있었다. 몸이 무거워지면서 신경이 둔화되고 아무 생각없이 예정일을 기다린다. 예정일이 가까워지면서 기다리는 일이 지루해지기도 했다. 탄생의 섭리는 신비로웠다. 임신하면서부터 산모 수첩에 매 주일마다 변화되는 신체적, 생리적 증상을 기록하면서 관찰하였더니 출산백과 속에 쓰여져 있는 순서대로 정확하게 신체의 변화가 나타났다.

출산 예정일이 지나고 이틀째 되던 날, 양수가 터지고 진통이 시작된 지 9시간 만에 아기가 탄생했다. 출산에 대한 모든 불안했던 감정은 잊혀졌다. 맥없이 축 늘어진 배가 쭈글거린다. 출산을 끝내고 1시간 가량 침대 위에 누워 휴식을 취한 뒤 입원실로 옮겨가 미역국과 물김치로 간단히 저녁을 먹는다.

"6시간 이내에 소변을 보아야 하니 물을 많이 마셔야 합니다."

순환기는 순조로이 작동을 하고 있었고 불렀던 배는 꺼지지 않고 불룩 부른 상태다. 좌욕을 하고 열처리 치료를 받으면서 몸이 많이 풀렸지만 조심스럽게 누워서 시간을 보낸다. 아기와의 면회 시간이 되어 신생아실로 가보니 많은 아기들의 가족들이 신생아실 앞에 모여 서 있었다. 유리창 너머로 잠깐씩 비추어 주는 아기의 모습을 쳐다보는 것이 면회의 전부였다.

포대기에 쌓여 유리창으로 보여지는 아기를 보면서 가슴이 뭉클해지고 눈물이 핑그르르 돌았다. 아무도 아기의 출생을 축하해 주는 사람이 없었고, 찾아오는 사람도 없었다. 항상 나는 혼자였다. 즐거운 일이 생기거나 축하할 일이 생기거나 슬픈 일이 생길 때나 나의 감정을 표현할 상대가 없어서 항상 외롭게 혼자 씁쓸하고 쓸쓸함을 맛보면서 살아왔다. 내가 하는 일에 대해 항상 질책하고 반대하는 가족들은 정신적이나 물질적으로 아무런 도움이 되지 않았고, 나를 피곤하게 만들었다. 아기를 임신했을 때에도 가족들은 냉정하게 말할 뿐이었다.

"아기를 왜 낳으려고 하니? 아이를 낳아서 어떻게 키우려고 그러니?"

그들은 쉬쉬 하면서 탄생의 사실을 감추고 숨기고 거짓말들만 늘어놓는다.

병원에서 이틀 밤을 자고 퇴원하여 집으로 돌아온다. 엄마가 되었다는 설레임과 함께 아기와의 새로운 생활이 시작된다. 아기에게 우유를 타서 먹이는 일도 어설프고 아기를 안는 것도 어색한, 모든 것이 어설프고 서툰 엄마가 되었다. 육아에 관한 책을 읽어 가며 시간에 맞추어 수유하고 기저귀를 갈아 주고 책 속의 내용을 다시 확인해 가면서 아기를 돌본다. 첫 임신, 초보자 엄마에겐 출산백과와 육아를 위한 책이 커다란 도움이 되었다.

마른 울음으로 젖을 달라고 울어서 젖을 대어 주면 아기는 젖꼭지가 아프도록 강하게 빤다. 젖꼭지가 떨어져 나갈 것처럼 아팠고 피멍이 생겼다. 아무런 기능도 할 수 없는 생명체가 생존하려고 젖을 빠는 힘은 놀라우리 만큼 강한 것이었다. 젖이 잘 나오지 않아 젖을 말리고 우유를 먹이기로 한다. 다양한 배냇 표정을 짓는 얼굴만 쳐다보아도 마음이 평화로와지고 신비스럽게 느껴진다.

출산 후 쑥 말린 것을 적당량 냄비에 넣고 물을 넣어 1시간 정도 끓인 후 대야에 담아 변기에 걸쳐 놓고 앉아 뜨거운 쑥향의 열기로 수술 부위에 쏘여 주었더니 온몸에 땀이 흐르면서 시원했다. 산후 조리를 위한 좋은 치료법이었다. 10일 후 병원에 가서 검진을 하니 수술 부위가 잘 치유되어 가고 있고, 산후 회복이 정상적이라고 의사가 말해 준다. 3주 후 아기는 눈을 빠끔히 뜬다. 입술의 모습도 갖추고 몸에 힘을 준다. 탯줄이 떨어진 자리에 배꼽이 생기고 말랐다.

영롱하고 까만 눈동자
티없이 맑은 눈동자
투명한 눈망울
꽝-하는 굉음에 놀라
빠알갛게 변하고,
새하얗게 질리고,
거짓없이 변하는 얼굴색
물속의 금붕어처럼
입술을 오므리고 뻐끔거린다.
세상에 나온 것이 너무나 피곤한 듯

하품을 계속한다.

찡그리는 표정

하하 거리며 웃고

오물거리면서

얼굴의 근육을 묘상하게 만든다.

잘 듣지도 못하고 움직이지도 못하면서

눈의 초점을 맞추려고 마구 움직인다.

생명의 유지를 위해

삼켜 버릴 듯이

젖꼭지를 빨아대는 놀라운 힘

생명의 신비였다.

엄마를 찾을 땐

으앵-하고

확실한 울음소리로

목청껏 운다.

빠알갛던 얼굴이 새하얗게 질리도록 울어 댄다.

때묻지 않은 깨끗한 모습

발가벗은 아기의 몸은

아직 사람처럼 보이지 않는

쭈글쭈글하고 구겨진 모습

옷 속에서 자그마한 몸이 빙빙 돌고

조금만 자극을 주면

새우처럼 오그라든다

팔, 다리, 몸통이 주먹만해진다.

의젓해 보이는 얼굴
누구를 닮았을까
아기의 모습에
눈을 떼지 못한다.

"하나님, 이 험한 세상에서 잘 자라도록 이 아기를 지켜 주세요."

처음 아기의 낯설은 모습에 엄마와 자식이라는 의무감으로 애정 어린 손길을 주면서 의식적으로 돌보아 주었는데 젖을 먹이고 우유를 먹이고 목욕을 시키고 오줌, 똥을 가려 주고 우는 것을 달래고, 오물거리는 모습, 찡긋이 찌그리는 표정, 맑게 웃는 모습, 혓바닥을 낼름거리는 배냇 표정을 보면서 가슴속 깊이 사랑이 싹트기 시작한다. 꼬옥 품에 안는다.

두 달이 지났다. 울기만 하던 아이가 가끔 '우-아' 하고 소리를 내고, 옆에서 소리를 내어 자극을 주면 방긋이 웃는다. 천장에 모빌을 달아 주었더니 신기한 듯 응시한다. 다리에 힘을 주면서 팔딱거리며 발버둥을 치면 이불이 벗겨져 나간다. 자그마한 몸에 점차 살이 오르고 흐물거리던 몸이 조금씩 굳어 가고 배냇옷 밖으로 작은 발가락, 작은 손가락, 연한 발톱과 손톱이 빠끔이 나온다. 목을 가누기 시작하지만 조심스러워 손으로 목을 받쳐 준다. 하얀 눈이 내려, 아기를 안고 밖에 나가 상쾌하고 차가운 공기를 마시면서 산책을 한다. 방긋방긋 잘 웃으면서 '꼬-꼬-으-에-에'하고 옹알이를 제법 많이 하고, 꼬물거리며 눈을 비비고 얼굴을 돌려 가면서 온몸을 뒤튼다. 백일이 되면서부터 누워만 있던 아기가 앉혀 달라고 등을 세워 이불로 등받이를 만들어 기대어 앉혀 놓는다. 몸 동작이 커져 갔고 눕혀 놓으면 오른팔을 축으로 뒤집기도 하고, 움직이려 하다가 잘 움직여지지 않으면 찡얼댄다.

6개월째. 배냇머리를 빡- 깍아 주었다. 쉬지 않고 꼬물거리고 팔을 뻗어 손가락으로 장난을 하면서 응시하고 물체를 잡으려고 손을 뻗는 모습이 참으로 귀엽다. 눕혀 놓으면 발딱 배를 깔고 뒤집는다. 앞으로 움직여 나아가려고 하다가 움직여지지 않으니까 엉덩이를 위로 치켜들고 발로 밀어 조금 앞으로 밀려 나가게 하면서 뒹굴고 또 뒹구는 동작을 반복하더니 제법 기는 동작이 활발해진다. 아랫 잇몸에서 하얗게 앞니 두 개가 나왔다.

7개월이 되자 조금씩 엎드려서 기어다니고 혼자 앉기 시작한다. 인형을 놓고 음악 소리를 틀어 주면 인형을 집으려고 기어온다. 단계적으로 발육과 성장에 도움이 되도록 기어다니는 훈련을 시킨다. 구석구석을 기어다니면서 보이는 물건들을 만져 보고 손을 뻗어 잡는다. 티없이 맑고 밝은 아기는 건강하게 자라고 있다.

　8개월째. 항상 엄마가 곁에 있어서 그런지 잠시도 떨어지려고 하지 않고 엄마가 옆에 없으면 목청껏 울어 댄다. 머리 표피가 굳어지면서 머리 위에서 팔딱거리는 숨쉬는 움직임이 약해진다. 기는 행동이 운동 효과가 있고 뇌의 발달에 좋다고 해서 주로 기어다니도록 한다. 기는 행동이 익숙해짐에 따라 앉는 모습도 안정이 되고 보행기에 앉혀 놓으면 왔다갔다 하고 팔딱팔딱 뛰려고 한다. 보행기를 별로 좋아하지 않는다. 손을 붙잡아 주면 다리에 힘을 주고 일어선다.

　9개월째. 혼자서 물건을 붙잡고 매달리면서 일어선다. 보이는 것은 전부 만져 보고 싶어하고, 손으로 만져 보고 잡아 보고 건드려 본다. 장난감이나 물건들을 입에 넣지 않아 기특했다. 물건을 붙잡고 일어서는 것이 재미있는지 자꾸 붙잡고 선다. 혼자 서도록 일으켜 세워 주면 주저앉아 버리곤 하더니 돌이 지나고 2주가 지나자 혼자 선다.

　14개월째. 태어나 처음으로 혼자서 두세 걸음을 옮겨간다. 하루에 소변을 10회~12회 하던 것이 6회~8회로 줄어들었다.

　16개월째. 식탁 의자에 앉기 시작한다. 밥풀이 여기저기 흩어지고 떨어지지만 혼자 숟가락으로 먹으려고 한다. 부정확한 발음으로 한두 단어 이야기한다.

18개월째. 손을 붙잡고 층계를 걸어 내려가기 시작한다. 여름이 되어서 물에 적응시키기 위해 수영장에 데리고 갔다. 품에 꼬옥 안고 물속에 잠기면 좋아하고 물속에서 겁없이 팔다리를 움직이며 논다. 9시에 자고 6시에 일어나서 낮에는 2~4시 사이에 낮잠을 잔다. 레고와 아기 인형을 사 주었다.

신문에서 신동, 영재들이 18개월, 20개월부터 한글을 읽는다는 기사를 읽었다. 뇌 세포는 태어나면서부터 계발을 시키는 대로 지적 능력이 향상되고 감성의 변화를 환경에서 받는다고 한다. 아기들의 두뇌 계발을 위한 놀이기구와 학습지가 많이 있었고 조기 교육 기관들이 많이 있었지만, 매일 배달되는 학습지는 생각만 해도 질린다. 초등학교에 입학하면 대학 졸업 때까지 획일적인 교육을 받게 되는데 유아 때부터 교육기관에 보내고 싶지 않았고, 아직 분별력도 없고 의사 표시도 할 수 없는 아이를 엄마만큼 사랑하며 교육시킬 사람은 없다. 엄마의 사랑과 정성으로 혜영이를 키우기로 마음을 다진다.

두뇌 계발을 위해 숫자와 언어를 가르친다. 숫자 카드를 만들어 보여 주면서 1, 2, 3, 4, 5…… 소리내어 숫자를 인식시키고 숫자를 구분하게 한다. 카드에 한글 자음과 모음, 글자를 써서 보여 주면서 기역, 니은, 디귿…… 발음을 해 주고 품에 안고 카드를 보여 주고 소리를 자꾸 들려 주고 반응을 본다. 영어

알파벳도 A, B, C…… 하나씩 보여 주며 발음을 들려준다. 아이는 아무런 반응을 나타내지 않았고 싫다고 거부하지도 않고 가만히 있어서 글자를 구분하는지 확인할 수는 없었지만 꾸준히 매일 품에 안고 보여 주고 읽어 주면서 반복한다. 매일 밤 잠이 들기 전에는 침대 옆에서 동화책을 읽어 주었다. 동화책 이야기 속에 묘사된 이야기는 현실 사회 속에서 발생 가능한 실제적인 사건들의 이야기들을 쉽고 예쁘고 귀엽고 부드럽고 즐겁게 꾸며 가며 간접적인 방법으로 전개한다. 사랑과 모험, 실존적인 문제, 질투와 증오와 욕심, 선과 악의 싸움, 충고 속에 깔려 있는 음모와 함정, 심리적인 욕망과 갈등, 모든 인간들 사이에서 벌어지는 문제들을 간결하고 아름다운 문체로 은유적이고 상징적으로 표현하여 이야기해 주면서 삶의 지혜를 깨우치게 하는 이야기들이 많았다.

태어난 아기는 자연의 섭리대로 누워서 뒤척이다가 앉고 기고 걷고 말하고 뛰면서 단계적으로 신체적 성장을 해 간다. 아기가 유아가 되고 어린이가 되어 가는 과정에서 신체적 변화, 심리적 변화를 겪어 가며 지적 호기심을 갖기 시작하고 사물에 대한 관심이 높아진다. 자연스럽게 신체의 성장이 진행될 때 두뇌와 정신에 자극을 주는 — 따뜻하고 아름답게 묘사하여 귀결시키는 — 그림 동화책을 읽어 주면서 상상력을 계발시키고 생각하는 동기를 부여해 주고 꿈을 키워 주고, 새로운 놀이를 경험시키면서 성장해 가는 어린아이들에게 직접 또는 간접적으로 신체적 경험을 주고, 마음과 정서가 안정되도록 쾌적한 환경을 만들어 준다.

23개월째. 일어나는 시간과 잠자는 시간이 조금씩 변화되면서 낮잠을 자지 않으려고 한다.

24개월째. 무릎 위에 앉아야 음식을 먹던 아기가 식탁에 마주 앉아 음식을 먹고, 품에서 떨어지려 하지 않았는데 이제는 제법 혼자서 논다. 인상적인 것을 보면 '와-와' 하며 감탄한다. 어쩌다가 한번 고집을 부리면 뜻이 관철될 때까지 목청 높여 우는 경우도 있었지만 선하고 말을 잘 듣는 온순하고 순수한 아이라서 하고 싶어하는 일을 하도록 허락했고 품에 꼬옥 안아 주면 곧 평화스러워진다.

25개월째. 아기의 태도와 반응을 살펴 가면서 무리하지 않고 서두르지 않으면서 가르치고 돌본다. 많이 안아 주고 신체 접촉을 많이 해 주고 행한 일에 칭찬을 많이 해 주었고, 표현하려는 의도를 세심히 받아 주면서 감정을 편하게 해 주었다.

27개월째. 저녁 7시에 취침하여 아침 7시에 일어나고 낮잠을 자지 않는다. 문의 손잡이를 잡고 열기도 하고 닫기도 한다. 서툴지만 젓가락으로 음식을 집어 먹는다.

28개월째. 오랜 시간 글자를 보여 주고 읽어 주어도 별로 반응을 하지 않던 아이가 ㄱ에서 ㅎ까지 구분하여 발음을 하고 글자를 보고 소리를 내어 읽기 시작한다. 글자에 눈을 뜨기 시작한다. 알아듣는 단어들을 카드에 써서 보여 주고 읽어 주었더니 빠르게 익혀 갔고, 책에 흥미를 갖고 지적 호기심을 나타낸다.

30개월째. 말을 하기 시작한다.

"밥 줘, 안아 줘, 산책 가, 버스에 바퀴가 있다, 새가 훨훨 날아간다."

층계를 혼자서 걸어 올라가고 내려간다.

31개월째. 한자를 가르치기 시작한다. 카드에 한자를 써서 번복하여 보여 주고 읽어 주면, 한자를 보고 음을 기억해 읽는다. 많은 것을 많이 가르치려는 의도가 아니라 보고 읽고 잊어버리더라도 언어에 대한 적응 능력과 뇌를 훈련시키고 자극을 주기 위한 의도였다.

33개월째. 혼자서 옷을 벗고 입기 시작한다. 노래를 따라 부른다.

34개월째. 잠을 잘 때는 침대 옆에서 책을 읽어 주고 옆에 같이 누워 있어야 잠이 들었다. 혼자서는 잠들지 못했는데 엄마 목소리로 책을 읽어 주고 나면 혼자 잠을 자기 시작한다. 컵으로 우유를 마시기 시작하고 젓가락을 사용한다.

39개월째. 하나의 낱말만을 보고 읽던 아이가 문장 속의 글을 읽기 시작한다. 영어는 두 음절, 세 음절의 짧은 단어만을 발음하더니 조금씩 짧고 단순한 문장을 따라 읽는다. 어렵고 힘들면 소리내어 울면서 거부한다. 한순간도 쉬지 않고 움직이고 손 동작, 몸 동작을 하면서 재롱을 피운다. 세발 자전거를 타면서 운동을 한다. 전혀 때묻지 않은 순수한 아이의 눈망울과 웃음소리. 온순하고 마음이 여리다. 선하고 선한 아기에게 험하고 악한 모습의 현실 세계의 커튼을 열어 주기가 두렵다.

"이게 뭐예요?"

끊임없이 묻고 또 묻고 또 물으면서 똑같은 질문을 계속한다. 난 대답하고 또 대답하고 또 대답한다. 아기의 손과 발이 되어 주고 끊임없이 요구하는 것을 애정과 사랑으로 돌보아 주어야 했고, 어머니가 되어 가면서 성인의 경지를 터득해 갔다. 아기에게서 눈을 떼지 않고 무료한 시간이 되지 않도록 공을 굴려 주고 던져 주고 레고를 쌓아 주고 시각, 촉각에 자극을 준다. 단순한 놀이는 아기에게 즐겁고 재미있지만 나에게는 지루하고 싫증나는 놀이가 된다. 잠시 쉬고 싶고 혼자가 되고 싶을 때도 있고 짜증이 나기도 하고 귀찮아지기도 한다. 24시간 함께 생활하면서 감정의 한계를 느껴 화가 나고 때려 주고 싶고 격리시켜 놓고 싶을 때도 있지만 웃으면서 자상하게 대해 주었다. 엄마의 웃는 얼굴을 보면서 좋아하고 웃는 아기를 보면서 피곤하고 짜증스러운 순간의 감정을 극복할 수 있었다.

언성을 높여 야단을 치더라도 절대 욕설을 하지 않았다. 하는 행동이 옳지 않을 때는 야단을 쳤지만 아직 할 수 있는 능력이 되지 않고 분별력이 없어 할 수 없는 일이 많았기에 질책할 수 없었다. 밥을 먹을 땐 입 속에 음식을 넣고 천천히 씹으면서 놀이를 하면서 음식을 먹어서 2시간씩 걸려 먹는다. 밥을 늦게 먹는 버릇을 고치려고 했지만 고쳐지지 않는다. 나의 정신과 육체와 시간을 희생하여 아기를 키운다. 정서적으로 안정되고 인성이 올바르게 자라는 아이는 지적인 성장을 해 가면서 하나씩하나씩 인지 능력이 생겨나고 발전된 태도를 보인다. 소중하고 가치있는 일이었다.

41개월째. 한글과 한자와 영어를 무리하지 않도록 조금씩 꾸준히 보여 주고, 읽혀 주고, 읽도록 시키고, 싫증내지 않도록 재미있는 표정과 다양한 억양으로 변화를 주고 즐거운 분위기로 이끌어 가면서 가르친다. 한글 낱말들을 제법 읽기 시작한다. 알파벳을 읽으면서 언어적인 혼동없이 한글과 영어를 구분하며 읽는다. 하나의 단어를 가르쳐 익히는 데 오랜 시간이 걸렸다. 이 수많은 언어를 배우기 위해 얼마나 많은 시간이 필요하게 될지 걱정을 했는데 단어를 터득하기 시작하면서부터 글에 대한 호기심과 글을 터득하는 속도는 놀라우리 만큼 빨랐다.

헬렌 켈러가 모든 생활에 저항하고 반항하고 싫어하고 아무리 가르쳐도 어둠을 탈출하지 못하다가 펌프에서 뿜어 나오면서 그녀의 손을 적시는 것이 물이고 물이라는 단어로 명명한다는 것을 이해하고, 단어들이 물건을 지시하는 가장 중요한 이름이라는 것을 이해하기 시작한다. 이때부터 배움에서 환희를 느낀 헬렌 켈러는 열정적으로 공부하고 배워 가면서 기적적인 성장을 하게 된다. 혜영이도 단어가 무엇인지를 이해하기 시작하면서부터 언어 습득 능력에 가속도가 붙고 이해 속도가 빨라졌다. 영어는 책을 읽어 주면 단어들이 반복되어 나오고 생활에 적용되고 응용이 되어 영어의 흐름이 파악되고 흥미를 느껴 가면서 실력을 쌓아간다. 그런데 한자는 글자를 보고 외워야만 되고 생활에 적용이 되지 않아 기억했던 한자를 자꾸 잊어버린다. 계속 공부하면서 기억했던 글자를 잊어버리자 소리지르며 울면서 힘들어하고 어려워해서 곧 중단시킨다.

엄마의 품속에서 편안해 하고 품속이 전부라고 생각하고 품안으로만 들어온다. 품에 안기려 하면 포근히 안아 준다. 엄마를 중심으로 반경 3m 안에서만 지내던 아이가 점차 움직임이 커지고 행동 범위가 넓어지고 활동의 변화를 원한다. 책을 읽어 주고 한글과 영어를 가르치면 조용히 앉아서 보고 듣고 배우면서 시키는 대로 순종하며 움직여 주었는데, 이제는 공부를 하려고 하면 산만해지고 다른 놀이를 하자고 요구하며 행동에 변화가 생긴다. 엄마가 주는 영양의 공급만으로는 아이의 욕구가 채워지지 않는 것을 알게 되었고, 엄마와의 생활이 포화 상태가 되어 갔다. 아이의 관심의 폭이 커져 가고 주관적인 생각을 표현하기 시작한다. 환경의 변화가 필요해지고 활동의 영역을 넓혀 주어 새로운 경험을 해야 할 때가 되어서 유치원을 찾아본다.

걱정마. 너를 위해 살아낼게

다리에 힘이 없어지고 관절이 약해져 움직임이 무겁고 힘이 들고 팔 힘이 약해진다. 맥없이 풀어지는 뼈마디들이 퇴화되는 듯했고, 죽은 시체 같은 육신이 노여움으로 떨린다. 나는 이대로 소멸되는 것인가? 가끔 어지러워지고 현기증이 나고 머리가 아프다. 기운이 없고 의욕이 없다. 세계는 변화하고 번영하고 풍요로운데 나는 죽음의 그림자 속에서 파멸을 향해 살아가고 있다. 머리가 터져 미칠 것만 같다. 비아냥거리는 웃음소리가 울려 퍼진다. 하-하-하-하-하-핫- 나는 무기력해지고 조금씩 몸이 마비되는 것을 느낀다. 다리가 90도 각도로 굽혀지지 않고 팔 굽혀 펴기를 10번밖에 할 수가 없다. 뼛속까지 아프고 힘이 없어지고 자꾸 눕고 싶고 잠자고 싶다. 공포와 절망, 두려

움의 시간들, 질식할 것 같은, 숨이 막히는 듯한 짓눌리는 감정
을 피할 수 없다.

예술이 전부였던 나는 서둘러야 할 것 같았고, 빨리 뛰어가
서 빨리 성취하고 싶어서 뒤돌아보지도 않고 억척스럽게 달려
왔지만, 학교 졸업 후 서울에 귀국하면서부터 오늘까지 집 주
위만을 맴돌며 침대 위에서 잠만 자면서 매장되어 가야만 했
다. 사람들은 욕설을 들은 대로 입에서 입으로 욕설을 옮기고
폭언을 반복하면서 나를 향해 침을 뱉고 욕을 하는 것이 일상
생활화되어 있었다. 예술만을 위한 생각과 사고만을 하면서 살
아오던 나는 이러한 극한 상황에 지쳐서 나약해졌고 그대로 쓰
러지도록 스스로를 방관하고 있었다.

아기의 잠든 얼굴을 응시한다.

"하나님, 나의 아기가 크고 훌륭한 사람으로 성장할 수 있도
록 지켜 주세요."

제대로 움직이지도 못하는 아기를 황폐해진 가슴에 안고 기
도하며 체온을 전달한다. 가슴은 뛰고 있었고 따뜻했다.

자신의 모습을 유지하기 위해서는 끊임없이 노력하고 자극을
받아가며 생활을 해야 한다. 내가 없으면 이 아기는 어떻게 될
까? 자기의 몫을 해 나갈 수 있을 때까지 제대로 사랑하면서
키워야 한다는 의무감과 책임감에 눈을 뜬다. 10년간 고통과

고립된 생활을 하면서 의욕을 상실하고 생기를 잃어버리고 기운을 잃고 몸이 무거워졌는데 새로운 생명체를 보면서 모성애를 느끼고 정신이 맑아진다.

육체의 회복을 위해 운동을 시작한다. 줄넘기를 하면서 쇠약해진 몸의 체력을 회복하려고 노력한다. 오랜 시간 움직이지 않고 집안에서 뒹굴기만 했던 육체는 움직이기 힘들 정도로 마비 상태였다. 혜영이를 낳아 키우면서 살아야 한다는 의지로 운동을 하기 시작했다. 매일 천천히 달리기를 하지만 오랜 세월에 걸쳐 굳어진 뼈와 근육은 쉽게 회복되지 않는다. 뼛속까지 저리고 아파서 움직이는 것이 괴로웠고 관절의 통증과 허리의 심한 통증은 몸의 통증을 더욱 가중시켰다. 산달이 가까워지면서 아기의 무게에 눌려 척추뼈 사이의 물렁뼈가 한쪽으로 눌려져서 허리에 통증이 심했다. 매일 굵은 소금을 뜨겁게 볶아서 두꺼운 헝겊에 쌓아 허리에 깔고 열찜질을 하면서 물리치료를 한다. 층계를 걸을 땐 다리가 무겁고 아프고 70살의 신체 나이를 체험한다. 무겁고 느린 몸을 질질 끌면서 이빨을 깨물면서 육체적, 정신적 고통을 회복하기 위해 움직이고 운동한다.

건강할 때는 운동이 신체에 주는 영향을 전혀 몰랐지만 몸이 쇠약해졌을 때 운동이 몸에 끼치는 영향이 얼마나 중요한 것인지 깨닫게 되었고 매일 1시간씩 운동을 한다. 꾸준히 한다는 것이 얼마나 중요하고 필요한 것인지 터득한다. 꾸준히 하면서 능력이 계발되고 하나씩 껍질이 벗겨지고 실력이 향상되어 새로운 통찰력이 생기고 발전되어 간다.

혜영이를 사랑으로 키우면서 집 안에 갇혀 있다는 것을 느끼지 못할 정도로 빠듯한 하루하루의 일과를 보내며 생활한다. 청소를 게을리해서 먼지가 뽀얗게 쌓여 있는 집 속에서 숨쉬고 잠을 자고, 한꺼번에 많은 음식을 해서 냉장고에 넣어 두고 배가 고프면 꺼내 먹으면서 불규칙하고 암울한 생활을 하던 나는 구석구석 먼지를 닦아 내고, 밥을 하고, 음식을 만들고 하루에 3번 식사를 하고, 규칙적인 생활을 하면서 엄마로서의 일상생활을 시작한다.

혜영이의 성장과 끝나지 않은 나의 노래

5년 4개월째. 혜영이가 유치원 가는 첫날이다. 유치원에 간다고 흥분되고 긴장되어 아침 6시 30분부터 일어나 왔다갔다 한다.

"엄마, 빨리 유치원에 가요."

엄마하고 집에서 닫혀 지낸 5년 동안 잘 커 주었다. 엄마 혼자의 능력과 기능은 한계가 있었고, 이제는 문을 열고 밖으로 나가서 사회 생활을 시작해야 할 때가 되었다. 같은 또래의 다양한 아이들과의 사회 경험에서 다른 것을 보고 느끼고 배우면서 커 가야 한다. 집을 떠나 예쁘고 아담한 유치원의 새로운 환경에서 같은 또래의 아이들과 어울려 지내게 되는 새로운 단체 생활은 혜영에게 커다란 사건이었고 흥분되고 즐거운 일이었다.

유치원은 밝고 깨끗한 환경이었고, 선생님들은 아이들을 편하고 친절하게 대해 주어 마음이 놓였다. 새로운 생활에 젖어드는 아이의 모습이 대견스러웠다. 유치원 마당에는 놀이기구들이 많이 있었다. 놀이터에서 놀아 본 적이 없던 혜영이는 처음에는 조금 망설이다가 한번 시도해 보고, 할 수 있다는 느낌이 들면 놀이기구에 조심스럽게 올라가고 내려가면서 뛰어논다. 유아기 때부터 유아방을 다니고 그룹으로 조기 교육을 받은 아이들은 친구들과 잘 어울려 놀았고 재빨리 움직이면서 놀이기구를 능숙하게 타고 노는데, 혜영이는 친구 사귀는 일이 서툴러 다른 아이들과 섞여서 놀지 못하고 혼자서 유치원 방에 있는 놀이기구들을 가지고 논다. 지적 훈련을 중점적으로 교육시킨 반면 신체 훈련이 미흡해서 다른 유아들에 비해 신체 활동 능력이 다소 느리고 체력이 딸렸다.

　유치원이 끝나면 유치원 마당에 있는 놀이기구를 타면서 마음껏 뛰어놀게 하고 활발한 신체 활동을 하면서 즐거운 생활을 하도록 놀이 시간을 주었고 충분한 휴식을 시킨다. 키가 쑤욱 자란다. 같은 또래의 아이들과 어울리며 공통적인 언어를 구사하고 서로의 행동을 보고 모방하면서 사회성을 익히고 다양한 놀이들을 통해 즐거운 시간을 보낸다. 선생님의 가르침에 따라 인사하는 법, 정돈하는 법, 물건을 건네 주는 법, 혼자서 시간

내에 밥을 먹는 법, 의자에 앉아 이야기 듣는 법, 기초적인 예절을 하나씩 배우면서 올바르게 커 가고 허물을 벗어 나간다.

언어의 표현력이 짧아 의사 전달을 하지 못해 걱정이 되었는데 어느새 말을 하기 시작한다. 연약한 싹들이 자라는 모습은 아름답고 경이롭다. 엄마에게 항상 의존적이고 기대려고 하고 놀이에 끌어들여 함께 놀자고 하고 옷자락을 붙잡고 놓지 않던 아이가 혼자서 놀며 항상 방긋이 웃는다. 희생과 고통 없이는 보람과 사랑을 얻을 수 없다. 사랑이 있기에 기쁨이 있고, 아침에 일어나면 시간에 이끌려 가는 것이 아니라 시간을 이끌고 갈 수 있었다. 이름표를 웃옷 아래 쪽에 달아 주었더니 또박또박 말한다.

"친구들이 혜영이의 이름을 잘 읽을 수 있도록 이름표를 위쪽에 달아 주세요."

엄마의 사랑과 보호만을 받으며 혼자만의 세계에서 살아오다가 처음으로 다른 아이들과 뒤섞여 놀며 다른 아이들을 의식한다. 아이들과의 마찰이 어떻게 표현되고 어떤 반응을 나타내고 어떻게 해결해 나갈지 궁금했는데 자신의 생활에 충실하고 정서가 안정된 혜영이는 별다른 감정적 갈등을 겪지 않고 유치원 생활을 해 나갔다. 엄마 품에 있을 땐 동적이고 활달하다고 생각을 했는데 단체 속에 있으니까 조용하고 정적이고 고지식할 정도로 선하고 충직한 아이였다. 혜영이와 같이 놀자고 기다려 주는 아이들은 없었다. 아이들과의 관계가 쉽게 열려지지 못해 주로 혼자서 놀았다. 4, 5세의 아이들은 자신들의 모습밖에 보지 못하는 시기였다. 처음으로 같은 반 친구인 민경이 집을 방문한다. 실내를 아담하고 예쁘게 장식해 놓은 집이었다.

"여기가 너의 집이니?"

혜영이가 처음으로 친구에게 한 말이었다. 장난감으로 가득 채워져 있는 구석방에서 둘이서 노는 모습은 요정들 같았다.

혜영이는 집에 돌아와서 부러운 듯이 말한다.

"민경이처럼 예쁜 집에서 살고 싶어요. 예쁜 집에서 사는 것이 중요해요."

"예쁜 집보다는 예쁜 마음이 더 중요하고, 훌륭한 인격이 있는 사람으로 크는 것이 더 중요해. 겉치장은 언제든지 바꿀 수 있지만 인간 됨됨이는 쉽게 바꾸어지지 않아. 우선 마음을 풍요롭게 키워 가자."

아이의 마음에는 엄마 말의 의미가 제대로 전달되지 않은 듯싶었다. 처음에는 아이들의 이름을 보고 책을 읽어 내듯 이름만을 부르더니 아이들의 모습에 익숙해지고 친구와 놀고 싶어한다.

5년 8개월째. 여름방학이 곧 시작된다. 단어와 문장을 익히고 영어 동화책을 읽어 주면서 영어 공부를 해 왔는데 단일한 영어 학습 방법이 진부해졌는지 조금씩 싫증을 내기 시작한다. 한 단계 올라가기 위해서 학습 방법에 변화가 필요했고, 다른 방법의 지도를 통해 흥미를 주기 위해서 방학 동안 영어학원에 보내기로 결정한다. 소규모의 깔끔한 분위기의 학원이었다. 영어학원에서 반을 배정하기 위해 선생님이 인터뷰를 하는데, 심한 긴장감으로 혜영이의 얼굴이 붉어지고 가슴이 두근거리는 소리가 들려온다. 선생님이 영어로 물어본다.

"What color is it?"

"……."

"대답을 해야지."

"머릿속에 아무 생각이 나지 않아요."

자그마한 소리로 말하면서 대답을 전혀 하지 못한다. 그래서 영어책을 읽게 하고 번역을 시켰더니 잘해 주어서 무난하게 반 배정을 받았다. 선생님은 캐나다 사람이었고 단순하고 쉬운 영어로 말하며 가르친다. 새로운 환경의 영어학원은 혜영이에게 좋은 경험이 되었고, 학원에 가는 일이 신이 나고 즐거운 일과가 되었다. 선생님이 하는 단순한 말들을 그대로 따라 흉내 내고 모방하면서 쉬운 문장의 이야기를 하기 시작하게 되었고, 선생님에게서 배우면서 즐거워하고 영어에 다시 흥미를 느끼기 시작한다. 영어 조기 교육을 권장하고 있어서 많은 어린아이들이 유아 때부터 영어학원을 다니고 있었고, 6, 7세의 나이에 상당한 수준의 영어 실력을 갖추고 있었다. 새로 시작하는 일에는 자신 없어 하고 자신 없는 일에는 무서워하고 겁이 많았지만 한번 시도하여 할 수 있다는 것을 깨닫게 되면 적극성을 나타낸다.

5년 10개월째. 새로운 환경의 영어학원에서 캐나다 사람인 영어 선생님을 만나 공부를 하면서 영어를 듣고 말하고 이해하는 능력이 생겼다. 카세트를 틀어놓고 들으면서 책을 읽고 노래를 부르고, 단순한 문장의 질문에 단순한 문장으로 대답을 한다. 한계를 느끼고 있던 침체기를 벗어나고 한 단계를 뛰어넘었다. 피곤하고 힘들면 짜증을 낸다. 유치원 선생님의 행동과 말을 흉내 내기도 하고, 카드 놀이, 엄마 놀이, 선생님 놀이, 병원 놀이, 가게 놀이, 은행 놀이를 즐겨 한다. 노래를 부르고 그림을 그리고 폐품을 이용해 장난감을 만들어 가지고 논다. 끊임없이 이야기를 하면서 노래를 부르고 혼자 놀이에 몰입해서 잘 놀다가 지루해지면 "엄마, 함께 놀아 주세요." 한다. 조금만 함께 놀아 주면 다시 혼자 잘 논다.

불안해지면 엄마 품에 안기고, 야단 맞은 후에 안기고, 엄마가 그리우면 따뜻하고 좋다면서 품에 안기고 사랑이 전해진다고 뽀뽀를 한다. 9시에 자고 7시 30분에 일어나는 규칙적인 생활을 시키고 규칙적인 생활 습관을 키워 준다. 어른이 되면 불규칙적인 생활을 해야 할 때가 생기기 때문에, 어린 시절에는 규칙적인 생활로 하루를 효율적이고 건강하게 지내게 한다. 친구들과 노는 것을 보면, 선두에서 이끌어 가려고 하지 않고, 친구들을 동등하게 대하고 상대를 배려해 준다. 엄마로부터 보고 배운 언행을 친구들에게 행한다. 함께 편하게 놀아 주는 친구와 잘 놀고 욕심을 부리지 않는다.

6년째. 엄마에게 순종만 하던 아이는 자기의 주장과 뜻이 생기고 의사를 표현한다. 성격이 구김없이 밝고 맑고 마음이 여리고 따뜻하다. 욕심이나 시샘을 부리지 않고 투정을 부리지 않고 반항하지 않고 온순하게 자란다. 집에 돌아오면 유치원에서 보고 배운 생활을 자연스럽게 접목해서 다양한 형태의 놀이를 하면서 시간을 보낸다. 큰소리로 야단을 치면 무서워한다. 불쾌한 감정이 생기거나 야단을 맞아 기분이 힘들어지면 엄마 곁을 떠나 서로 다른 일을 하고 시간이 지나면 잘못된 감정을 곧 잊어버리면서 평상시의 모습으로 돌아온다. 야단을 치고 나면 꼬옥 품에 안아 준다. 잘못한 일을 야단치면 수긍하면서 눈물을 흘리거나 운다. 사고는 순간적으로 발생하고 나만이 피해자가 되고, 시간은 아무일도 없었던 것처럼 연속적으로 진행되기 때문에 이성적으로 판단하여 교육하고 실천한다.

6년 2개월째. 음식의 맛을 느끼기 시작한다.

"야! 맛있다. 이것 해 주세요. 저것 해 주세요."

상점을 지나가면서 인형들을 사 달라고 요구하면 사 주지는 않고 다정하게 이야기해 준다.

"가서 만져 보고 와. 엄마는 꼭 필요한 것은 사 주지만 꼭 필요하지 않으면 사 주기 싫어. 곧 쓰레기가 될 물건을 사는 것은 낭비야."

엄마의 말뜻을 이해하는 듯 진열되어 있는 인형을 만져 보고 구경하면서 만족해 한다. 욕구불만을 나타내지 않았고 물건에 대한 욕심을 부리지 않는다. 그러나 집에 있는 물건과 엄마가 사 준 물건에 대한 애착이 강하고, 작은 물건들도 소중하게 생각하고 아낀다. 가지고 놀던 장난감이나 인형, 물건들이 보이지 않으면 눈물을 글썽거리면서 찾고 절대로 버리지 못하게 한다. 자기의 물건이 없어지면 울면서 찾는다.

"엄마, 여기 있던 장난감 어디 갔어요?"

"장난감이 없는 다른 아이에게 주었어. 커 가면서 필요한 새로운 장난감들을 가지려면 공간이 필요하단다. 집 안에 모든 물건을 쌓아 놓을 수는 없거든."

수정처럼 맑은 동심을 가진 아이에게 상처를 주거나 거친 감정을 일으키지 않도록 온유하게 설명해 준다. 무엇이든지 만져 보고 싶어하고, 궁금해하고, 알고 싶어하고, 냄새 맡고, 다른 아이들이 하는 것을 보면 배우고 싶어하고, 해 보고 싶어하고 계속 물어본다.

6년 4개월째. 집에서 혼자서 노래 부르고, 비디오를 보고, 혼자 중얼거리면서 레고를 만들고, 동화도 읽고, 게임도 하고, 엄마에게 안기기도 하고, 뽀뽀도 하면서 시간을 보낸다. 나의 몸이 쇠약해져 아이의 부닥침이 힘에 겨웠다. 유치원에서 형님 반이 되었다고 선생님이 바뀌고 반을 옮긴 첫날이다. 혼자서 이빨을 닦겠다고 하고 옷도 혼자 입고 밥도 혼자 먹는다. 엄마에게 너무 의존해서 독립심이 결여되면 어떻게 할지 걱정되어 혼자 하라고 야단을 치기도 했는데 그렇게 의존적이던 아이가 스스로 해 나가려고 한다. 단계적으로 신체와 정신이 성장해 가고 왕성하게 두뇌가 계발되어 가는 것을 느낀다. 수면 시간 이 줄어든다. 아침 7시에 일어나고 9시에 잔다. 유치원에서 만 난 아이들을 만나면 목청껏 이름을 부른다.

스케이트를 가르친다. 선생님은 얼음 위에서 아이들의 발을 잡고 바른 자세로 밀어 주며 걸음마를 익히게 했고, 팔과 다리 의 동작을 하나씩 배워 가면서 아이들은 천천히 스케이트를 타 기 시작한다. 스케이트를 타면서 쓰지 않던 근육을 사용하게 되어 스케이트를 타고 집에 돌아오면 녹초가 된다.

6년 6개월째. 뛰어갈 때는 온 힘을 다해서 뛰어간다. 뛰다가 넘어지거나 부닥치거나 사고가 나면 어떻게 하나 걱정되어 조심스럽게 지켜본다. 온 힘을 다해 뛰어가다가 넘어져 무릎과 손바닥에 상처가 나서 피가 나고 아파서 운다. 배우고 싶어하고 경험하고 싶어하는 아이가 푸드덕푸드덕 날갯짓을 한다.

"너의 기량을 맘껏 펼쳐 봐. 엄마가 옆에서 보호하고 도와 주고 힘들면 잡아 줄께."

6년 7개월째. 스케이트 배우는 일을 중단시키고 피아노 학원에 보내 피아노를 가르친다.

6년 9개월째. 돌 지나면서부터 무더운 여름이 되면 수영장에 데리고 갔다. 2, 3살 때에는 품에 꼭 안고 물속에 들어가면 물을 전혀 의식하지 않고, 겁 없이 물속으로 들어가 발장구를 치면서 물속에서 움직인다. 4살 때는 물을 의식하면서 무서워하고 얼굴을 물속에 넣지 않으려고 한다. 그래서 발부터 물에 담그면서 물속으로 들어갔고, 물에 익숙해지면서 잠재되어 있던 기억이 되살아나 물속으로 들어가 잠수하기도 하고 발차기를 하면서 수영을 한다. 물을 무척 좋아한다. 잠수도 하고 누워도 보고 돌기도 해 보고 물속에서 재미있게 논다. 5살이 되자 발차기를 하면서 팔을 움직여 수영을 하기 시작했고 호흡을 가르친다.

6년 11개월째. 충분히 놀면서 휴식을 하게 한다. TV를 보면서 휴식을 취한다. 어린이 방송 시간만을 보여 주었고 만화 영화를 즐겨 본다. TV에서 본 행동을 모방하고 과학 실험을 보고 나면 실험을 따라 하고, 만들기 하는 것을 보고 난 다음엔 그대로 만들어 본다. 목욕을 하는 동안에는 장난감을 가지고 놀아야 했던 아이가 장난감이 없어도 목욕을 한다. 유치원까지 걸어서 40분 정도 걸리는데 걸어가면서 노래 부르고, 수수께끼 문제를 풀고, 이야기하면서 꽃을 꺾어 향기를 맡고, 풀을 꺾고, 뒤로 갔다 앞으로 갔다 뛰어갔다 걸어갔다 하면서 간다. 마음이 즐거워 보인다.

7년째. 엄마가 항상 일을 하고 있는 것을 보는 혜영이는 항상 무언가를 하고 있다. 책을 읽어 주고 공부를 지도해 주지만 같이 놀이를 해 주지 않는다.

"엄마, 함께 놀아 주세요."

"친구들과 놀 때는 친구들과 신나게 놀지만 혼자일 때는 혼자서 놀 수 있어야 해."

누구든지 만나면 반가워하고 좋아하고 무엇이든지 하는 일을 즐거워하고 좋아한다. 그렇지만 더 좋은 것이 있고 더 반가운 사람도 있다. 요정처럼 예쁘고 귀엽고 작은 아이는 마음도 예쁘고 아름답다. 소리만 크게 질러도 깜짝 놀라고, 무서워 떠는 마음이 여린 아이이다. 유아들은 소유욕이 강해 욕심부리고 돌발적으로 공격적인 성격이 나타나 폭력을 휘두르고 쉽게 짜증을 부리고 때를 쓰고 심한 고집을 부리는 본능적인 행동이 나타난다. 이미 아기들에게는 — 어른이 되면 이성으로 가리워지는 — 본능적인 성격이 형성되어 있었다.

다양한 성격의 친구들과 함께 놀면서 교제를 한다. 친구들과 노는 것이 혼자 노는 것보다 더 재미있다는 것을 알고 친구들과 놀고 싶어한다. 태교 때 음악을 거의 듣지 않아서 그런지 음악을 좋아하지 않고 노래 부르기를 싫어하더니, 유치원에서 노래를 배우기 시작하면서 노래를 즐겨 불렀고, 피아노를 배우면서 자연스럽게 음악을 듣고 집에 있는 장난감 피아노를 즐겁게 친다. 자신이 하는 일에는 성실히 하고 즐거워하고 집중한다.

인간의 본성은 선천적으로 선하며 나쁜 행위는 물욕에서 생겨난 후천적인 것이라고 주장하는 맹자의 성선설과 인간의 본성은 악하며 좋은 행위는 교육이나 학문, 수양 등 후천적인 작위에 의해 하는 것이라고 주장하는 순자의 성악설에 대해 친구들과 토론한 적이 있었다. 혜영이는 확실한 성선설의 본보기이다. 사람들은 태어날 때부터 선천적으로 본성을 다르게 갖고 태어난다는 것을 경험한다.

벌써 20년 전이 되었다. 20년 전 내가 펜실베니아대학에서 공부할 때, 학생들 사이에 컴퓨터의 중요성과 필요성에 대한 이야기가 많이 오고갔다. 그때부터 컴퓨터에 대한 호기심과 관심은 있었지만 컴퓨터를 구입할 수 없어서 도스 명령어를 배울 수 없었고, 컴맹이라는 딱지를 가슴에 붙이고 살아왔다. 혜영이가 점점 자라고 이제는 초등학교에 들어갈 나이가 되었다. 컴퓨터에 윈도우즈 프로그램이 계발되어 대중화되기 시작하고, 인터넷에 관한 많은 기사가 뉴스에 오르고, 인터넷이 생활화되어 가기 때문에 컴퓨터를 구입했다. 컴퓨터가 무엇인가? 그 안에는 무엇이 들어 있고, 어떻게 작동하는 것일까? 컴퓨터에 대한 열등감을 떨쳐버리고 싶었다. 아무런 사전 지식이 없었기 때문에 책을 구입하여 생소한 단어들을 여러 번 읽어 가면서 방법을 익히고, 실습을 하면서 시행착오를 겪어 가며 조금씩 기초적인 사용법을 배웠다.

혜영이가 많이 성장한 모습이 보인다. 혜영이의 손발이 되어 몸을 지탱시켜 주어야 했고, 시야가 좁아 항상 함께 행동을 해야 했고, 유치원에 보내 놓아야 나의 일을 할 수 있었고 기지개를 펼 수 있었다. 그런데 유치원 졸업 후부터는 스스로 혼자서 균형 잡힌 생활을 한다. 혼자서 심심해지지 않도록 피아노를 치기도 하고, 책도 읽고, 놀이도 하고, 만들기도 하고, 컴퓨터도 하면서 시간을 보낸다. 다양한 놀이를 하면서 시간을 보내고 한 분야만 파고드는 매니아적인 기질은 나타내지 않는다.

항상 태양이 떠오르고 봄은 돌아온다. 지구촌에서 무슨 일이 벌어지든, 나에게 어떤 일이 생기든지 때가 되면 항상 봄이 찾아온다.

3월 혜영이의 초등학교 입학식이 있었다. 새로운 초등학교 생활에 대한 기대감과 설레임, 호기심으로 가슴이 콩콩 뛴다고 한다. 첫 등교일이다. 조그마한 몸집에 가방을 어깨에 메고 30분 정도의 거리를 걸어서 학교에 간다. 교문 안으로 다른 아이들과 뒤섞여 교실로 들어가는 모습을 한동안 물끄러미 쳐다본다.

"혜영아, 너의 크고 높은 꿈을 향해 출발하는 거야!"

조금은 체력적으로 힘든 생활 같지만 항상 웃고 즐거워한다. 자그마한 유치원의 생활이 답답하게 느껴지게 되면서 넓은 운동장과 큰 건물의 초등학교에 문을 열고 새로운 쟝르로 들어간다. 내가 초등학교를 졸업한 이후 처음으로 초등학교에 가 보니, 내가 다녔던 시절의 초등학교와는 전혀 다른 좋은 시설이었고 깨끗한 환경이었다. 자그마한 빗자루 대신 전기 청소기가 있었고, 작은 마른걸레 대신 긴 자루가 달린 기름걸레와 물걸레가 있다. 점심시간에는 학급의 어머니들이 2명씩 급식 당번이 되어 교실에서 급식판에 밥, 국, 세 가지의 반찬을 아이들에게 나누어 준다. 30명의 아이들이 한 반에 모여 공부를 한다. 키가 중간 정도는 되는 줄 알았는데 반에서 5번째였다. 마음껏 혜영이가 학교 생활에 파묻혀서 즐겁고 알찬 생활을 할 수 있기를 바란다. 사랑받고 싶어하며 외로움에 몸서리치면서 살아오던 순간들을 생생히 기억하고 있는 나는, 내가 받고 싶어했던 사랑을 듬뿍 주면서 혜영이의 감정 변화에 적절하게 대응해 준다. 주변의 위험으로부터 보호해 주고, 순간순간 필요한 활력소을 제공해 주고 정성껏 돌보아 준다.

"혜영아, 엄마는 혜영이를 사랑해."

혼자 걷는 걸음이 다른 아이들에 비해 늦은 생후 14개월부터 시작하더니 이갈이도 늦게 시작되었다. 잇몸이 근질거리고 불편한 느낌이 든다고 이를 뽑아 달라고 계속 이야기한다. 조심스럽게 실로 이빨을 묶어 힘껏 잡아 뽑았더니 쉽게 뽑아졌다. 벌써 잇몸에서 새 이빨이 나오고 있었다. 뽑혀진 이빨에는 이 뿌리가 없었다. 혜영이는 신기한 듯 좋아서 빠진 이빨 사이로 혀를 내밀면서 장난을 한다. 모든 변화와 경험이 새롭고 신기한 것이었다. 내가 어렸을 때는 이빨을 뽑으면 "두껍아, 두껍아, 헌 이 줄게 새 이 다오."하면서 이빨을 지붕 위로 던졌는데 지금은 주택에 살지 않아서 그렇게 할 수가 없었다. 자그마한 상자에 뺀 이빨을 모아 놓기로 했다. 아침에 학교 가는 길가에는 민들레 꽃이 가득 피어 있다. 혜영이는 민들레 홀씨를 꺾어 후후 불면서 지나간다.

하루 시간표가 학과 공부만으로 꽉 짜여 있는 학교 생활에 힘들어한다.

"쉬는 시간이 되어야 숨을 한꺼번에 몰아서 쉴 수 있어요. 유치원이 더 좋아요. 노래도 부르고 게임도 하고 학교보다 더 재미있어요."

새로운 초등학교 생활에서 긴장감을 느끼고 유치원 생활을 그리워하더니 조금씩 학교 생활에 익숙해 간다. 학교에서의 새로운 경험은 행동과 생각에 변화를 주고 있었다. 생활의 기초적인 습관을 엄마에게 의존하고 있었는데 화장실에서 대변을 보고 나서 혼자 처리하고 혼자서 이를 닦고 세수하고 발도 닦으면서 단계적으로 아기 같은 버릇들을 고쳐 나간다. 부쩍 자란 모습이 보이고 체력도 많이 좋아지고 끊임없이 이야기하고 움직인다.

영어 학원을 1년간 다니면서 실력이 많이 향상되었는데, 같은 반에서 함께 공부하는 고학년의 학생들에 비해 영어 문장 쓰기가 느리고 매일매일 새롭고 빠르게 진행되는 학습 속도를 따라가는 데 힘들어하고 새로운 문법을 다루고 이해하는 데 어려워하고 한계를 느낀다. 영어학원을 끝내고 체육 센터에 보내 수영을 가르친다. 새로운 곳에 가는 첫째 날은 감정이 고조된 채 흥분 상태가 되어 즐거워한다.

"수영장에 가면 무슨 일이 생길까요? 궁금해요. 가슴이 쿵쾅거려요."

장마비의 영향으로 숨막힐 듯한 무더위는 한풀 꺾였다. 나는 체력을 회복하기 위해 달리고, 또 달린다. 용수철처럼 팔짝팔짝 튕겨 달려가는 혜영이를 보면서 생각한다.

'아직은 쓰러질 수 없어.'

이를 꽉 깨물며 무거워진 몸을 회복시키려고 힘겹게 달린다. 자전거 패달을 힘껏 굴리며 속력을 내면서 달려가는 혜영이를 뒤쫓아 뛰어간다. 혜영이는 헐떡거리는 나를 보고 웃는다. 말로 의사 소통이 되고 엄마의 감정이 전달된다. 엄마가 웃어야 편안해 하는 혜영, 힘들면 엄마 품에 안겨 피로를 풀고 뽀뽀하면서 엄마의 모든 것을 좋아하는 혜영, 소리만 질러도 무서워서 바르르 떠는 혜영은 솔직하고 정직하다.

영어를 중심으로 어학 공부만을 해서 수학 공부를 하기 싫어하더니 초등학교에서 수학 공부를 하면서 수학에 관심을 나타낸다. 덧셈, 뺄셈의 계산을 하기 싫어하지만 응용 문제나 기초적인 새로운 영역의 문제들을 흥미있게 풀어 간다.

"머리가 뽀개질 것 같아요. 공부하기 싫어요."

꾸준히 계속 공부를 하다가도 한계를 느끼고 어려워하고 싫증을 내기도 한다. 영어 놀이와 수학 놀이를 하기 싫어지면 일부러 무언가 꾀를 부려 정신을 분산시킨다. 그럴 땐 조심스럽게 유도하여 다시 집중시키거나 놀도록 허락한다. 많은 책을 읽으면서 어휘력이 풍부해지고 독해력이 생긴다. 내용을 이해하고 문장을 제대로 파악하고 이야기를 꾸며 나가며 상상력을 키운다. 한 분야를 파고들지 않고 모든 분야에 관심과 재능을 보이고 흥미를 갖는다.

학교에서 공부하며 성장하는 기간 동안에 많은 친구들을 만나게 되고 경험하고 후천적 환경의 영향을 받아 자아가 형성되게 된다. 지금은 엄마의 통제와 관리 아래 안정된 생활을 하고 있지만 자라면서 어떠한 변수가 작용하여 어떻게 변화될지 몰라 항상 불안해 하고 조심스럽다. 아이의 능력을 극대화시켜 주기 위해 아이의 태도를 예민하게 관찰하고 굴곡 없이 생활하도록 안정되고 편안한 환경을 조성해 준다.

평소에는 침착하고 조용하고 안정적인 성격을 나타내지만 아이들과 어울려 놀 때는 흥겨워서 즐거워하고 흥분하여 몸동작이 재빨라지고 급해진다. 신경이 흥분되면 소리를 지르고 비명도 지르면서 브레이크 없이 달려가는 자동차처럼 멈추어질 것 같지 않다. 놀면서 격앙된 감정은 충분히 뛰어놀면서 잠재우게 한다. 막아 주고 감싸 주고 통제하고 붙잡아 준다. TV를 보면서 휴식을 취하고 퀴즈와 게임 프로그램을 즐겨 보고 끊임없이 새로운 흥밋거리를 찾는다. 물이 고이지 않도록 문제를 제시해 주고 이끌어 준다. 방과 후에는 충분히 휴식을 취하고 충분히 놀게 하면서 30분간 엄마와의 공부놀이는 일과가 되도록 하고, 자주적인 학습 태도와 올바른 생활 습관을 길러 준다. 수시로 책을 읽으면서 시간을 보내고, 무엇이든지 보면 알고 싶어하고, 하고 싶어하고, 만져 보고 싶어하고, 배우고 싶어하고, 왕성한 호기심과 적극적인 생활 태도를 가지고 있다. 선생님으로부터 인정받고 싶어하고 열심히 노력한다. 무언가 하고 싶은 일은 참지 못하고 요구하고 실행한다. 인내하며 기다리는 일을 심심해 하고 지루해 하며 버둥거리기 때문에 참는 법, 인내하는 법을 가르친다. 새로운 경험에 부닥치면서 어떻게 판단하고 처리해야 되는지 모르는 일들이 생겨 잘못 실행된 일들은 대화를 통해 이해시키고 자기 몫의 일은 스스로 실천하도록 교육한다.

하루 종일 찬바람이 불고 지나가자 노랗게 물든 은행잎들이 나뭇가지에서 다 떨어지고 길거리에 소복하게 쌓인다. 일학년이 끝나 가면서 훌쩍 성장한 모습을 보인다. 이제는 언어로 지시하면 행동하고 의사 소통이 이루어지고 조금씩 자발적으로 행동하고 몸에 매달리고 엉겨 붙는 행동이 줄어들고 자아가 형성되기 시작한다. 꾸준히 수영을 하면서 체력을 단련시켰고 건강해졌다. 언제나 수준이 향상될까? 하고 우려하던 일들이 꾸준히 노력하면서 결과를 얻는다. 노력의 결과는 분명히 나타났고, 노력의 결실은 가치있는 것이고 배움 위에서 창의력이 형성된다. 혜영이는 혼자의 세계를 만들어 가면서 자신의 일에 집중하며 시간을 보낸다. 엄마와 같은 공간에 있으면서 서로 다른 영역의 일을 할 수 있게 되었다.

무거운 발걸음으로 걸어가면서 돌멩이에 걸려 넘어지고, 상처가 채 아물기도 전에 발에 걸려 넘어져 상처투성이가 된 몸을 이끌고 욕설과 폭언이 메아리쳐 울리는 길고 긴 터널 속을 힘겹게 가고 있다. 두 다리가 후들후들 떨리기도 하고 어깨와 가슴이 웅크러들고 소름이 쫙 끼치는 공포와 분노의 상황이 이어져 왔다. 1초의 숨쉴 여유도 주지 않고 미친 듯이 퍼붓는 잔혹스러운 폭언과 욕설에 직면하면서 공포와 불안에 떨면서 15년 동안 살아왔다. 곧 끝이 나타날 듯이 보이는 신기루처럼 반복되어지는 허상 속을 헤매면서 질식할 것 같은 숨막히고 답답한 어두운 터널의 끝을 찾아 걸어간다. 탄압의 공포와 정신적 억압으로부터 벗어나고 싶다.

정치학 교수인 재봉씨에게 전화를 건다.

"연희동에 찾아가려고 하는데 어떻게 가야 하나요?"

"택시 운전사들에게 물어보면 어디인지 다 알고 있어요. 운전사에게 물어보세요. 그런데 왜 찾아가려는 거죠?"

"아무런 죄 없이 15년째 학대와 탄압을 받으면서 연금 생활을 하고 있어요. 제가 일할 수 있도록 이제 그만 탄압을 중단해 달라고 부탁드리려고 합니다."

"찾아가도 만날 수 없을 거예요. 연희동 파출소에 방문 내용을 기록하고 돌아오게 될 겁니다."

"아녜요. 꼭 만나 뵙고 제 상황을 설명드려야 합니다. 이제는 누명을 벗어야지요."

6공화국의 노태우 대통령을 만나기 위해 연희동으로 갔다. 택시를 탔다.

"아저씨, 노태우 대통령 댁으로 데려다 주세요."

연희동의 한 골목 앞에 세워 준다. 골목 입구에는 경비초소가 있고 전경들이 골목 주변을 삼엄하게 지키고 있었다. 비가 부슬부슬 내리고 있었다.

"노 대통령을 만나 뵈러 왔습니다. 만나게 해 주세요."

무전기로 연락을 한다.

"노 대통령은 안 계십니다. 돌아가세요."

"그러면 비서관이라도 만나게 해 주세요."

비서관이 나온다.

"무슨 일이지요? 찾아온 용건을 서면으로 작성해서 주고 집으로 돌아가 회신을 기다리세요."

준비해 간 서류를 전달하고 집으로 돌아온다. 다음날 다시 찾아간다. 아무런 소식이 없다. 또, 다음날 찾아간다.

"저는 순수한 민간인이고 예술가입니다. 아무런 죄 없이 15년간 연금 생활을 하고 있습니다. 이제는 누명을 벗겨 주세요. 제가 일할 수 있도록 풀어 주세요."

"대한민국은 인권을 존중하는 자유민주국가입니다. 아무도 당신을 탄압하지 않습니다."

경찰 순찰차가 온다.

"타시죠."

차에 올라타니 연희동 피출소로 데리고 간다. 파출소장이 들어온다.

"이곳에 찾아온 용건을 간단히 기록하고 돌아가세요. 저희들이 처리하겠습니다."

이제 나는 예술적인 영감을 추구하고 정신적인 영상을 찾으면서 영혼을 키우고 노년기를 맞을 준비를 한다. 나의 웃음과 젊음을 빼앗아간 이 시대의 잔혹한 학대와 탄압의 악몽에 시달리면서 소리 없이 통곡하고, 이 악몽이 나에게서 끝나 주기를 기도하면서 혜영이를 가슴속에 품어 안고 키우면서 살아가고 있다.

혜영아,

　　네가 이 책을 읽고 내용을 이해하고 파악하기에는 아직 이른 나이야. 그렇지만 조금 더 크면 책 내용의 의미를 알게 될거야. 이 책이 너의 삶에 어떤 형태로든 도움이 될 것이라고 믿는다.

　닫혀진 공간 속에서는 자기 도취에 빠지게 되고, 방향 감각을 찾지 못하고 그 자리에서 헤어나지 못하게 되기 때문에 경험에 의해 삶의 지혜를 얻고, 좋은 새로운 환경을 접하면서 새로운 생각을 찾도록 노력하고, 건강한 삶에 대한 자세를 배워야 한단다.

　찬 눈이 내리고 질퍽하게 쌓인 눈이 영하의 추운 기온으로 얼어붙어 길 곳곳이 빙판길이 되어 미끌거린다.
　"혜영아, 조심해."
　"괜찮아요."
　씩씩하게 걸어가다가 꽈당 넘어진다. 넘어지는 경험을 하고 나서는 조심스럽게 걸어간다.
　학교에서 숙제로 일기를 쓰게 한다. 혜영이는 일기를 쓰고 나서 텔레비젼을 본다.
　"엄마, 집 안에 있는 벽에 눈과 귀가 달려 있나봐요?"
　"왜? 왜 그런 생각을 하게 되었니?"

"그냥 그런 것 같은 생각이 들어요."

"그래. 벽에는 눈과 귀가 달려 있어. 낮말은 새가 듣고 밤말은 쥐가 듣는다는 속담도 있잖니."

공부를 하면서 투덜거린다.

"엄마, 공부는 왜 해야 하죠? 수학 공부는 왜 해야 하죠? 영어 공부는 왜 해야 하죠?"

"학생 때 공부하는 것은 수양을 쌓는 거야. 마음을 단련하고 인격과 지혜를 닦는 거야. 공부를 해야 깨우침을 얻고 선택된 삶을 살게 된단다."

영혼이 맑고 순수한 아이는 밝고 즐거운 모습으로 생활한다. 속마음을 커튼으로 가리우지 않은 아이는 보이는 대로, 듣는 대로, 있는 그대로 생각하고 행동한다. 호기심은 많지만 의심할 줄 모르는 아이는 투명하다. 어른들의 굴절된 시각과 생각으로 색안경을 끼고 아이를 둘러싼다. 아직은 그것이 무엇인지 모르는 아이는 스스로의 모습을 만들어 가고 있다.

혜영아, 엄마는 무지무지 너를 사랑한단다. 소중한 혜영아, 살아 있는 동안 늘 네 곁에서 지켜 줄께.

엄마가
2002년 6월

내게 힘을 주었던 선배 작가들의 조언

1. 캔버스, 물감, 오일은 작품을 제작하기 위한 중요한 도구이다.
2. 두려움을 갖지 말고 작업을 해라.
3. 작은 그림들을 그리면서 연습하라.
4. 표현의 문제점을 발견하면 그 부분을 집중적으로 연습하라.
5. 완성된 그림을 그리려고 하지 말고 끊임없이 자유로운 연습과 시도를 해라.
6. 하나의 그림에 많은 상징성을 내포시키지 마라.
7. 맑은 색을 칠하기 위해서는 붓과 팔레트를 깨끗이 사용하라.
8. 색채는 중요하다. 색채는 감성이다.
9. 자유롭게 색채를 사용하라.
10. 물감의 농도와 성질을 파악하라.
11. 자연 그대로의 고유한 색을 표현해 보라.
12. 사용해 보지 않은 색들을 사용해 보고 재미있는 색을 만들어 보라.
13. 여러 종류의 색을 만들어 보고 재미있게 응용하라.
14. 궁극적으로 자신에게 맞는 색을 찾아야 한다.
15. 밝음과 어두움을 선명하게 대비시켜 대조적인 명암으로 화면을 강조해 보라.
16. 캔버스 위에서의 빛의 효과를 연구하라.
17. 태양의 빛과 전구의 빛, 사진 속의 빛의 차이와 효과를 공부하고 차이점을 분석하라.
18. 캔버스 위에 어떤 방법으로 칠하는지 작가의 동작에 의해 효과와 분위기가 달라진다. 여러 가지 방법으로 표면의 재질을 변화시켜 보라.

19. dry on wet, wet on wet, wet on dry 등의 표현 기법을 터득하라.
20. 창조는 자연의 관찰과 모방을 통해 영향을 받고 시작된다.
21. 자연을 관찰하여 얻은 충격을 표현한다.
22. 독창성은 네가 중요하게 느끼는 감정을 표현하는 데서 시작된다.
23. 너의 본성과 근원이 나타나야 한다.
24. 대중에게 전달될 수 있는 표현을 하라.
25. 사물을 자세히 관찰해 보라.
26. 대가들의 기술을 모방하고 연구하고 그들이 추구하는 미학의 가치를 공부하라.
27. 미학은 예술의 개념을 설명하지는 않는다.
28. 미학은 아름다움과 중요한 의미를 내포한다.
29. 너 스스로를 평가하고 분석하고 정의하라.
30. 너에게 흥미를 주는 그림을 그려라.
31. 너를 위한 것이어야 한다.
32. 그림은 보기에 즐겁고 재미있어야 한다.
33. 평범한 것은 그리지 마라.
34. 너의 시각으로 볼 수 있는 것이 무엇인지 이야기해 줄 사람은 아무도 없다.
35. 너의 마음속에 어떠한 관념이나 생각이 있다고 해도 그 느낌이나 관념을 전부 이해하고 표현할 수 있는 것은 아니다.
36. 생각을 구체적으로 표현해 보라.
37. 표현하는 방법은 여러 가지가 있다.
― 보이는 그대로를 그리고, 보이는 색을 그대로 채색할 수도 있고, 고정적 관념을 뛰어넘어서 그리는 방법도 있다.
38. 독창적인 작품 세계를 찾아라.
― 자연과 인간들의 모습 속에서 주제를 찾는다.

39. 구성은 기본적인 가치를 연출한다.
40. 확실히 알아 듣게 말할 수 있는 분명한 관념과 생각을 가져라.
41. 관념을 눈으로 전달시킨다.
42. 삶에 대한 감각을 생산하라.
43. 정신 세계를 추구하고 의식 세계를 가져라.
44. 어떠한 틀에 자신을 고정시키지 마라.
45. 믿음이 있어야 한다.
46. 일반적인 시각으로 물체를 관찰하지 말고, 시각의 초점을 물체 가까이에 놓고 보기도 하고, 다른 각도에서 물체를 보면서 관찰하라.
47. 주제와 공간의 상관 관계를 생각하라.
48. 극적이거나 활기찬 운동감을 제시하라.
49. 그림의 초점을 어디에 설정할지 결정하라.
50. 흥미있는 구성을 하라.
51. 숨쉴 수 있도록 공간 구성을 하라.
52. 공기의 흐름을 표현하라.
53. 리듬감을 주어라.
54. 본능적인 균형과 조화 감각이 있어야 한다.
55. 현대적인 감각으로 표현하라.
56. 현대 사회가 요구하는 정신을 찾아라.
57. 동작과 형태를 연필로 그려 보라.
58. 예술은 사회에 연결되고 자극제가 되어야 한다.
59. 일관성이 있어야 한다.

참고 / 미술사조

13C~14C —— 중세미술
14C~15C —— 르네상스 미술
　　　　　종교적인 교회의 교리에 저항하며 인간의 존엄성과 자연을 재발견하면서 인간 중심의 가치관
　　　　　이 형성되고 예술이 사회적, 학술적 가치를 갖게 된다. (레오나르도 다빈치, 라파엘로, 미켈란
　　　　　젤로)
　　　　　—— 매너리즘
　　　　　예술정신이 결여된 기법상의 모방을 한다. 형태를 꼬거나 길게 변형한다. (엘그레코)
　　　18C —— 고전주의
　　　　　18C 프랑스 혁명으로 종교적 신앙과 왕권이 붕괴되어 시민들의 사회로 변모되고, 형식을 존
　　　　　중하고 이상적이고 숭고한 고전미를 추구한다. (자크 다비드)
　　　　　—— 낭만주의
　　　　　주관적인 양식과 심미적 감정으로 표현하고 통일되고 조화된 색채나 내적 상상력이 중요시된
　　　　　다. (윌리암 블랙, 램브란트, 테오도르 제리코, 유진 델라크로와)
　　　19C —— 사실주의
　　　　　인간적인 대상, 현실 생활과 형태들을 객관적인 시각으로 표현한다. (구스타브 쿠르베, 호노
　　　　　레 도미에르 고야)
　　　　　—— 인상주의
　　　　　자연의 빛을 직접 관찰하여 빛에 의해 변하는 순간을 화려한 색채로 표현한다. (클라우드 모
　　　　　네)
　　　　　—— 후기 고전적 인상주의
　　　　　자연의 형태를 원추, 원통, 구형으로 나눈다는 이론으로 대상을 기하학적 형태로 표현하고 평
　　　　　면적인 색면 구성을 한다. (폴 세잔느)
　　　　　—— 후기 낭만적 인상주의
　　　　　형태와 색채를 왜곡 표현하고 정신적 내면세계를 표현한다. (반 고흐, 폴 고갱)
　　　20C —— 야수파
　　　　　전통적인 회화 개념을 부정하고 자연주의적인 묘사를 벗어나 색채의 표현을 강조한다. (마티
　　　　　스)
　　　　　—— 큐비즘
　　　　　형태와 사물을 다양하게 분석하고 변형하여 추상화시켜 평면에 새롭게 구성하며 표현주의 기
　　　　　법을 도입한다. (조지 브라크, 파블로 피카소, 잔 그리스)
　　　　　—— 표현주의
　　　　　자연의 재현보다는 색채, 형태를 단순화시키고 주관적인 표현으로 내면세계를 표현한다. (칸
　　　　　딘스키, 폴 클레, 막스 베크만)
　　　　　—— 다다이즘
　　　　　기존의 가치를 부정하고 질서 파괴를 하는 반예술적 활동으로 전위 예술 운동이다. (앙드레
　　　　　브르통, 진 아르프, 마르셀 뒤샹)
　　　　　—— 초현실주의
　　　　　꿈의 세계를 추구하고 새로운 가능성을 창조한다. (살바돌 달리, 존 미로, 막 샤갈)
　　　　　—— 추상주의
　　　　　행위적이고 즉흥적인 기법으로 페인트를 칠하면서 질감을 살린다. 시각적이고 추상적인 형태
　　　　　로 표현한다. (아실 고르키, 잭슨 폴록)
1945년 이후 후기 현대미술
　　　　　—— 추상표현주의
　　　　　현실에 저항하며, 다양하고 모순된 양산으로 인간 존재의 이미지를 표현하고 화면을 평면화
　　　　　한다. (윌리암 드 쿠닝)
　　　　　—— 뉴리얼리즘
　　　　　객관성을 주관적인 시점으로 포착하여 감각과 관념과 내면세계의 상태를 표현하며 미적 가치
　　　　　를 실현한다. (닐 웰리버)
　　　　　—— 신표현주의
　　　　　충동적인 시각과 즉흥적인 이미지로 복합적이고 다양한 조화와 통합의 관계를 표현한다. (임
　　　　　멘돌프, 바젤리트, 케이퍼)